么女的逆襲 3

昭華 著

風文創 298

目錄

第二十五章

翌日一早起來，趙宸又是先讓寶珠替他穿衣梳洗，等他出了房門，榮寶珠才由丫鬟們伺候盥洗。今兒不用去宮裡，她上身穿了件芙蓉色緙絲泥金銀如意雲紋緞裳，下身一件淡綠色散花如意雲煙裙。一頭黑髮綰成髮髻，只插了一根白玉簪子，身上再無其他的首飾。

剛穿妥當，外面的煙雲和盼雲便來通報妾室們過來請安了。

王府的奴僕不少，能近身伺候的除了拂冬、檀雲和青雲，還有兩名丫鬟煙雲和盼雲。

聽到通報，榮寶珠只道：「成了，我知道了，這就過去。」

王府的妾室一律住在蘭亭院裡面，據她所知，如今王府裡應該有五個妾室。

榮寶珠去外面房間的時候，幾個妾室已經到了，一排站得好好的。

榮寶珠面上戴著面紗，在上首的太師椅坐下，這才溫聲道：「大家都坐吧，昨兒要進宮去見太后，就沒讓妳們過來請安。大家都是伺候殿下的，我總要認認妳們，妳們就依次報上名字。以後若是無事，逢初一和十五過來請安就是，其餘時間就不必過來了。」她也不想天天對著這些妾室。

一共五個妾室，站在最前面的是兩名貌美的女子，長得有點相似，顯然是對姊妹，榮寶珠記得她們是太后所賜，名采蓮、采荷。

兩人之後站著一個穿著桂子綠齊胸瑞錦襦裙的女子，看著約莫二十來歲，長相溫婉，是蜀王在宮裡就伺候著的陳湘瑩，也是蜀王身邊伺候最久的一個。

再後面是穿著月白繡梅花百褶裙的姑娘，名穆冉冉，年約十八、九歲，身姿嬌小，一看就讓人心生保護慾，是前兩年才伺候蜀王的。

最後是一個穿著襦裙、神情有些緊張的女子，名花春天，模樣清秀，看著有些木訥，據說是蜀王前兩年去江南時候碰見的，就帶了回來。

幾個妾室依次報了名諱，最前面的采蓮已經嬌笑道：「奴婢們見過王妃，不過王妃說讓大家認認人，可王妃瞧過了奴婢們，奴婢們卻不知王妃的模樣，以後若是在府中碰見了，衝撞了王妃，可如何是好？」

還不等王妃說話，一旁的盼雲已經喝斥道：「大膽，王妃面前豈容妳放肆！還不趕緊跟王妃道歉！」

采蓮冷笑一聲。「我說的難道有錯？王妃嫁入府中，總不能讓奴婢們都見不到王妃一面吧，再說，奴婢跟王妃說話，豈有妳插嘴的分，妳算什麼東西！」

其餘幾個妾室做啞巴狀，都決定在沒摸清楚這王妃的性子之前少找麻煩好。雖外面傳聞這王妃性子天真愚笨，可沒相處過，心裡還是沒底。

盼雲被氣了個滿臉通紅，方才拂冬已經隨著蜀王去書房，今兒當差的就是煙雲和盼雲二人。這盼雲最看不慣的就是妾室中的采蓮和采荷，這兩人仗著是太后賞賜的，在整個王府裡橫行霸道，就連拂冬姊姊都經常被她們呼來喝去的。

盼雲怒道：「不管如何，妳只是個妾室，王妃才是府中的主子，妳不顧主子意願說出這般話來就是錯了！」

采蓮繼續冷笑。「我是個妾，妳是個什麼？連妾都不如的東西，妳也說王妃才是主子，王妃都沒發話，妳插什麼話！」

盼雲氣得哆嗦著說不出話來。

采蓮又得意地哼了聲，這才笑盈盈地看向榮寶珠。「王妃，不知奴婢們可能見見您的容貌。」

榮寶珠戴著面紗，大家都看不清她的表情，旁邊的迎春和芙蓉已經氣到不行，想要替寶珠說兩句話，身後的王嬤嬤極快地拉住了她們，輕輕地搖了搖頭。

采蓮的頭微微仰著，心裡是滿滿的得意。是王妃又如何，還不是個容貌被毀了的醜八怪，她倒是要好好瞧瞧這王妃，不就是占著正妻的位置，哪點比得上自己了。

「妳這是在命令我？」榮寶珠直直地看著采蓮，口氣有些冷淡，卻讓人覺得有一絲的委屈。

采蓮笑道：「奴婢怎敢命令王妃，但王妃是府中的主子，總要讓奴婢們見上一面才好，省得日後看見衝撞了王妃。」

榮寶珠哦了一聲沒有多言，直接道：「來人，把這妾室采蓮和婢女盼雲拉下去，一人打十大板子！」

兩人都驚呆了，盼雲還想說什麼就已經被旁邊的煙雲拉住。

采蓮呆了一下卻不服了，氣急敗壞地道：「王妃，奴婢做錯了什麼？您無緣無故就要打奴婢板子，奴婢不服！」

榮寶珠看向盼雲。「妳也不服？」

盼雲氣不過。「奴婢不服。」她明明就是為了王妃說話，王妃為何還要罰她？

榮寶珠輕笑，問道：「妳們說我是誰？」

一旁的王嬤嬤道：「您是王妃，是王府的主子。」

「是的，我是王府的主子，可妳們一個以下犯上，沒經本王妃的允許，就要本王妃揭開面紗給妳們看，當本王妃是什麼了？一個自以為是，不等本王妃說話就替本王妃教訓奴才。妳們說本王妃是王府的主子，可妳們真把我當成了主子？」榮寶珠冷笑。「妳們說本王妃打妳們打得冤不冤！」

其餘人不說話，在場的幾個妾室以為王妃是因為采蓮要她解開面紗而惱羞成怒了，所以這才發落了她們。不過這采蓮真是個傻的，明知王妃臉上有傷還偏要去刺激王妃，女兒家的臉面是最重要的，就算再天真愚笨的人只怕也會惱羞成怒，這不，撞在槍口上了吧。

盼雲嘴巴動了下，顯然是想說些什麼，卻又被煙雲一把拉住，朝她搖了搖頭。王妃說的沒錯，不管如何，王妃才是這個府裡的主子，她們根本沒有質疑和插話的資格。

煙雲知道盼雲心裡不舒服，她們自幼就伺候蜀王，雖說是幫著洗衣裳、打掃房間，無法親自替蜀王梳洗淨身，但她們對蜀王的心意可想而知。可這麼一個破相的王妃卻能近身伺候蜀王，即使她們心裡不舒坦也沒法子，誰讓她們是奴才。

盼雲說是替王妃出頭，其實根本就沒把王妃放在眼中。那采蓮更是錯，竟還敢讓王妃把面紗解開給她看，這板子，她們挨得都不冤枉。

采蓮算是反應了過來，態度卻是蠻橫無比。「王妃，奴婢不服！殿下都不敢打奴婢板子，您憑什麼？再者，奴婢說的又沒錯，您為何不肯把面紗解了給奴婢們看？」

這妾室竟還沒死心。

榮寶珠這會兒端坐在太師椅上，大家瞧不清楚她的表情，過了好一會兒她才道：「人呢？還不趕緊把她們拉出去！」

外面站著粗使婆子和太監，一聞聲，立刻有兩個太監進來拉著盼雲和采蓮出去打板子。盼雲掙扎了下，瞧見煙雲使給她的眼色便不動彈了，任由太監拉著她出去。

采蓮則尖叫連連。「狗奴才們，還不趕緊放開我，我可是太后賞的人，殿下都不敢碰我，你們憑什麼！」

王妃到底是王府的主子，奴才們只當沒聽見這叫喊聲，將采蓮拉出去讓婆子們開始打板子。

這些粗使婆子是看人下菜碟，平日裡她們沒少被采蓮呼來喝去，那板子打得紮紮實實，一板子下去的時候，采蓮那些她是太后賞的話再也說不出口了，只顧著啊啊地尖叫了起來。

還不到十板子，采蓮就昏死了過去。

盼雲是近身伺候蜀王的人，平日裡為人和和氣氣的，粗使婆子雖一板一板地打著，聽著啪啪啪的，卻不會傷筋動骨。

等到十板子打完，屋裡的幾個妾室臉色都有些白了。

榮寶珠這才幽幽道：「別再讓采蓮繼續嚷嚷著她是太后賜的人了，我還是太后賜下的王妃呢。」這樣說起來，兩人都是太后賜的，不過一個是奴才，一個是主子。「好了，時辰不早了，妳們都回去吧。記得以後不必日日來請安，初一和十五來就成了，煙雲去找大夫進府給她們看看傷勢。」

婆子們抬著采蓮跟盼雲下去，幾個妾室也都安安靜靜地離開了。

等快到了蘭亭院，嬌嬌弱弱的穆冉冉忍不住問道：「唉，妳們說王妃娘娘怎麼不怕殿下責怪她，畢竟盼雲是近身伺候殿下的人，采蓮是殿下比較寵著的人，這不是打了殿下的臉面嗎？」

年紀最長，也是伺候蜀王時間最長的陳湘瑩淡聲道：「是她們以下犯上，錯了就是錯了，被打了又不冤，殿下為何要怪罪王妃？」

穆冉冉咬了咬唇。「陳姊姊說的是。」

采荷哼笑一聲沒說話。

花春天木訥地跟在幾人身後走著。

回去蘭亭院裡，采蓮已經被人抬了回來，這會兒醒了，在房裡哭得響聲震天。「她算個什麼，竟敢動我，我可是太后賜給殿下的人。她憑什麼動我，她算個什麼玩意兒，都破相了，還不許人看了……」後面更是連醜八怪什麼的都喊出口了。

幾個妾室面面相覷，這時都挺無語，不管如何，人家是王妃，是主子，妳個奴才連這種話也說得出口，看來還沒打服氣啊。

另一廂，榮寶珠見完了妾室，還不能離開，她要見見府中管事的。

府中各處管事的大大小小共有十幾人，統管王府後宅對牌的是壽嬤嬤，這是個上了年紀的老嬤嬤，頭髮都有些花白了，不苟言笑，一張滿是皺紋的臉繃得緊緊的。

壽嬤嬤給榮寶珠行了禮，客套地喊了句王妃。

榮寶珠只道：「嬤嬤不必客氣，快些起來吧。」

壽嬤嬤起身，把這些管事的依次介紹給榮寶珠認識。過了會兒，一個約莫四、五十歲的老太監慢慢走了過來，這人寶珠認識，是趙宸身邊的英公公，一直都在書房那邊伺候著，上輩子寶珠很少見到他。

英公公先給榮寶珠行了禮，這才轉身跟壽嬤嬤道：「嬤嬤，殿下讓我過來轉告一聲，如今王妃是這後宅的主人了，這些管理後宅的瑣事也該交給王妃才是。」

壽嬤嬤臉上一瞬間就冷了幾分，卻沒反駁英公公的話，慢慢點了點頭。「老奴知道了，老奴待會兒就把對牌交給王妃。」

等英公公離開，壽嬤嬤面上更加冷了，猶豫了下，終究還是把身上的對牌交給榮寶珠。

「如今王府有了娘娘，老奴也能輕鬆一些，這對牌老奴就交給王妃了，待會兒也會把王府後宅的帳目都拿過來給王妃娘娘。」

榮寶珠點頭。「有勞嬤嬤了，我初掌管後院，有什麼不懂的還需要嬤嬤幫著才是。」

「王妃客氣了。」

壽嬤嬤很快就把王府後宅的帳目全交給了榮寶珠，數量並不是很多。「之前殿下一直住在宮裡，這開府出來才幾個月，只有這些帳目。」

榮寶珠點頭，翻開帳目看了一眼，上一世她根本看不懂這些，但這輩子岑氏有教過她，這帳目上列的東西更是清清楚楚，條理分明。榮寶珠不由得多看了壽嬤嬤一眼，一般才開府的時候，後宅是最亂最難管理的，可壽嬤嬤卻把後宅管理得很好，足見她是個有本事的人。

「有勞嬤嬤了。」她讓丫鬟取了一些首飾跟金葉子賞給了壽嬤嬤。

等所有人都離開後，榮寶珠先把這些帳目看了一遍，確認沒什麼問題，才讓丫鬟們伺候淨身，以便待會兒去佛堂。

浴池裡，迎春心裡擔心到不行，王妃這才嫁進王府，就發落了一個妾室、一個丫鬟，也不知殿下會不會怪罪王妃。

等榮寶珠去了佛堂，迎春才把心中的擔憂跟王嬤嬤說了。

王嬤嬤道：「只要蜀王不是個傻的、昏庸的，就不會怪罪王妃，畢竟這事不是王妃的錯。行了，妳們別擔心了，趕緊去把王妃的東西入庫，王妃娘娘的嫁妝多，要好好收拾才成。」

榮寶珠從佛堂出來時已經到了用午膳的時候，等了會兒沒把蜀王等過來，倒是拂冬過來了，只說蜀王在漪瀾院有事，不過來用膳。

這話把兩個丫鬟給嚇住了，以為蜀王是怪罪王妃上午發落人的事情。

榮寶珠卻沒什麼感覺，心裡覺得蜀王不至於為這點小事就怪罪她，心安理得地讓丫鬟擺了膳食上來。

趙宸在漪瀾院裡的確有事，一大早子騫就通報說薛神醫今兒要過來，他就在書房一邊忙著公事，一邊等著薛神醫。

拂冬在外伺候著，不一會兒采蓮身邊的小丫鬟就過來哭訴王妃欺負采蓮姨娘，要求見蜀王。

拂冬當然不會讓她見蜀王，只安慰說殿下有事，忙完就會過去。小丫鬟這才哭哭啼啼地離開了。

拂冬繼續淡然地站在房外，眼觀鼻，鼻觀心。這種雞毛蒜皮的小事她當然不會跟殿下稟告，再者，她很清楚蜀王對太后賜下的兩個姨娘是什麼心態，表面上寵著，心裡卻是深惡痛絕。

到了晌午的時候，子騫就帶著薛神醫過來漪瀾院，趙宸恭敬地把人請了進去，拂冬當然不知殿下跟客人在裡面說什麼。

趙宸待她特別，沒把她當丫鬟看待，也准許她自由出入漪瀾院，可是很多事情他不會讓她知道，就如這次他所見的客人。

過了會兒，趙宸出來讓她去墨陰院跟王妃說一聲，他不在陰墨院用午膳。

趙宸進去書房，子騫就出來守著，只餘下殿下跟薛神醫兩人在裡頭。

這薛神醫是個奇人，醫術精湛，又有神醫名頭在外，想請他治病的人數不勝數。偏他個性古怪，很少在眾人眼前露面，偶爾心情好的時候會幫別人治病，大多數的時候都在遊走江湖。

趙宸會認識薛神醫是出於偶然，趙宸還小的時候有次出宮路過酒樓，薛神醫喝得大醉，別人在他身上搜不出買酒的銀子，氣惱之下對他拳打腳踢起來。那時候他心善，幫忙給了銀子，哪想到這人竟是大名鼎鼎的薛神醫，自此兩人就認識了。

當然，接觸久了，他發現這薛神醫的確脾氣古怪，就連他都經常動不動被薛神醫甩臉子。

趙宸這時看著薛神醫，沒有說話，這老頭被他看得氣惱不已。「你看我做甚，那幾種藥草沒找到，你身上的毒，就算是老頭子我也幫不了你。」

「不管如何還是要多謝薛神醫。」說不失望那是假的。

薛神醫哼了聲，忽然從身上掏出一個破破爛爛的荷包來扔在趙宸的書案上。「那幾種藥草極為難尋，說是靈草仙藥都不為過，老頭子只在小時候見過其中一株。雖然成形的藥草沒找到，卻找到了一些種子，不過這東西存活的可能微乎其微，就算活了，想要等它們入藥至少也要到十年後。反正我是沒把握種活它們，這些種子你就自己看著辦吧，若能活，你的毒就有希望了，不能活那就只能怪老天不給你活路。」

趙宸一言不發地拿起書案上的荷包，從裡面取出幾個用小紙包著的東西，他輕輕地用手指撚了下，一包裡面也不過幾顆種子而已。

薛神醫看著那幾包種子，露出一絲可惜的神色來。「這幾種藥草功效很多，可以解不少毒，你若是能夠找人把它們種起來，也算是件功德事。」頓了下，突然問道：「你有沒有把握種出來？」

連薛神醫都不可能種出來的草藥，趙宸又怎麼可能讓人把它種植出來？他搖頭。「沒把握。」

「哼，沒用！」薛神醫鄙夷道。「那就怪老天爺不給你活路吧，我找了兩、三年才把這些種子找齊了，還就這麼幾顆，你珍惜著點。這幾味藥草在種植方面需要注意的地方，我都給你寫下來了，你多看看。」

「多謝薛神醫。」

薛神醫看了這光風霽月的男子一眼，忍不住在心底嘆了口氣，過了半晌才道：「老頭子還有事，就先走一步了。」

趙宸正想讓人送薛神醫出去，薛神醫已經道：「好了，就不必送了，老頭子自個兒會走！」

午後，趙宸回去墨陰院時，榮寶珠已經歇下了，兩個守門的丫鬟想進去通報，他卻擺了擺手，讓兩個丫鬟退下去。趙宸推門而入，繞過屏風，瞧見寶珠正蓋著薄薄的衾被睡得正香。

他坐在床頭看了一小會兒，便起身把衣衫脫了，摸到衣衫裡破爛的荷包，從裡面掏出來隨手扔在一旁的桌上，又回到床邊，脫了鞋襪上床休息片刻。

榮寶珠睡了大半個時辰才醒來，醒來時，床上就她一人，她靠著軟枕坐了一會兒才喊丫鬟進來。

迎春替榮寶珠穿了衣裳，一邊笑道：「王妃，方才殿下來了，這才剛走。」

榮寶珠唔了一聲，她睡得太沈了，根本沒感覺。

穿衣梳洗後，榮寶珠準備去隔壁的小書房，剛繞過屏風就瞧見旁邊的桌上扔著一個破破爛爛的荷包，她看了兩個丫鬟一眼。「妳們的東西？」

迎春和芙蓉搖頭。「不是奴婢們的，王妃睡下的時候還沒有，許是殿下放的。」

既然是他的東西，榮寶珠沒碰，只讓丫鬟把它收到一旁的暗格裡。

晚上用膳的時候趙宸過來了，兩人用了膳，便讓丫鬟收拾食案，榮寶珠想起那桌上的荷包，或許是趙宸需要的東西，不由道：「今兒下午我瞧見房裡的桌上放著一個荷包，可是殿下的？我讓人收到暗格裡了。」

趙宸點了點頭，原本心裡對那些種子不抱任何希望，才扔在屋裡桌上，忽地又想起外頭那些很有精神的花草，隨口問道：「妳外面的那些花草是誰打理的？長得不錯。」

這些花草都是由榮寶珠自己照顧，沒請花匠來打理，想著這事瞞不住，她如實回答。「是我自己閒來無事弄的，殿下若是喜歡，不妨讓人往書房搬兩盆去。」

「這就不必了。」趙宸淡聲道。「那荷包裡是幾樣種子，妳若是願意不如就幫我養著。」

榮寶珠點頭。「不知那是什麼種子？每種花草都有各自的喜好，有喜陽光的，喜沙地的，或喜潮濕的，總要注意著種才成。」

趙宸心中有些驚訝，他竟不知自己這個小妻子對這些東西挺瞭解的。「那荷包裡有張字條，上面都有寫，妳看看就知曉了。」

由於明天就是三日回門，種子的事，榮寶珠就暫且先放下。

翌日一早，她跟著趙宸一起回了國公府。

趙宸跟榮家幾個老爺到前頭說話去了。岑氏拉著寶貝女兒看了又看，瞧她神色安詳、面色紅潤這才放下心。

岑氏有心想問些夫妻倆房裡的事情，便遣了丫鬟們出去，拉著榮寶珠在榻上坐下，小聲問道：「妳跟蜀王如何了？他沒折騰妳吧？」

岑氏問得隱晦，榮寶珠一時沒聽出來。「蜀王待我挺好，沒折騰我，他折騰我做甚？」

「妳這傻孩子！」岑氏臉皮有點紅了。「娘是問你們的房事，他對妳如何？」在房事上能看出一個男人是不是真心喜歡妳，若是對妳溫柔，要得頻繁，表示他對妳還算喜歡。

榮寶珠的臉也紅了，囁嚅著說不出話來，好半晌才蒙混過去。「就……就那樣吧，娘，快別問了，咱們倆說說別的，女兒在王府裡有些不習慣，又想念著爹娘。」

岑氏嘆了口氣。「我可憐的兒。」

王府後院女人多，真是為難女兒了，又想起太后賜下的兩個側妃，岑氏心裡恨得不行。「妳在王府中可要放聰明點，那些女人不管怎樣，身分都比不上妳，只要妳早日懷上殿下的孩子，至少身分就穩當了。」

一個女人最大的希望是在孩子身上，若是寶珠能有個孩子傍身，她就能更放心些。

榮寶珠啞然。孩子？這可真是作夢了，上輩子王府後院裡的妻妾沒半個人懷上，也不知到底是怎麼回事，怕是蜀王的原因吧。具體點的她就不清楚了，若是身體方面她還能幫著治療，可眼下太后盯著蜀王府，她是不可能這麼做的……

對了！榮寶珠心中一動。太后跟蜀王一直不對盤，她猜測太后跟蜀王之間肯定有什麼深仇大恨，且這種仇恨顯然不只是母子之間的嫌隙。思來想去，恐怕這蜀王根本不是太后的親生兒子，而是先帝的其他妃子所出，所以太后才極恨蜀王，說不定太后給他下了藥，所以王府後院的女子根本不可能懷上孩子……

罷了，想這麼多做什麼，反正這幾年她是不可能要孩子的，至少要等到脫離太后的視線才好做別的事。

晌午的時候，趙宸跟榮寶珠在榮府用過膳後回了王府。

如今王府已經佈置好，為了迎接兩位側妃進門，總要有點喜氣，門外都掛上了紅燈籠。

趙宸原本還不錯的心情一瞧見王府的紅燈籠全消失殆盡，臉色冷了下去，直接回了房，砰的一聲踹開房門。

榮寶珠挺無奈的，她心裡知道他為何生氣，可王府中的下人們不知道啊，他們還以為是回門的時候誰惹惱了殿下。

榮寶珠回到房間時，趙宸已經踹開淨房的門，進去沐浴了。她卸下頭上多餘的首飾，只簡單地插了根玉簪子。

進入七月越來越熱，榮寶珠身上有些汗漬，正想著等蜀王出來她也好進去沐浴，外面就傳來一個小丫鬟哭哭啼啼的聲音，還有拂冬的氣惱聲。「這是在做甚！還不趕緊滾出去，誰准許妳闖進院子裡來的！」

小丫鬟哭道：「拂冬姊姊，采蓮姨娘身子不舒服，求殿下去見采蓮姨娘一面吧。」

「賤蹄子！」拂冬氣得不行，聲音越發沙啞。「還不趕緊把人拉出去，誰准許她進來的！」她曉得今兒殿下心情不好，這小丫鬟待會兒遇上殿下，還不知殿下會如何。她不是為著小丫鬟著想，而是為了殿下，殿下脾氣越發不好，像這樣衝撞主子的奴才都是直接殺了，她不願殿下造太多殺孽。

榮寶珠正想出去把人打發了，才剛起身，趙宸已經披著衣衫出來，眉頭皺得緊緊的。「外頭是怎麼回事？拂冬，讓人進來！」

榮寶珠瞧著蜀王打算管這事，就不多管閒事了，只坐在一旁看著。

拂冬臉色不好地領著小丫鬟進來，小丫鬟一進來就跪了下去，直磕頭。「殿下，求您去見見采蓮姨娘吧，采蓮姨娘自前日被打了板子身子就越發不好了，求殿下去看看采蓮姨娘。」

趙宸臉色不好看，冷著臉問道：「誰讓妳過來的？采蓮？」

那小丫鬟名紅袖，是采蓮身邊的丫鬟，平日裡沒少挨打。采蓮自前日被打了板子後，整日在屋子裡拿她們這些丫鬟們出氣，昨兒讓她去漪瀾院找蜀王，沒見著殿下，回去被好一頓打，今兒又讓她來找蜀王，還說要是找不著就打死她。

紅袖沒法子，若是只有她一個人在采蓮姨娘身邊伺候著還好，可她的親妹妹紅燭也在采蓮姨娘身邊，稍有不順連妹妹都會被打。

若是她能把殿下叫去，采蓮姨娘心情好一點，妹妹就不會挨打了。可是硬闖到墨陰院裡瞧見了殿下，她心裡才生出怕意。

紅袖抖著身子點了點頭。「是采蓮姨娘身子不舒服，求奴婢找殿下去見見姨娘。」

趙宸心裡一肚子氣，平日裡最討厭的就是這樣以下犯上的奴才，這會兒他冷笑一聲，抬起一腳，把小丫鬟踹倒在地，生生地踹到了門板上，發出砰的一聲巨響。小丫鬟嚇得抖如篩糠，忍著痛繼續跪在地上。

趙宸連看也沒看那小丫鬟一眼，冷聲道：「直接拉出去杖斃！采蓮再打二十大板！」

小丫鬟整個人癱軟在地上，卻是半點都不敢求饒，就怕連累了妹妹。

拂冬有心勸說兩句，可瞧見殿下冷若冰霜的臉，又想到以前也不是沒發生過這樣的事，她曾經勸說過，最後連她都被罰了。

榮寶珠則有些不忍心，這小丫鬟面上已有舊傷，額頭青腫，顯然在采蓮那吃了不少苦頭。她不過是受主子的命令，做的也不是傷天害理的事情，根本用不著杖斃。

猶豫了下，榮寶珠輕聲道：「殿下，杖斃有些過了，要不就打上十板子攆出府去吧。」

趙宸轉頭定定地看著她，瞧見她水霧霧的眸子裡滿是不忍，心裡鬆動了些，方才的怒氣煙消雲散。他在一旁的太師椅上坐下。「既然王妃都這麼說了，拉出去打十板子攆出府去！」

拂冬攥了下拳，心裡卻有些駭然，殿下竟會聽王妃的勸？這種時候連風華大人來了，殿下都不一定會聽勸的。

「拂冬，還站著做甚！」趙宸皺眉。

拂冬鬆開拳頭，下意識看了王妃一眼，這才點頭出去吩咐了。

紅袖喜極而泣，爬過去給榮寶珠磕了三個頭。紅袖被打了十大板子，即刻被攆出了府。

回去蘭亭院收拾東西的時候，紅袖心裡雖然難受，也感激王妃，可她的妹妹還在采蓮姨娘身邊，她擔心姨娘會拿妹妹出氣，到底還是沒忍住，去求了王妃身邊的丫鬟春蘭。

春蘭就把這事跟妙玉說了聲，妙玉是個菩薩心腸的人，心裡不忍，晚上的時候略微跟王妃提了兩句。

榮寶珠卻道：「她能保住一命已是幸運，且她妹妹是在采蓮姨娘手中，我怎麼能伸手？這事莫要再提。」頓了下又道：「妳跟那小丫鬟說，我會照顧她妹妹一、兩分就是了。」她在蘭亭院中沒什麼眼線，倒是可以趁著這個機會讓這小丫鬟的妹妹成為自己的眼線。

妙玉笑道：「王妃就是心善。」

遣人過去跟紅袖說了聲，榮寶珠還讓春蘭給紅袖十兩的銀子，把賣身契還給她。

紅袖心裡感激不盡，偷偷地去跟妹妹紅燭見了一面，兩姊妹這才淚眼婆娑地分開了，紅袖當夜忍痛離開了王府。

采蓮因為這件事又被打了十大板子，且是殿下親口吩咐的，她如何還敢鬧，就老實了一段日子。

翌日一早，兩位側妃就進門了。因是側妃，自然比不上王妃，都是近日迎娶進門的，夜裡，趙宸根本沒去她們房中，還是歇在墨陰院。

袁姝瑤和董媚卿隔日一早就過來給榮寶珠敬茶請安。這兩位側妃並沒有跟著妾室們住在蘭亭院裡，而是住在距離蘭亭院不遠的梅院，因為這院子附近有一片很大的梅林而得名。

兩位側妃要來敬茶，榮寶珠一大早就起來了，她身穿海棠色霞彩千色梅花嬌曲裙，面上戴著面紗，反正她破相的事全京城都知道，更何況在這王府後院裡她才是主子，沒必要把自己的痛處給別人看，雖然這痛處在她眼中不算什麼。

兩個側妃都穿得規矩，雖是紅色的襦裙，卻是最淡的秋橘紅。

她們在榮寶珠面前跪定，丫鬟捧了茶水過來，兩位側妃接過，袁姝瑤把白瓷凸浮牡丹茶杯舉過頭頂，微微彎腰。「妾給王妃敬茶，王妃金安。」

榮寶珠接過茶杯，輕掀了點面紗抿了一口茶水。

董媚卿也垂頭敬了茶，榮寶珠喝了茶水讓兩人依次坐下，這才笑道：「以後就在王府中好好伺候殿下就是。對了，待會兒王府裡的幾個姨娘會過來，妳們也好認識認識。」

「是，王妃娘娘。」袁姝瑤並不多看寶珠一眼，只端坐在那，規規矩矩的。

董媚卿則是好奇地看了寶珠一眼，瞧見她戴著面紗也不敢亂說什麼，她昨兒一進府可是就把府裡的事情打聽了一遍，知道這王妃最痛恨別人提她破相的事，前兩日就有個不長眼的姨娘撞了上去。

不一會兒，幾個姨娘依次過來，因采蓮受了傷，這會兒就沒過來了。

這時幾個姨娘都挺老實的，規規矩矩地請了安，一句話都沒多說。

坐了會兒，寶珠就讓她們都下去了。

兩個側妃都是太后賜下的人，榮寶珠想著就算蜀王再不喜她們至少該過去她們房裡坐坐，哪曉得半個月過去後，蜀王連去都沒去梅院半步。

袁姝瑤還沒什麼，榮寶珠讓她初一、十五過來請安，她就初一、十五過來，其餘時間都老老實實地待在梅院裡。董媚卿就不願意了，也不知她到底是真心想過來給王妃請安，還是想碰運氣看看能不能見著蜀王，反正是每天都過來給榮寶珠請安，寶珠不見她就大有不走的氣勢。

不過這些日子蜀王似乎有事在忙，所以董媚卿這半個月都沒碰見蜀王，就連白日裡，榮寶珠也很少瞧見他，基本上他都是早出晚歸。

這日一早，榮寶珠起來，身邊的人依舊早就離開了。

剛把丫鬟們叫進來伺候，妙玉就道：「王妃，董側妃又過來了，比昨兒還早半個時辰，這會兒還在外頭待著，說是非要過來給您請安。」

春蘭嗤笑。「什麼請安，王妃沒醒她就過來了，還不是想見殿下，這才一日比一日早，真不知羞恥，以為別人不知道她在想什麼呢。」

「春蘭，慎言！」木棉一臉嚴肅。「不管如何她都是側妃，不是我們能議論的，莫要給王妃惹上麻煩。」

春蘭嘟囔道：「是……我就是在屋子裡說，在外頭肯定不會亂說話的。」

榮寶珠笑道：「好了，又不是多大的事，趕緊替我梳了頭，我出去見見她。」

董側妃就算是司馬昭之心路人皆知，其他人對她過來請安的事也不會多說什麼。畢竟過來給正妃請安是她的職責，別人只會說她懂事守規矩，榮寶珠要是不見，反而就是她的不是了。

天氣越發熱了，榮寶珠剛出了屋子身上就有些出汗，幸好廳裡為了招呼董側妃已經擺上了冰盆。

董媚卿瞧見榮寶珠進來，忍不住往院子裡多看了一眼，這幾日她過來自然都是為了見殿下。說起來她心中就有氣，這都進府半個月了，殿下從沒進過梅院半步，天天歇在墨陰院裡，這個破相的王妃到底有什麼好？

董媚卿對自己的容貌還是很自信的，她相信殿下只要見到她肯定不會無動於衷，哪曉得這半個月她竟一次都沒碰見殿下。墨陰院裡伺候的丫鬟不是王妃的就是殿下的，兩邊人嘴巴都嚴得很，她根本打探不到消息，只能一次次提早過來。

董媚卿笑盈盈地上前給王妃行禮。「妾來給王妃請安，王妃金安。」

「快起來吧。」榮寶珠笑道。「董側妃這也起來得太早了，以後無須這般早過來，卯時過來就可以了，妳這樣倒是讓我這院裡的丫鬟都休息不好。」

董媚卿神色不變，笑著點頭說是。

她在董府中雖然是最小的女兒，卻不是最受寵的一個。說起來她娘生了八個女兒還要生，無非是想要個兒子，對她們這些姑娘的態度都不怎麼樣，而父母對她小弟簡直是含在口裡怕化了，捧在手心裡怕摔了。董府落敗，她們的日子自然不好過，爹娘很少寵著她們，於是她就在這樣的生活中學會如何撒嬌，如何笑臉相迎，如何討巧地過上比較好的日子。

今兒又沒見到蜀王，董媚卿待了一會兒就離開了。

第二十六章

趙宸今天晚上回來得挺早的，此時榮寶珠還在書房裡，聽聞殿下回來也跟著回了房，瞧見他正隨意地躺在貴妃榻上，仰頭閉著雙眼。

聽見聲音，他一雙眼睛立刻睜開，本來顯得清冷的神色緩和了些，半坐起身子，手臂微微張開。

「過來幫我寬衣。」

榮寶珠一言不發，走了過去。他坐著，寶珠站著，她只能微微俯身替他脫衣。很快就把外衫扣子解開了，繼續解他裡衣的扣子，卻不知怎麼回事，有些難解，榮寶珠的身子上前探了探。

趙宸不知是有意無意，把身子往後仰了仰，身子的重量全部靠在貴妃榻的椅背上，本來往裡擱著的雙腳朝外挪動了下。

榮寶珠越發覺得吃力，只能又往裡靠了靠，雙腳也朝前了一點，哪曉得腳下突然絆到一個東西，整個人都摔在趙宸的身子上。

這一下子把寶珠摔懵了，胸前的柔軟觸著他硬邦邦的胸膛，她一連掙扎了幾下都沒爬起來，反而跟他貼得越發緊密了。

趙宸嘴角揚了下，雙手從後環住她的腰身，將她整個人提起跨坐在自己的雙腿上。「怎麼這麼笨？」

榮寶珠坐在他的腿上，直愣愣地看著蜀王的眼睛，她的神色有些詫異，有些驚訝，有些無措，唯獨沒有嬌羞。

這會兒她竟不知該怎麼反應了，過了好半晌，榮寶珠才按住榻的扶手，慢慢從他的腿上離開。

趙宸神情懶散地靠在榻上。「繼續吧。」

這次榮寶珠累得腰身都痛了，不再往前移動半分，就這麼站著替他解開裡衣。

趙宸這才起身去了淨房，出來後，拂冬已經把晚膳擺好了。

兩人食不言地用過晚膳後，丫鬟們將桌子撤下去，榮寶珠想起董媚卿的事情來，不由得提了兩句。「殿下，兩位側妃進門半月多了，您可要過去看看？」

倒不是她肯大方分享自己的男人，而是董媚卿不覺得煩，她都覺得煩了。

趙宸半靠在榻上，一雙眸子正半眯地看著她，神情專注。「看她們做甚？莫不是王妃還要替我操心這些事？」

男人俊美的容貌讓人心驚，榮寶珠心跳快了點。「不是，殿下既然不願意，臣妾不說就是了。」

男人長這副容貌也是禍害，要是醜點，董側妃何故這般心急地想要得到這男人的寵愛？

趙宸伸手拉她到貴妃榻上坐下。「妳有這個閒心還不如去種些花草，對了，給妳的那些種子，妳可種下了？」

榮寶珠呀了一聲，有些不好意思地道：「我忘記了，殿下等等，臣妾這就拿過來瞧瞧。」

前些日子忙，最近又太熱，做什麼事都提不起精神來，她就把這件事拋到腦後了。

妙玉把那荷包裡的種子拿了過來，榮寶珠挪步至燭光下坐，把荷包裡的種子全倒了出來，還從裡面倒出一張小紙條，她大致把小紙條上面寫的內容先看了一遍。

一眼看過去時，榮寶珠心裡已經咯噔了一聲，這些種子竟都是草藥的種子，且還不是一般的草藥，這幾種草藥對解毒有很大的功效。

她瞭解這幾種草藥的功效，心中猜出是怎麼回事，蜀王是中毒了吧！所以後院女子無法有孕，這事顯然是太后所為。

趙宸起身走到榮寶珠身側，俯身問道：「可有把握種活？」

榮寶珠沒點頭也沒搖頭，只用手撚了撚那些種子，過了會兒才道：「種子已經有些日子了，臣妾不敢肯定。」

「無礙，妳就當成花草來種就是了。」趙宸沒把希望放在這幾顆看來有些乾癟的種子上。「對了，明日還要去宮裡，太后說許久沒見妳了，也順帶見見兩位新進門的側妃。」

趙宸的語氣中有一絲嘲諷，榮寶珠抬頭去看他，這人哪怕是嘲諷人的時候面容都清俊得不像話。

榮寶珠收回目光，點了點頭。「殿下先休息吧，臣妾要去處理一下這種子，要儘快栽種了才好。」

說罷，榮寶珠帶著幾包種子去了小廚房，她不許丫鬟跟著，找了幾個閒置的花盆，裡面倒入一些水，加了幾滴瓊漿，把這些種子全部泡在水中。

這些種子被擱置的時間太長，她怕直接種下去會爛掉，不如先用瓊漿泡上幾天看看能不能存活發芽。

她知曉能找到這幾樣種子的顯然不會是個普通人，當然也希望這幾種草藥能夠種植成功，這樣他身上的毒就能解了。先不說兩人的感情如何，她既想幫盛大哥報仇，就要在王府後院站穩腳，而想在這地方站穩腳，一是要靠著男人的寵愛，二就是靠著孩子了。況且她是真的希望自己能有個會叫她阿娘、奶聲奶氣跟她說話的孩子。

種子泡好後，榮寶珠讓妙玉直接收了起來，又告誡妙玉這東西很重要，絕對不能出什麼差錯。

翌日一早，趙宸跟榮寶珠帶著兩個側妃去了宮裡。

太后直接把趙宸打發走。「你去找皇上吧，最近北方有些地方發生旱災，皇上忙得焦頭爛額，你去看看有什麼能幫上忙的。」

趙宸看了榮寶珠一眼。

太后失笑。「怎麼，你還怕哀家欺負你媳婦不成？」

趙宸表情清冷，看不出端倪。

「好了，快去吧。」太后趕人了。

榮寶珠目視趙宸離開大殿。其實她重活一世，早就知道北方會有旱災，可知道又能如何？先不說她若冒著危險把這事情告訴家人或蜀王，也沒半點法子去力抗天災，唯一能做的不過是在災後賑濟災民，倒不如老老實實閉嘴，等到能出力的時候多出點力就是。

「給王妃和側妃賜座。」太后給三人賜了座位，笑咪咪地看向榮寶珠。「自那日進宮哀家就沒再見過妳了，以後妳可要經常進宮來陪陪哀家。」

榮寶珠溫順地點頭。

太后又看向兩位側妃，笑道：「妳們要好生伺候蜀王和王妃，這些日子在王府中住得可習慣？」說的不過是些客套話。

袁姝瑤恭順地道：「一切都很好。」

董媚卿微微咕噥一下，沒說話。

太后神色淡了兩分，卻還是笑問道：「這是怎麼了？若有什麼事，儘管跟哀家說就是了，哀家給妳們作主。」

董媚卿有些紅了眼眶。「太后娘娘……都是臣妾做得不好，所以殿下才不肯見臣妾一面……」

太后的神色越發淡了，看向榮寶珠。「就算蜀王寵著妳，妳也該勸勸蜀王讓他多過去其他人那邊，蜀王現下連個孩子都沒有，王府後宅該雨露均沾才是。」

榮寶珠也挺委屈的。「太后，臣妾已跟殿下提過，臣妾不知殿下是怎麼想的，要不待會兒臣妾再跟殿下說說。」

太后沒說話了，她還算了解蜀王，這人對女色本就不怎麼熱衷，性子冷淡得可以，以往在宮裡的時候身邊就沒幾個女人。她就是表面上關心關心，難不成她還能去跟蜀王說這些房事不成？這也太丟臉了。

「好了，不管如何妳是正妃，應該多為蜀王著想。」太后懶得緊追著這話，又道：「對了，哀家聽說妳前些日子罰了采蓮，采蓮到底是哀家賜的人，雖做錯了事，妳慢慢教著就是了，何必打得她動彈不得。」

榮寶珠起身跪在太后面前，眼睛紅了。「太后說的是，都是臣妾的錯，臣妾不該打她板子。」

太后其實不過是稍微提一下，打一下王妃的臉面罷了，她難不成還能真為了一個妾室為難王妃不成，這樣傳出去自己的名聲也不好聽。哪曉得這王妃竟當了真，這會兒太后很是無語。

「哀家沒怪妳，哀家只是想跟妳說治理後宅不是打板子就成的。」

「這……」榮寶珠越發茫然，一臉無措、不知該如何是好的表情看著太后，都快哭了。

「臣妾才嫁給殿下，實在不知該如何管理後宅，也不知奴才們以下犯上該怎麼處理，求太后教教臣妾，臣妾怕處理不好會被殿下厭煩。」

太后更無語了，這王妃怎麼就這麼蠢，看不出她不過是隨意一提嗎？還非要追著她問怎麼處理，她要是指手畫腳管上蜀王府後宅的事情，不被人笑話才怪。太后心塞，覺得這真是搬起石頭砸自己的腳。

董媚卿鄙夷地看著地上的王妃，覺得這王妃真是愚笨。

袁姝瑤面上終於多了些表情，看著王妃的時候有幾分若有所思。

榮寶珠還跪在地上擔憂得不得了。「這可該如何是好，臣妾愚笨，求太后教教臣妾。」

太后終於被鬧得沒法子了。「成了，成了，妳快起來吧，妳這法子也沒錯，奴才們做錯事，被打了是活該。」

「多謝太后提點。」榮寶珠面上歡喜地看著太后，心裡卻失笑，太后可是承認自己做的沒錯，采蓮若再敢鬧，往後打她板子，就連太后都無從置喙。

太后感到自己有些累，就把她們給打發了。

榮寶珠和兩位側妃坐在偏殿裡等著蜀王回來。

等到快晌午的時候，趙宸才回來，幾人回王府後，他就說皇上派他去北方賑災，快馬加鞭到北方至少要五、六日的時間，這一去一回沒有兩、三個月怕是不成的。趙宸當天就走了。

榮寶珠鬆了口氣的同時，董側妃則快氣死了。她今兒還以為殿下瞧見了她，晚上就會到梅院來，哪曉得又有這麼一齣事情。

趙宸走沒幾天，榮寶珠泡在花盆裡的種子就發芽了，只有兩顆已經完全壞死沒有任何動靜。

這些種子，一共有四種，分別是黃龍草、清靈草、縈香花和雪靈花，都各有四、五株發芽，可之後該如何處理，榮寶珠就有些為難了。

黃龍草需要種植在沙地，清靈草需要四季如春的地方，縈香花需要在水裡方能存活，雪靈花則要種植在長年冰雪的地方。

她在墨陰院的後院開闢一塊大園子出來，專門種植這幾株藥草，之後的半個月慢慢地把這幾種靈草都給養活了。這些玩意兒還真是不好種，黃龍草種在一片沙地裡，清靈草只尋了一塊樹蔭下的地方，縈香花則被她種在一個小水窪裡，雪靈花就難了，每天還要往地上堆些冰塊。饒是如此，過了四、五天這幾株嫩芽都快蔫了。

這幾日榮寶珠並未使用瓊漿，瞧見這嫩芽的模樣便知不用不成，當天就用混合瓊漿的水澆灌了這些嫩芽。

結果第二日這些嫩芽越發蔫了，榮寶珠啞然，心裡大概知曉了一點，這次她並沒有再用摻水的瓊漿澆灌，而是直接一株用上一滴瓊漿，如此就用了十來滴，她都有點心疼了。

這神奇的瓊漿自幼就隨著她的手掌心長大而增多，小時候不過只有七、八滴，現在大概也就二十多滴。光是澆灌這幾株嫩芽就快用盡了，她不心疼才怪。好在每天用一滴瓊漿澆灌後，這些嫩芽總算慢慢成活了，越來越嫩綠，精神抖擻。

轉眼進入八月，天兒越發熱起來，北方的旱災也不知如何了，至今榮寶珠已經捐了不少銀子，全部託交給趙宸處理。對於那些府衙的捐助機構，她還是有些不信任，可對蜀王的人品她是放一百個心的，這人性子雖不好，對百姓卻很有心。

至於那董側妃，自從趙宸離開後就生病了，除了初一、十五會過來請安，並未再多來一日。

榮寶珠的日子恢復平和，早上誦經唸佛，下午看書侍弄花草。

每日平靜下來的時候，榮寶珠總是會怔怔地坐在那，想著邊關的阿玉和盛大哥。盛大哥的屍首找到了嗎？一想起此事，她的心便痛得猶如刀割。

到了十月，王府桂花飄香的季節，趙宸回來了，雖然人清瘦了些，卻越發精神，神采奕奕。他回來的第一件事自然是進房梳洗，卻未料剛打開房門，裡頭空無一人。

趙宸皺眉，回頭問拂冬。「王妃呢？」

拂冬笑道：「王妃這時候正在佛堂裡，要不讓奴婢伺候殿下寬衣吧。」

「不必了。」趙宸皺了下眉頭，脫了衣裳，直接進去淨房。

拂冬怔怔地站在原地，半晌才嘆了口氣。

榮寶珠從佛堂出來後就打算回去房裡淨身，蜀王回來的事情只有拂冬她們幾個丫鬟知道，寶珠還不知曉。

她一進房就脫了衣裳，在房裡脫到只剩下裡衣，又讓木棉、春蘭挑了身換洗的衣物。兩個丫鬟說笑著推開了淨房的門，三人走進去就傻眼了，白玉石浴池裡竟躺了個人，還是兩、三個月沒見著的蜀王。

兩個丫鬟急忙跪了下來，榮寶珠則有點無措，這人回來怎麼都沒人告訴自己？好在自己只脫了外衫，沒把裡衣一起脫了。這會兒她一頭黑髮披散在身後，臉上猙獰的傷口因為用了摻雜瓊漿的藥膏恢復了些，雖然疤痕還是明顯，卻沒那麼可怖了。

在京城裡的這段時間，她雖沒打算把疤痕完全去掉，可也沒想頂著這麼猙獰的疤痕過下去，總要恢復一些。

趙宸眼中只盯著那個身姿曼妙的女子，他神色暗了暗，打發兩個丫鬟出去，跟榮寶珠道：「妳過來伺候我洗吧。」

榮寶珠再不情願也不能忤逆他，只能走過去，半跪在白玉池邊上替趙宸搓著背。

他身軀結實，哪怕此刻身體都是繃得緊緊的，榮寶珠用了好大的力氣，正使勁搓得腰痠背疼，趙宸忽然伸出一隻手扯住她的手臂，直直把人扯進了浴池裡，身上的裡衣瞬間濕透，貼在榮寶珠玲瓏的身軀上。

趙宸用的力道討巧，榮寶珠並未傷著，整個人都摔在他的懷中。

趙宸鬆開了她的手臂，淡聲道：「在池裡幫我搓吧，容易些，省得弓著腰，會受不住。」

榮寶珠應了聲，有些不自然地轉到他的身後，好不容易把背部搓完了，她覺得這人的身子似乎更繃緊了，正猶豫著還要不要繼續伺候時，趙宸已經繃著聲音道：「好了，妳出去吧，待會兒我洗好了妳再進來。」

榮寶珠只好穿著一身濕漉漉的裡衣爬出池子。趙宸看了她一眼，攥了下拳，垂下了眸子。

榮寶珠出了白玉池，取了旁邊架子上方才丫鬟留下的衣裳，顧不上裡衣濕透，直接披在身上出去了。

兩個丫鬟早已經在外頭守著，榮寶珠不願在房裡把濕衣裳換下，怕待會兒被蜀王撞見，就穿著濕透的衣裳在房裡等著。

哪曉得這一等就是半個時辰，趙宸穿戴妥當出來時，還責怪她。「怎麼不把衣裳換了？天氣都涼了，若是著涼了可怎麼辦？」

榮寶珠唔了一聲，趕緊喚來丫鬟去換水，這才進去梳洗了一番。她出來後，瞧見趙宸正懶散地躺在榻上隨意翻看著一本書，連眼都沒抬一下。

拂冬進房擺好午膳，兩人沈默地用著膳食，榮寶珠對著他話不多，原本還想客套地問問身子如何、可累著了，但瞧他悠閒的模樣她實在問不出口，硬生生把話吞了回去。

用了午膳，趙宸又過去漪瀾院忙公務，走的時候跟榮寶珠說了句。「明日有宮宴，記得準備一下。」

到了下午，榮寶珠才從春蘭打探的消息中得知，蜀王這次賑災的事情做得很好，連官員貪掉的災銀都被他追了回來，全部用在賑災上，據說皇上很高興，要擺宮宴慶祝一下。

晚上的時候，趙宸回了墨陰院休息，兩人還是蓋著一床衾被，這會兒天氣已經轉冷，寶珠睡覺越發喜歡蜷著身子睡。

趙宸大概覺得她這樣挺有趣的，盯著她看了半天才閉眼睡下。

翌日一早，趙宸領著榮寶珠進宮。

今兒雖說是宮宴，卻和家宴差不多，除了太后、皇上、後宮的妃嬪、皇子公主他們，另外還有幾個一品重臣。皇上坐在大殿最上首，太后和皇后坐於其左右側。皇后身邊依偎著小皇子，她正握著小皇子的手，輕聲跟他說了幾句話，一臉柔和。

每人都有各自的食案和位置，榮寶珠挨著趙宸坐下。

因為今兒是宮宴，榮寶珠臉上沒戴面紗，傷疤顯露出來，雖比前些日子淡了許多，饒是如此，已經夠讓在場的人對她行注目禮了。

這會兒許多人的目光老是有意無意地瞟向榮寶珠，她倒是淡然，趙宸的目光就有些不喜了，使勁皺著眉頭。

人都到齊了，皇上開口道：「昨兒蜀王剛從北方回來，賑災做得很是不錯，幾百萬兩銀子都用在災民身上，沒有一絲的浪費，朕心中甚是寬慰，今兒宴請了幾位愛卿過來慶賀一下。」

下面全是一些恭喜皇上、賀喜皇上的話，說皇上有個如此能幹的親王皇弟是福氣，也是天下百姓的福氣。

皇上面上笑著，心裡卻是不悅，他哪想到派蜀王去會做得這般好，他承認自己這個皇弟的確有能力，可惜啊，為何不是他的親兄弟，為何非是玉妃的孩子，不然有個這麼能幹的幫手他也能輕鬆不少。

趙宸被人一杯杯地敬酒，來者不拒，全部喝掉了。其他的妃子則跟榮寶珠說著話，閒聊幾句。

榮寶珠上首的位置剛好是麗妃，這位麗妃是大戎國的公主，前幾年才賜給皇上，皇上對這位麗妃寵愛得緊，當年還為了這位妃子舉行秋獵，請了不少世家女，寶珠那時候也去了，最後還不小心崴了腳，碰見蜀王……

想起往事，榮寶珠心裡又攥緊了，因為她總是會不經意地想起盛大哥，許多時候她根本不敢回想以前的事情。

「王妃，妳嚐嚐這個酒，味道很好，這東西來自妾的家鄉，好不容易才弄來的。」

榮寶珠聽見聲音側頭看去，是麗妃正笑盈盈地看著她，指了指她桌上的酒杯。「第一次喝可能會覺得味道有點怪，不過這是用各種鮮花和蛇釀製的，喝了對身子有好處。」

麗妃只比榮寶珠大六、七歲，在宮中被呵護得很好，看起來相當年輕，且她心性大大咧咧，沒有宮中那些妃子的算計。她看寶珠順眼，就願意跟寶珠說話。

榮寶珠嚐了一口，入口的味道的確讓她有些不習慣，可入口沒多久身上就暖呼呼的，很是舒服，她不由得多喝了兩口。

麗妃笑了起來，偷偷地跟她道：「大家都喝不習慣這東西，就我喜歡。」說著，看到寶珠臉上的傷口，她大大方方地道：「我們大戎國有種藥膏，對疤痕有奇效，不過妳的傷口太深，想要恢復以前的模樣是不大可能了，我送妳兩盒，用了後，傷疤應該能淡化很多。」

榮寶珠感激道：「多謝麗妃娘娘。」

不等麗妃說什麼，上首的皇后已經笑道：「麗妃這是做甚，蜀王妃臉上的傷疤都有些日子了，怕是難以消除，送她也是浪費。」

皇后對榮寶珠說不出什麼好聽的話，她本來就對大嫂榮元婧看不順眼，自然對嫂子的娘家人也沒什麼好感。

麗妃的臉色冷淡下來，沒搭理皇后。

小皇子的注意力被寶珠臉上的傷疤吸引了，忍不住在皇后的懷裡扭動了起來。「母后，好醜，好嚇人……」

皇后輕拍了拍小皇子的背。「好了，好了，天崇莫怕。」

旁邊的長安公主冷著臉道：「母后，管好皇弟。」又瞪了趙天崇一眼。「閉嘴！不許亂說話。」

小皇子似乎很怕長安公主，躲在皇后懷裡不說話了。

皇后氣道：「他一個孩子懂什麼，妳吼他做甚！」

德妃冷笑了下，揚起了嘴角。

太子則是癡癡地看著寶珠，瞧見她臉上的傷口心裡憋得厲害。

榮寶珠只當沒聽見這些話語。她總不能跟一個快要暴斃的小皇子計較吧，她記得很清楚，小皇子並沒有活到成年。

趙宸的臉色有幾分冷冰，掃了皇后跟小皇子一眼。

宮宴結束後，趙宸冷著臉走在前面，步伐有點快，榮寶珠跟得有些吃力。

回府的路上，兩人一路無言，回到王府後，趙宸立刻去了漪瀾院，讓榮寶珠先返回墨陰院。

趙宸心裡惱火，砸了一地的東西，又把子騫叫進來，等人進來後，他冷著臉道：「你立刻去讓宮裡的人把皇后當年混淆皇室血脈的事情透露給德妃。」

子騫遲疑道：「殿下，時間會不會早了些？」

「無礙。」趙宸尋了張太師椅坐下，神色陰冷。「現在就告知德妃去，讓她們狗咬狗，皇后當年做的那些事人證還在，很容易被查出來。」

子騫不敢多話，點了點頭就出去了，心裡忍不住嘆了口氣。

宮裡頭是幾家歡喜幾家愁，德妃回寢宮後心裡很是氣惱，眼看著皇上跟太后越來越寵愛小皇子，她卻什麼法子都沒有，忍了又忍還是沒忍住，砸了一套精緻的浮凸梅花白瓷杯才甘休。

伺候在身邊的白嬤嬤道：「娘娘，您別氣壞了身子，不值當，反正大皇子已是太子了，小皇子年紀這麼小，翻不出什麼浪花的。」

德妃恨道：「嬤嬤，妳沒瞧見皇后那耀武揚威的樣子，真真是可氣極了，當誰不會生兒子啊！」她心裡擔心，皇后是太后的親姪女，皇后那個蠢的她不會畏懼，就怕太后有什麼心思。

白嬤嬤遲疑了下，忍不住道：「娘娘，恕老奴說句觸犯皇威的話，您有沒有覺得小皇子越大長得越不像皇上，也不像皇后，模樣普通了些。」

德妃皺了下眉頭。「自然是發覺了。」她心裡一驚，抬頭看向白嬤嬤。「嬤嬤這話是什麼意思？」

白嬤嬤張了張嘴，欲言又止，德妃已經道：「嬤嬤跟在我身邊也好些年了，有什麼話儘管說就是。」

白嬤嬤這才道：「老奴就是覺得有些奇怪，這都快十年了，宮裡的妃子沒有一個懷過身孕，唯獨前幾年皇后突然有了，就連最受寵的麗妃這幾年肚子也一直是平平的。」頓了下又道：「且皇后生產後沒多久，身邊伺候的嬤嬤跟幾個宮女還有當初診脈的太醫就全部病死了……這倒沒什麼，讓老奴心驚的是，老奴前些日子回家探親的時候竟似乎瞧見了貢嬤嬤，那可是當初給皇后接生的嬤嬤，不是對外宣稱病死了嗎？」

德妃心裡怦怦直跳，直覺有什麼事情要發生，攥緊了拳頭問道：「嬤嬤可還記得在哪裡瞧見貢嬤嬤的？」

白嬤嬤道：「老奴家在北方，就是前些日子在回去的路上經過一個小鎮，人口不多，老奴那日歇在小鎮，無意間碰見的，還以為是認錯人了。」

德妃猛地站了起來。「嬤嬤，妳快些去給我娘家下帖子，我要見爹爹一面。」

不管如何總要查查，萬一真是皇后膽大包天，那也怪不得別人了，是她自己作死！

榮寶珠回去後心裡有些過意不去，覺得自己是不是給蜀王丟臉了，所以蜀王一連幾日都歇在漪瀾院裡，兩人已經幾天都沒見著面了。

這日早上榮寶珠起床，過來伺候她梳洗的迎春就笑咪咪地道：「姑娘，昨天晚上殿下大發雷霆了。」

榮寶珠取了藥膏在傷疤處塗抹開來，笑道：「殿下發脾氣，妳高興什麼？」

「奴婢自然是高興的。」迎春笑嘻嘻地道。「殿下發脾氣是因為董側妃。」

榮寶珠唔了聲，心裡知道是怎麼回事了。

迎春繼續道：「昨兒晚上，董側妃打扮得花枝招展過去漪瀾院找殿下，結果殿下直接大發雷霆，還罵了董側妃，把董側妃都給罵哭了，這會兒她還在梅院病著呢。」

榮寶珠挺無語的，這董側妃進蜀王府也幾個月了，都不打聽打聽蜀王的喜好嗎？這男人最厭惡的事情就是後宅的女人去漪瀾院找他，還只是罵她幾句已經算是不錯的了。

今兒是十五，側妃跟妾室都要過來請安，之前蜀王去北方賑災時，這些人都挺老實的，寶珠就怕蜀王回來，這些女人就不安分了。

好在似乎昨兒董側妃被教訓的事大家都知道，過來都是老老實實地請安，就連采蓮也乖巧地跟在大家身後，請了安就都離開了。

因後宅這些女人都歸榮寶珠管，董側妃病了，她必須過問，之後她讓人請大夫過去梅院，把過脈後，大夫就過來回話，說是側妃焦慮過度，並無什麼大礙，開了幾帖藥就走了。

沒兩天董側妃病好了，不敢再去漪瀾院找蜀王，只乖乖地待在梅院裡。

趙宸一連在漪瀾院裡住了半個月，榮寶珠這半個月連他的面都沒見到過。

不過半個月的時間已足夠德妃把白嬤嬤口中的貢嬤嬤找到，且悄悄地把人弄進宮裡，德妃終於知道了事情的始末。原來從一開始皇后懷孕的事就是假的，皇后串通了幾個嬤嬤、宮女以及替皇后把脈的太醫，快生的時候才從外頭找了個男嬰，餵了藥後偷偷地送進宮裡，以此混淆皇室的血脈。

貢嬤嬤又說，這事情之後，皇后就暗地裡用毒酒把她們弄死了，可是不知怎麼回事，她被扔在亂葬崗上後竟醒了過來，身上出了一身冷汗，她也不敢揭發什麼，連夜就趕回了老家。

貢嬤嬤知道這件事如今已經暴露，當初她有參與其中，皇上不可能饒過她，她只求德妃能夠饒了她的家人，德妃自然是應承下來。

德妃幾乎是滿心歡喜地去找了皇上，得知皇上去了皇后的寢宮時不由得冷笑一聲。

德妃轉而去皇后的寢宮，得到准許入內之後，瞧見皇上跟皇后還有小皇子一家其樂融融地用著膳，德妃面上一片平靜，只道：「皇上，臣妾有重要的事情跟您稟告。」

皇上皺眉道：「待會兒吧，等朕陪著天崇用過膳，妳先去朕的寢宮等著吧。」

德妃足足等了半個多時辰，皇上這才把她叫進御書房。「有什麼事情？」

德妃把白嬤嬤說的事情跟皇上說了一遍，先說白嬤嬤在回鄉探親的路上碰見了貢嬤嬤，再把貢嬤嬤說的話告訴他。

皇上的臉色鐵青，身子隱隱顫抖。

德妃道：「臣妾已經找到了貢嬤嬤，這事貢嬤嬤可以作證，她人正在臣妾的寢宮裡。」

皇上自然知道貢嬤嬤早就得病死了，若她現今還活著，就意味著德妃沒有說謊。皇上讓德妃把貢嬤嬤叫了進來，貢嬤嬤跪在地上哆哆嗦嗦地坦白了所有事情，說到最後皇上已經砸了御書房中所有的東西，幾乎是怒吼道：「來人，去把小皇子給朕抱來！」

皇上身邊的蘇公公去抱小皇子的時候，皇后還笑道：「皇上這是怎麼了，才見過天崇，這會兒怎麼又讓人把他抱過去，他都歇下了。」

蘇公公不知道御書房裡發生的事情，貢嬤嬤當時是被偷偷送進御書房的，蘇公公只笑道：「許是皇上掛念小皇子，老奴這就把小皇子抱過去吧。」

既是皇上的命令，皇后不敢違抗，把還在午歇的小皇子叫了起來。

小皇子漸漸長大，脾氣也漸長了，賴在床上不肯起來。以往曾有這樣的事情，基本上都是皇上順著小皇子，皇后就出去跟蘇公公無奈地道：「公公，你也瞧見了，他不樂意，要不您回去跟皇上說一聲，等天崇醒了本宮再把他送過去。」

蘇公公知曉皇上平日裡對小皇子寵愛得緊，只能先回去覆命了。

哪曉得這麼一說，皇上當即就把書案上的一個硯臺砸向了蘇公公。「怎麼著，連朕說的話都沒用了是不是?還是你把小皇子跟皇后當成你的主子了!還不趕緊滾過去把小皇子給抱過來!」

蘇公公嚇得腿都軟了，抹了一把額頭上的血就立刻去皇后的寢宮。

皇后得知皇上發了好大的脾氣，心裡隱隱有些不安，不敢耽誤，抱著哭鬧的小皇子過去御書房。

到了御書房，皇后瞧見皇上的臉色陰沈得可怕，上前笑道：「皇上這是怎麼了?可是天崇做錯了事情？皇上要顧著身子才是，天崇若是做錯了什麼，臣妾慢慢教導他就是了。」

皇上把所有人都趕出去，只餘下皇后跟小皇子，他陰沈地看著皇后。「妳跟朕說實話，天崇到底是不是朕的孩子！」

皇后心中大震，手抖了起來，強裝鎮定地道：「皇上說的這是什麼話，天崇當然是您的孩子，不知皇上打哪聽來這些閒話。」

皇上把手邊的杯子砸到皇后腳邊。「妳還敢欺瞞朕，真以為妳當初做的事情已經處理得乾乾淨淨？妳是不是非要讓朕把人請到妳面前才肯說實話。」

皇后心裡駭得不行，細想一下，當初知道這事的人她早就處理乾淨了，皇上不可能找到什麼證據，這麼一想，皇后心裡有了些底氣，咬牙道：「皇上怎能誣衊臣妾，天崇本就是皇上的孩子！」

「賤人！」皇上氣得身子都弓著了。

小皇子趙天崇已經四歲，能聽懂一些大人間的話，嚇得哇哇大哭，躲在角落不敢靠近他們。

皇上掃了小皇子一眼，以前還不覺得，這會兒看小皇子長得一點都不像他，心中大怒，讓蘇公公去端了一碗清水，並抓了小皇子過來，刺破他的手指滴了一滴血在清水裡。

皇后心中大震，這會兒面上已經沒了血色。

小皇子被刺破手指痛得哇哇大哭，口中喊道：「母后，母后，崇兒好痛，母后救救崇兒。」

皇后心疼得心都快滴血了，他雖不是她親生的孩子，卻是從一出生就帶在身邊養著的，養了這麼幾年，早就把他當成親生孩子來疼愛了，又怎麼忍受得住他吃苦，更讓皇后膽顫心驚的是，皇上這是打算滴血認親了。

皇上刺破手指，滴了一滴血在清水中，看著血珠落下的那一刻，皇上甚至忍不住想著方才他聽到的事情都是假的，只要兩滴血能夠融在一起，他就什麼都不計較了，天祟還是他最疼愛的孩子。

可還是讓皇上失望了，兩滴血不管如何都不能相融，皇上的牙齒咬得咯咯作響，砰的一聲又拿了一個杯子砸向皇后。

皇后沒有力氣閃躲，硬生生地被杯子砸到額頭，殷紅的血跡滴落在臉頰上。

小皇子嚇得嚎哭不斷。

皇上怒道：「閉嘴！」

小皇子抽抽噎噎的不敢再哭，小臉蛋嚇得發白。

皇后心疼得厲害，終於忍不住哭了起來。

「妳還有臉哭？妳這賤人，竟想混淆皇室血脈！妳現在承不承認？」

皇后抱著小皇子癱在地上，哽咽不止。「臣妾不承認，臣妾不承認……」她如何敢承認。

皇上心裡疼得很，讓人把貢嬤嬤叫了過來。

一看見貢嬤嬤，皇后瞪大了眼，不可置信地道：「怎麼可能，怎麼會這樣……」她臉色慘白，怎麼都沒想到貢嬤嬤竟然沒死，明明被她灌了毒酒，當時也是看著她氣絕身亡才讓人偷偷運出去丟在亂葬崗上的。

「妳可承認了！」皇上臉色灰白，竟似蒼老了不少。

皇后終於什麼話都說不出來了，只匍匐在地上痛哭了起來。

「來人，把皇后打入冷宮，這輩子都不許她出冷宮半步！」

他到底還是不敢直接處死了皇后，因處死皇后總要給天下一個交代。但怎麼交代？難不成坦白說皇后混淆了皇室血脈？這種丟臉的事情他怎麼可能昭告天下。

皇后被人拖去了冷宮，皇上看著坐在地上瑟瑟發抖的孩子，心裡痛得厲害，怔怔地看著他，竟一時不知該怎麼處置，半晌後才無力地道：「來人，先把小皇子送去德妃那邊。」

小皇子被送過去後，皇上立刻下令處死了貢嬤嬤。

自此，皇上慘白著臉色呆愣地坐在御書房裡，直到晚上的時候，太后知曉皇后被打入冷宮和小皇子被送到德妃那的事才匆匆趕了過來。

問了皇上是怎麼回事，皇上虛弱無力地把事情說了一遍，太后的臉色鐵青。「那賤人！哀家要殺了她！」

太后最重視的是自己的兒子和其血脈，姪女在她眼中根本不算什麼，哪比得上自己的孩子、孫兒重要，她自然無法容忍這種事情，便怒道：「那孩子難不成你還打算留下？」

皇上沈默不語。

太后道：「不管如何，都不能讓那孩子再繼續活下去，哀家這就去安排，不出幾日他就會抱病身亡，到時也好給大家一個交代。」

皇上依舊沒有說話，太后心疼他，嘆了口氣就離開了。

長安公主一聽皇后被打入冷宮、小皇子被送去德妃處就知曉當年的事情敗露了，慌忙地衝出寢宮想要求皇上饒了皇后，卻在半途生生地止住了步子。

她去求了又如何？若真是事情敗露，皇上不殺皇后已經十分仁慈，她去勸說沒有半分幫助，反而會把自己也賠了進去。

長安公主攥著拳站在大殿外，臉色灰敗，半晌才慢慢回了寢宮。

可就算這樣，太后也沒饒了長安公主，將她禁錮在宮裡，不許出寢宮半步。

不出幾日，宮裡的小皇子突然得了急病，就連宮裡的太醫們都束手無策，小皇子不出幾日就身亡了。

皇上震怒，責罰了幾個太醫，又昭告天下，之後更是連著幾日都沒有早朝。

榮寶珠得知這事的時候，只嘆了口氣，她以為小皇子是真的病亡了，哪裡知道宮裡發生了這些事情。

第二十七章

小皇子病亡的那日，趙宸從漪瀾院回到墨陰院休息，這時已經是十月底。

趙宸過去墨陰院時心情不錯，榮寶珠這時候正在房裡查看府中的帳目，這東西她一個月看一次，有王嬤嬤幫著，沒出過什麼錯。因此這管家的權力一直在她手中，並沒有如上輩子那樣交到拂冬手中。

趙宸進來瞧她正在翻看帳目，走過來瞄了兩眼。「可覺得麻煩？」

「還好。」榮寶珠差不多已經對完了帳目。「看得懂，若是有什麼不懂的，我會請教壽嬤嬤的。」

「請教她做甚？」趙宸回到太師椅上坐下。「有什麼不懂的問拂冬就是了，她懂得不少，壽嬤嬤年紀大了，就不要麻煩她了。」

榮寶珠知道他會這麼說並不是因為壽嬤嬤年紀大了的原因，而是因為壽嬤嬤是太后的人，所以蜀王不喜歡讓壽嬤嬤管理宅子。上輩子也是因為如此，所以蜀王才借著她把管家的權力交給了拂冬。

這輩子她懂得這些，自然就不需要交給拂冬了。

榮寶珠對完帳目就合了起來交給王嬤嬤收好，又讓下人上茶水，一時之間竟不知要跟趙宸說些什麼話才好。

好在趙宸已經拉著她一起過去貴妃榻上坐下。「這幾日休息得可好？我在漪瀾院裡有事情忙，妳不要多想，今日我就能回這邊休息了。」

趙宸這些日子的確有事情要忙，確切地說，自從他知道自己的生母是玉妃後就開始忙碌了。起先他或許不知道自己想要的是什麼，可漸漸長大，他就越來越清楚自己的目標，他要皇位，要殺了太后、皇上，至於其他的，他從來沒有多想，榮寶珠則是一個意外。

她讓他覺得自己有心，讓自己暴躁的脾氣漸漸平復下來，對於這個小妻子，他知道自己是喜歡的，喜歡跟她相處的時光，只是再多的，他就不清楚了，也不敢肯定。

這幾日把皇后當年做的事情輾轉透露給德妃，趁著宮裡亂的時候他忙著自己的事情，他有太多事情要忙，鐵礦、銀子、人脈、兵馬……一件件都需要他處理。這段日子，他對外宣稱是在漪瀾院裡，讓府裡所有人都以為因為宮宴當日王妃被皇后羞辱，所以他惱羞成怒地住在漪瀾院不搭理王妃了，怕是連他身邊的拂冬都作如此想的吧。

漪瀾院的書房中有個連接外面的地道，這地道只有自己跟風華知道，很多時候他需要以漪瀾院為掩護，從地道出去辦一些事情。他知曉王府中有其他人的眼線，並不是他不願意清理，而是清理了，太后跟皇上仍會繼續想辦法往府裡塞人。如今眼線在明，他能掌控得住，換了新眼線進來反而又是一番折騰，倒不如維持現況，反正那些眼線是不可能進入漪瀾院和墨陰院的。

榮寶珠知道這些日子府中的流言，說因為她在宮宴上丟臉，所以殿下生氣了，一連半個多月都沒踏進墨陰院一步。她不知道實情是不是如此，反正對她來說原因不重要，只要蜀王給她應有的體面和權力就好。

在他身側坐下，榮寶珠才道：「這幾日都挺好，殿下無須擔憂。」

趙宸怔怔地看著她左臉上的疤痕，待回神的時候右手已經撫了上去，他從寶珠眼中看到驚訝和無措，忍不住揚了下嘴角，用拇指撫著那還有些明顯的疤痕。「疼嗎？」

榮寶珠遲疑了下。「早就不疼了。」

她實在不懂蜀王是怎麼回事，她腦中有個大膽的猜測，卻又覺得這猜測莫名可笑，莫非蜀王喜歡她？不過，這可真是天底下最大的笑話了，這男人怎麼會喜歡女人？上輩子她跟了他八年都沒見他喜歡過哪個女人。

趙宸在心裡嘆息，繼續輕撫著那道傷疤，過了會兒竟低頭在榮寶珠左側臉頰的傷疤上親了一口。

榮寶珠立刻僵住，直直看著趙宸什麼反應都做不出來。

趙宸瞧見她這模樣有些想笑，雙手扶著她的腰身，將她整個人拎起來跨坐在自己的雙腿上，俯身含住她的唇。

她的唇果然一如想像中的柔軟香甜，他有些急躁了起來，他到底是高估自己的忍耐力，從北方回來的時候他就有些忍不住了，如今宮裡被小皇子的事鬧得人仰馬翻，肯定顧不得他這裡，且兩人遲早要圓房，早些日子也沒什麼。

榮寶珠整個人都僵住，猶如被雷劈了一般，不可置信、驚訝、慌張、無措，這人……這人怎麼會親吻自己？

他不僅親吻自己，甚至含住了她的雙唇細細啃吸，最後還將舌頭探了進去。

榮寶珠忍不住伸手去推他，他卻將她的一雙手牢牢固定在身後，繼續為所欲為，直到她快要窒息了才放開她。

榮寶珠得了自由，立刻大口呼吸了一口氣，腦中已成一團漿糊。

趙宸摟著她的腰身，連氣息都沒亂上一分，笑道：「今兒我就在墨陰院裡陪妳了，接下來幾日怕都有事情要忙，可能就不會過來。」

榮寶珠根本沒聽清他在說什麼，只是下意識地點頭，她實在不明白這人為什麼會親自己。真是喜歡上自己了？還是潔癖已經沒了？

腦中混混沌沌，她一時真不知該怎麼反應了。

趙宸又笑。「我去挑兩本書過來看吧。」說著已經放開她，大步走了出去。

趙宸很快就回來了，手中拿了幾本書，有醫書還有幾本雜記，他在她身邊坐下，把書放在一旁的案几上，挑了一本醫書出來，笑道：「沒想到妳竟是連醫書也看。」

榮寶珠這時終於鎮定下來。「之前在庵裡待了三年多，跟著師太學了些醫術，平日空閒的時候我會看看這些醫書。」

趙宸半開玩笑道：「那日後我若是生了病就由妳來醫治好了。」

「那是自然。」榮寶珠鄭重地點了點頭，沒半分害羞什麼的，兩人是夫妻，親也親了，她自己是沒什麼感覺，只不過是驚訝罷了，何況他身中奇毒，自己還想要個孩子，的確是要替他醫治，不過肯定不是現在。

趙宸隨意遞給她一本書，自己拿了本雜記翻看了起來，似又想到什麼，側頭問她。「那些種子可種下去了？」

「殿下走之前都種了。」榮寶珠道。「死了兩顆，其他的都還活著，這些藥草我全種在後院裡，也吩咐過妙玉跟拂冬誰都不許去後院。」

趙宸點頭，並不打算把自己中毒的事情告訴她，自己是對這小妻子有好感，卻不代表能夠完全信任她。

趙宸隨意地靠在榻上，一手圈著她的腰身，一手翻看著雜記，口中道：「小皇子才過世，妳有空就帶府中的妾室去寺廟祈個福，點個燈。」

榮寶珠點頭，微微有些不習慣他這樣的親密，但沒推開他，只有些僵硬地坐著。

兩人看了一個時辰的書，其間偶爾說上幾句話，拂冬很快過來敲了門，說是膳食已經擺好了。

兩人用了膳，各自去梳洗一番，今兒是榮寶珠先沐浴，趙宸又過去漪瀾院一趟，等她快睡下的時候才回來，他先到淨房洗過後，一上床鋪便直接壓在榮寶珠身上。

榮寶珠倒也鎮定，他親自己的時候她就知道今兒肯定是要圓房了。對她來說，圓不圓房都一樣，既然他要，自己就老老實實地閉上眼睛就是。

這一次他溫柔了許多，沒有像上輩子一樣直接進去，甚至親吻了自己許久，一夜雲雨纏綿。

翌日一早起來的時候，榮寶珠渾身上下都疼，尤其是下身疼得厲害，昨兒夜裡就算他親得再久，該痛的還是一樣痛，不比上輩子好多少。更何況他還折騰到大半夜，幸好她不用給婆婆請安，能睡個晚覺。

她起床的時候身邊的人還沒離開，正赤裸著上半身緊緊摟著她的腰身，她抬起痠軟的手臂使勁扒拉下男人的手臂，他卻反而摟得更緊了。

趙宸自然也醒了，這大概是他這陣子以來睡得最沈的一次，他醒來已有一會兒，只是捨不得起身，知道她醒來在搬動自己的手臂，故意壓緊了一些，等聽到她抽氣的聲音，他才抬了眼，這一瞧發現她白嫩的身軀和腰身上佈滿了青紫。

在心裡暗罵了一句，趙宸一個翻身就坐起來，伸手覆住她身上的青紫。「怎麼回事？」昨天完事的時候還沒有的。

看著雖然嚇人，可這些青紫還沒下面疼得厲害，榮寶珠痛得有些抽氣。「無礙的，就是身上稍微碰一下就會青紫一片。」昨兒這人簡直要折磨死她，捏著她腰身的時候十分不知輕重，不青紫了才怪。

原來是皮膚太嬌嫩了，趙宸盯著那一片片的青紫心裡有些不爽，伸手撫摸了下。「待會兒搽點藥膏。」

榮寶珠點頭，有些不自在，好在趙宸已經下了床，雖然身上啥都沒穿，他也不顧忌什麼，當著她的面穿上了衣裳。「我這就過去漪瀾院，這幾天會有點忙，妳若是有什麼事情就直接去漪瀾院找我。」

榮寶珠點頭，趙宸低頭親了親她的嘴角，心情莫名好了許多。

趙宸走後，榮寶珠就叫王嬤嬤、妙玉，木棉、春蘭進來伺候。王嬤嬤一進來瞧見床上的樣子就忍不住咧起嘴角。這些日子殿下冷淡得很，她還以為殿下是對王妃有什麼意見，再加上殿下跟王妃一直未曾圓房，她還擔憂得不得了，以為殿下嫌棄王妃，如今可算是好了。

王嬤嬤小心地收了元帕，讓丫鬟們伺候著榮寶珠梳洗。

好在今日妾室們不用過來請安，趙宸雖說要讓她帶著妾室們去寺廟上香，可自己這樣子如何去？只能再緩兩日了。

王嬤嬤已經替榮寶珠準備了藥膏，這會兒榮寶珠在藥膏裡摻雜了瓊漿，自己塗抹了一些。下面簡直是疼得厲害，榮寶珠忍不住嘆息一聲，真不懂這事有什麼好的，除了能傳宗接代外，對人簡直是種折磨。

目前就王嬤嬤她們知道蜀王和王妃圓房了，府中其他人都不知曉，榮寶珠在家休息了兩日，打算明日就帶著後院的女人們去寺廟上香。

想起上一世的事情，榮寶珠心中暗了暗，前世有一回她去寺廟的時候，被人帶到山中的小木屋裡，差點被羞辱而毀了清白，幸虧得了舒濟所救。她不敢肯定這回會不會出事，畢竟這輩子她提前一年嫁人，很多事情都不一樣了，可她卻不得不防。眼下她身邊根本沒有能用的人，都是丫鬟和嬤嬤，她需要一名功夫不錯的侍衛。

這是王府，想找侍衛肯定是找趙宸要人了，榮寶珠有點猶豫，她如今並不是前世的那個笨蛋，能猜到一些趙宸心中的想法。蜀王對她的確是有些不同，他不允許別人觸碰，卻能很自然地觸碰自己，擁抱自己，親吻自己，所有的一切都表明他至少是喜歡自己的。

她的確是想不明白為什麼蜀王會喜歡上她，因為容貌？可她容貌被毀了，一般男人看見恐怕只會覺得厭惡。

榮寶珠甩了下頭，這些都不是她現在該考慮的，她要去漪瀾院找蜀王要個侍衛，而且王妃出府，的確是要有侍衛隨行的。

天氣已經冷了，榮寶珠今日穿了一身薔薇色白色玉蘭印花點紋薄襖，她快十六歲了，一般這個年紀的姑娘還青澀得很，也不知是不是因為她有在服用瓊漿的原因，她發育得很好，穿著這束腰的薄襖，胸脯鼓鼓，腰身不盈一握，下身是件拖地水袖百褶鳳尾裙，越發顯得高挑出眾了。

這兩日趙宸並沒有過來墨陰院，榮寶珠知道他是真的在忙，他要謀奪皇位，要做的事情肯定很多。

遲疑了下，她還是打算親自過去漪瀾院找趙宸要個侍衛。因知道趙宸不喜別人進入漪瀾院，榮寶珠沒敢帶丫鬟，就自個兒一人過去。

去到漪瀾院時，守門的侍衛猶豫了會兒，還是放她進去了。

這也不過是進到院子，裡面還大得很，榮寶珠找著趙宸的書房，見拂冬跟子騫正守在外面。

兩人瞧見王妃，上前行了禮，榮寶珠忙道：「快起來吧，殿下可在裡面？我尋殿下有些事情。」

子騫躊躇了下，想著到底要不要去通報，眼前這位畢竟是王妃，跟其他人不同。

拂冬卻已經啞著聲音道：「王妃請見諒，殿下說過只要他在書房裡一律不許外人打擾，就連奴婢們也沒有進去通報的權力，只有等殿下出來奴婢才能幫您通報。」

拂冬這話說的沒錯，趙宸在書房中時的確是不許任何人進去的，連通報都不行。

榮寶珠點頭。「那我在這裡等著吧，若是殿下出來還煩勞拂冬姑娘幫著通報一聲。」

拂冬點頭。「還請王妃恕罪。」

「是我唐突了。」榮寶珠笑道。「好了，我先過去竹林那邊坐會兒。」

拂冬送榮寶珠過去竹林那邊，上了茶水和點心。榮寶珠讓人都下去了，安靜地在竹林裡等著。空閒下來，她打量起竹林，這是她第一次光明正大地觀察漪瀾院，裡面所擺設的東西都以簡單整潔為主。

榮寶珠知道蜀王是在成親前不久才搬進這王府，不過太后很早就將這座王府賜給他了。

拂冬和子騫又回去書房守著，不一會兒趙宸出來了，拂冬把王妃過來的事情告訴了他。

趙宸的面色就有些不好，拂冬暗嘆，果然是連王妃過來都會生氣嗎？

卻不想，趙宸是道：「以後王妃要是過來找我，直接敲房門三下，我若是出來就出來了，不出來就無須再通報，直接把王妃帶去廂房休息就好。」又問道：「王妃在哪？」

拂冬攥著拳道：「王妃在竹林那邊等著。」心裡微微有些刺疼。

趙宸面色越發不好了，抬腳就朝著竹林那邊走去。

榮寶珠並沒有等多久，很快就聽見竹林外面傳來腳步聲，回頭一看，趙宸大步走了過來，面色看起來不大好，沈著一張臉，榮寶珠心裡又忍不住七上八下了起來。

趙宸瞧見榮寶珠的穿著瞇了下眼。

榮寶珠忙起身，趙宸已經走到她身邊牽著她的手往書房那邊走了，摸著她的手還算暖和，他的面色總算好了些。「今天風大，跑竹林等什麼，下次不許這樣了。」又瞧了眼她高高鼓起的胸脯，心裡有些不樂意。「穿成這樣做甚！」

榮寶珠低頭看了一眼，不覺有什麼不妥，穿著方面她沒在意過，一直都是由著府中的針線房做的，這一身應該是京城新流行起來的樣式，覺得還不錯，她就穿了。

「不敢跟他回嘴，榮寶珠只能點頭。「殿下說的是，臣妾以後會注意的。」

趙宸直接拉她進入書房，拂冬的面色有些白了，神色複雜地看了王妃一眼。

進到書房，趙宸吩咐拂冬送熱茶進來，讓榮寶珠喝下。

這是榮寶珠第一次進這間書房，裡頭十分寬敞，擺設很簡單，入門不遠處是一大排書櫃，和一張大書案，左邊擺著一座鑲寶石紫檀木屏風，屏風後面應該就是休息的地方了。

趙宸拉著榮寶珠在書案後的太師椅上坐下，讓她坐在自己的雙腿上，左手環住她的腰身，心情很好地問道：「過來找我可是有什麼事情？」

榮寶珠有些不習慣他這樣的親熱，身子微微僵硬，不敢亂動，只說道：「臣妾想明日帶妾室們去寺廟上香，又怕會出什麼事情，所以想著要不要帶個侍衛，不過墨陰院並沒有侍衛，臣妾就斗膽過來找殿下了。」

趙宸皺了下眉頭。「這是我疏忽了，待會兒我便讓人往墨陰院那派幾個侍衛去，妳有什麼事情也可以直接吩咐他們。」

榮寶珠笑著點頭，心裡鬆了口氣。上輩子那時候是拂冬管理後宅，蜀王又從不過問後宅的事情，拂冬從未往墨陰院安排侍衛，就連王妃出行都沒有安排，如今想來，也不知那丫鬟是不是故意的。

軟玉在懷，趙宸就有些心猿意馬了起來，他這兩日都沒過去墨陰院，早就有些念著這小妻子了。握住她柔若無骨的雙手，趙宸把她往懷裡一帶，親住她的唇角。

親了會兒又嫌不夠，直接抱著人往屏風後面走去。

榮寶珠這會兒傻了也慌了，緊緊抓住趙宸的衣襟。「殿下，現在是白日。」

趙宸一張俊臉笑得開懷。「是白日又如何，莫不是白日妳就不是我的妻了？」

可這是白日宣淫啊，且外面還守著人，最主要的是，榮寶珠真不喜歡這種事情，太難受了。

趙宸性子從來都是自大猖狂的，怎會聽進榮寶珠的意見。於是兩個時辰後，榮寶珠又渾身痠痛了起來，不過這次似乎比前兩日好了些，沒那麼疼了。

趙宸弄的動靜大，榮寶珠這時真不願出書房，嫌丟臉啊。

趙宸精神倒是抖擻，出了房吩咐拂冬端熱水進來，拂冬面色有些發白，點了點頭就去弄了熱水。

他沒讓拂冬伺候榮寶珠，接過熱水端了進去，親自替她擦身子，瞧見她身上又有些青紫，忍不住皺眉。「妳這皮膚太嬌嫩了。」嬌嫩是有嬌嫩的好處，每次摸著都讓他不想放手，可每次完事後這一片青紫也太嚇人了。

榮寶珠這時根本不想動，趴在床上無力地道：「搽兩天藥膏就好了。」她的皮膚雖容易青紫，可在滴了瓊漿的水裡泡兩天也消得差不多了。

趙宸瞧她精神不好的樣子，笑道：「那妳休息一下，待會兒晚膳就在這裡用完再回去，我晚上就不過去墨陰院了。」他晚上還要出門，風華師父如今遇上點麻煩，他要去處理。

榮寶珠的確有些不好意思現在出門，況且她是真累得慌，趙宸精神旺盛，她實在有些吃不消。她躺了一會兒就睡著了，趙宸沒叫她，自己回到書案前忙碌起來。

榮寶珠這一覺就睡到了申時末，拂冬已經把飯菜都端來，趙宸這才叫她起來，兩人用過晚膳後，他就打算出門了，便讓拂冬送榮寶珠回去墨陰院。

兩人一路無言，拂冬心裡有些恍惚，到了墨陰院後她道：「殿下派的四個侍衛已經去了墨陰院，奴婢還要過去伺候殿下，就先回去了。」

榮寶珠點頭，拂冬福身離開。寶珠一直注視著她，直到她的身影消失不見才進了墨陰院。

院子裡果然站著四名侍衛，他們依次上前見過榮寶珠，四人分別叫王朝、王虎、馬奎、馬龍，四人看來都是不苟言笑，一副嚴肅的模樣。自此，兩人一班輪守著墨陰院。

翌日一早，榮寶珠就帶著兩位側妃、五個妾室去了寺廟，隨行的還有不少丫鬟跟兩個侍衛。因為人多，這一趟出行派了好幾輛馬車，榮寶珠跟著妙玉、盼雲同坐一輛馬車。

這次去的是平安寺，榮寶珠想起她的臉就是在平安寺被榮灩珠毀去的，神色不禁暗沈了些，忍不住伸手摀住左臉。

妙玉看出王妃心裡的不自在，一時不知該如何勸說。

一路沈默地抵達寺廟後，王妃帶著眾人上香，祈福，點燈。忙完的時候已經是晌午過後了，一行人就直接在寺廟後院用了素膳。

用了膳，眾人打算小歇片刻再回府。歇了半個多時辰，榮寶珠就讓盼雲去通知大家啟程。

盼雲剛走，就有人慌張地過來通報。「王妃，不好了，采蓮姨娘不見了！」

榮寶珠挑眉，她記得上輩子就是去寺廟上香，然後采蓮失蹤，她吩咐大家都去找人，自己心軟，別人隨便一勸也跟著去找，哪曉得會被人關進小木屋裡，幸得舒濨所救。如今看來，這事將重演一回。

榮寶珠記不大清楚這當中的細節，她甚至有些忘記上輩子是誰勸她去找人的。

過來通報的人是采蓮身邊叫紅燭的小丫鬟，她是丫鬟紅袖的妹妹。

榮寶珠道：「妳慢慢說，到底是怎麼回事，用膳的時候人不是還在嗎？」

紅燭慌張地道：「奴婢也不清楚，奴婢跟著采蓮姨娘回房歇息了會，姨娘就說胸悶要出去走走，奴婢一直在門外守著，到了這會兒姨娘還未歸。」

榮寶珠想了下，道：「妳先去把人都叫過來吧。」

紅燭點頭，轉身走了。榮寶珠嘆了口氣，這麼單純的小丫鬟做眼線可真沒什麼用處。

妙玉擔心地道：「天色都暗了，要是再晚些，只怕城門就要關了，這姨娘也不知跑去了什麼地方。」

盼雲、紅燭很快就回來，說是已經把人都叫了過來，沒找著的只有采蓮姨娘，兩位側妃、四個妾室，幾個丫鬟和兩名侍衛都來到院子裡。

榮寶珠問道：「你們誰曾見過采蓮？可知她去了什麼地方？」

眾人搖頭，顯然是都不知。

榮寶珠就讓丫鬟們去附近找找看，盼雲遲疑道：「王妃，這都什麼時辰了，再找不著采蓮姨娘的話恐怕會來不及進城，要不就讓大家分頭出去找找看？」

榮寶珠看了她一眼，點了點頭。

盼雲跟大家道：「采蓮姨娘如今還未歸，大家兩兩相伴一同出去找找，不然今天怕是回不了王府了。」

幾個妾室都沒多說什麼，董側妃卻微微有些不樂意。「她一個姨娘不見了，還要煩勞側妃出去找？好大的面子。再說，要大家都一塊去找，王妃自然該帶頭吧。」

這些日子，董側妃心裡一直有氣。能不氣嗎？她進來王府都五個月了，可殿下連她們住在哪都不知道吧。王妃管著後宅也不知提醒殿下一聲，總要雨露均沾吧，殿下都二十二了，連個子嗣都沒有。

這種時候，讓她們側妃出去找人，王妃就能悠閒地坐在裡頭，憑什麼啊。

盼雲道：「王妃身分尊貴，豈是妳們能比的？」

榮寶珠心裡好笑，這事莫非跟盼雲有關係，她好大的膽子，說這話根本是在火上澆油。

董側妃一聽果然來氣了。「什麼叫豈是我們能比的？王妃身分尊貴，可我們也不是地上的塵埃，再者，王妃管理後宅，該做個表率才是，總不能什麼都只動動嘴皮子吧。」

盼雲看了榮寶珠一眼，似有些猶豫。「王妃，這……」

榮寶珠點頭道：「側妃說的沒錯，總不能你們出去找人了，我還坐在這，既如此，我也跟妙玉一塊兒出去找人。好了，時間不早了，莫要再耽誤，趕緊出去把人給找到！」

妙玉有些急了，想說些什麼，榮寶珠卻給她使了個眼色。

兩位側妃、妾室們跟丫鬟朝著院外走去，兩個侍衛沒有動作，他們是來保護王妃的，其他人如何，跟他們沒關係。

榮寶珠先拉過妙玉在她耳邊說了一句，妙玉詫異地看她一眼。

榮寶珠又轉頭同王朝跟王虎道：「好了，你們也快去找人吧，不必待在這了。」

王朝道：「王妃，不可，我們是殿下派來保護王妃的。」

榮寶珠道：「我有妙玉跟著，不會有事的，你們兩人分頭去找，這樣會快些。」

兩人遲疑，榮寶珠道：「怎麼？是不是只有殿下才使喚得動你們？」

妙玉看了眼已經走出院外的側妃和妾室們，快速走到王朝耳邊輕聲說了兩句話，王朝怔了下，點點頭，跟著王虎一塊兒出了院子。

那些妾室還未走遠，有人回頭瞧見他們兩人分開朝著山中而去，悄悄鬆了口氣。

如今院中只剩下榮寶珠和妙玉，妙玉輕聲道：「王妃，這樣畢竟有些不妥，豈能讓您以身犯險，若是……」

面對妙玉的勸說，榮寶珠依然故我。她想瞧瞧是誰想毀了她，上輩子不明不白中招多次，最後還死在後宅，這輩子她哪能跟上輩子一樣？

榮寶珠心裡不怎麼慌張，她身邊除了有一個妙玉，還有王朝等人在，她何懼之有！

兩人走了一會兒，妙玉還是很擔心。「王妃，咱們回去吧。」

榮寶珠覺得她們往裡頭走了應該有一陣子，也沒瞧見那小木屋，遲疑了下，就打算往回走了，哪曉得還沒回頭，榮寶珠就覺得肩膀一疼，好似被人打了個悶棍，身邊的妙玉站著的地方傳來一聲悶響，顯然她也中招了。

榮寶珠心裡忍不住罵了人，好在人昏迷之前剛好聽見王朝的喝斥聲傳來。「大膽！何人，膽敢傷了王妃！」

接著就是打鬥的聲音，榮寶珠徹底昏了過去，眼前黑下的一瞬間，她有些責怪自己太莽撞了，事情終究是有了些變化。

榮寶珠醒來的時候人已經回到寺廟，只不過天色早暗下來，顯然是不可能回王府了。

從妙玉口中得知王朝和王虎已經將賊人給捉住了，榮寶珠吁了一口氣，再一問，失蹤的采蓮也找到了。

榮寶珠皺眉，這件事跟采蓮到底有沒有關係？要真是有關係，那這采蓮也太蠢了，就這樣把自己擺在明面上？若不是采蓮所為，那是誰把采蓮當槍使了？

榮寶珠想了想，決定打鐵趁熱，不等明天，現在就去問個究竟。

所有人都被妙玉叫過來，榮寶珠看了看眾人，董側妃跟盼雲都很緊張。

兩人也不等寶珠問，直接就撇清了自己的關係。

榮寶珠將視線移到采蓮身上，采蓮見狀趕緊表明自己的清白。她在采蓮身上聞到了一絲香味，而這香味采荷身上也有，便詳細地問了問。

榮寶珠抬頭問采蓮。「下午用膳回去後還有誰去過妳房間？」

采蓮皺了下眉頭，老老實實地回答。「沒任何人進奴婢的房間，就紅燭進去過。」

紅燭是伺候采蓮的丫鬟，在她房中自然十分正常。

榮寶珠又道：「妳晚上從山中歸來後，其他人可去過妳房間裡？」

采蓮道：「沒有，只有紅燭來過。」都出了這事，誰還有心思串門。

榮寶珠的目光落在采荷身上，采荷一驚，莫不是王妃察覺出什麼了？不可能的，她做得隱密，買通的是江湖中人，況且她沒在那兩人前露面過，那賊人不可能認出自己。她也就是去采蓮房間點香而已，那香味早就散了，不管如何這事都不可能被人發覺。

采荷使勁攥住了拳，告誡自己莫要慌張，王妃肯定查不到她頭上的。

榮寶珠先讓妙玉去把王朝叫過來問，王朝只說那些賊人沒看清楚買通他們的是何人。

榮寶珠點了點頭，讓王朝在這裡把人看住，自己由妙玉攙扶著過去采蓮的房間。一進去她就聞見一股香味，跟采蓮、紅燭和采荷身上的香味一模一樣，不過比兩人身上的味道濃烈多了，方才要不是距離采蓮近，她也不可能聞得見。

在采蓮的房間裡待了一下，榮寶珠就有些受不了，胸悶了起來，難怪采蓮會跑出去。

榮寶珠這會兒心中已經知道是怎麼回事了。

回到正房裡，榮寶珠看向采荷。「這事是妳做的吧。」

采荷臉色劇變，卻是不肯承認，咬牙道：「王妃怎能隨意誣衊奴婢？說這種話可是要有證據的。」

采蓮的目光也落在采荷身上，她有點不敢相信這事是采荷做的，她們兩人自幼一起進宮，感情很好，又一起被賜給蜀王，有什麼事情采蓮都會跟她分享，可這種事情要是沒抓出凶手，那麼首當其衝的就是她了，畢竟她才是引發事情的關鍵，她若是不出去，大家不會去尋她，就不會有人對付王妃了。

「還不承認？」榮寶珠沈著臉道。「妳在采蓮房中點了香，那香聞了後便會胸悶，采蓮自然受不住，肯定會出去走走。如今這房間裡，除了采蓮、紅燭身上有這種香味，就只有妳身上有，還不承認！」

王朝一聽，就想上前押了采荷，卻被榮寶珠制止。「先讓她說話。」

采荷咬牙道：「不是奴婢所為。王妃不能冤枉了奴婢！」

榮寶珠看向采蓮。「妳晌午用膳後回去房間可有聞見香味？」

采蓮愣愣地點頭。「的確是有股香味。」她的臉色變了，難道這事真是采荷做的？

晌午用過膳回房後，她就聞見那香味了，淡淡的，之後就有些胸悶，方才被人找回去後那香味早就沒了，她也就沒在意。

這會兒大家都有些愣住了，一時不知該如何反應，王妃就是憑著這個判斷的？不過她們怎麼沒聞見這香味？

榮寶珠換看向采荷。「妳不承認就算了，明兒一早回去，搜妳的房間就能知曉這件事到底是不是妳做的。」

采荷臉色一白，冷汗跟著流下來。她怎會想到王妃能憑著這個香味找到她身上來，當初她帶了一根香來寺廟在采蓮的房間點燃，剩下的香她都放在她在王府的房間裡。

榮寶珠這時累得慌，讓王朝直接把采荷捆了看押好，這才看了董側妃跟盼雲一眼，兩人顯然嚇得不輕。

榮寶珠道：「好了，大家都回房休息去吧，明兒一早再回王府。」

眾人只覺腿都有些軟了，陸續回了房，這一晚注定是難以安眠。

榮寶珠也沒睡好，她肩頸疼，醒得早，怔怔地坐在床頭，摸了摸受傷的肩頸，忍不住嘆息了一聲。她沒想到自己兩次出事都是在這寺廟，且兩次都是被她用鼻子給聞出真凶來。說實話，她一開始真沒想過會是采荷，據丫鬟說，采蓮和采荷兩人感情很好，哪想到采荷為了害她，竟把采蓮推到風尖浪口上去了。

采蓮這一晚上沒睡覺，心裡既疑惑又氣憤，她疑惑這事真是采荷所為？氣憤的是要真是采荷幹的，那她不是想害自己嗎？若不是王妃查出了這事，她第一個就跑不了。

翌日一早，王朝跟王虎就押著那些賊人和采荷回了府。

一回府，榮寶珠立刻讓人搜了采荷的房間，果然在她房中找出幾根兩指長的香來。

榮寶珠讓人把那香點上，房內立刻瀰漫出淡淡的香味，讓人心裡不甚舒服，甚至有些胸悶了起來。

到現在這地步，采荷還是不肯承認。榮寶珠也不多言，讓人去了請大夫過來，大夫一來就證實這香的確對人會有影響，初聞會胸悶，聞久了還會昏迷過去。

既然物證都搜出來了，大夫又肯定了這香有問題，榮寶珠就懶得再管這事了，直接回房，把事情交給侍衛們處理。

拂冬從盼雲口中得知在寺廟裡發生的事情了，一聽聞盼雲當時挑唆的話後，氣得給了她一巴掌，然而盼雲並不在意。

拂冬讓盼雲回去後，直接過去漪瀾院，昨兒夜裡殿下在書房中待了一晚上，今天也不知道出來沒。好在剛在書房門口等沒一會兒，殿下就出來了，她把事情大致說了一遍，自然是隱瞞了盼雲和董側妃的話。

說到最後，趙宸的臉色已經陰冷如冰霜。拂冬心中有些七上八下，有些後悔隱瞞了盼雲說的那些話。

趙宸陰沈著臉直接過去刑房，沒多久裡面就傳來慘叫聲，撕心裂肺的，站在外面守著的子霽面無表情，只想著殿下似乎很久沒親自審問過人了，算她們倒楣，殿下的心比一般劊子手都還要狠。

趙宸很快就出來了，身上雖未見血跡，卻一身濃重的血腥味，直接吩咐子騫道：「去把盼雲和董側妃叫來。」

董側妃饒是再想見蜀王也不會是這個時候，等侍衛來叫她的時候她的臉都白了，盼雲也是如此。

拂冬很快就知道了這事，臉色有些發白，心裡重重嘆了口氣。

旁邊的司嬤嬤勸道：「姑娘，妳別太擔心，不管如何，盼雲是自幼就跟在殿下身邊伺候的，殿下對別人雖然狠心，對自幼跟在他身邊的人還是很心軟的。」

拂冬搖頭。「嬤嬤，殿下這次是真的生氣了，是我的錯，不該瞞著盼雲和董側妃那些話，我只是想著盼雲跟我一塊兒長大，到底不忍心……」

司嬤嬤也是自幼就跟在趙宸身邊伺候的人，對他有恩，趙宸對司嬤嬤相當敬重，平日裡她都是住在漪瀾院旁邊的沉香院裡。

司嬤嬤是看著拂冬長大的，知道她為趙宸經歷的那些痛苦，心疼勸道：「殿下一直都很疼惜妳，妳去說兩句，盼雲不會有事的，不過盼雲也真是……」為何要跟王妃對著幹？王妃才是王府裡的主子，殿下雖然寵著她們，卻不會任由別人欺辱王妃。

拂冬到底是有些坐不住了。「司嬤嬤，我去跟殿下認個錯吧，畢竟是我隱瞞事情在先。」

司嬤嬤沒攔著。「去吧去吧。」

董側妃跟盼雲很快就被帶到了刑房，兩人被推進刑房裡，等瞧清楚刑房中的情景後，嚇得渾身顫抖臉色慘白，想要尖叫。

趙宸卻冷聲道：「妳們若是敢叫，就跟他們一樣的下場。」

兩人緊緊捂住了嘴巴。

趙宸坐在滿是血跡的刑房裡，神色平淡地問道：「這事可跟妳們有關係？」

兩人看著采荷跟那些賊人的慘狀，如何還敢隱瞞，都跪了下來，慌亂地道：「求殿下饒命，這事跟奴婢們沒有關係，都是奴婢們鬼迷心竅，想跟王妃爭論個一二，都是奴婢們的錯，求殿下饒了我們。」

趙宸自然知道這件事不是她們所為，不過她們以下犯上是事實，叫過來也就是嚇嚇她們而已，之後他叫人把她們拉出來直接各打二十板子。

拂冬在外頭守著，瞧見趙宸出來時，心中甚是忐忑，把隱瞞盼雲話的事情給說了。

趙宸淡聲道：「不可有下次。」就直接過去墨陰院。

榮寶珠回去後肩頸疼得厲害，妙玉一檢查簡直心疼極了，肩頸處黑紫了一大片，妙玉禁不住哭了。「王妃，您這是何苦？」

榮寶珠苦笑。何苦？若是可以她也想躲在王府裡，遠離這種事情，可就算她不找別人的麻煩，別人照樣會看她不順眼。日後隨著蜀王登基，來找她麻煩的人會越來越多，處在這樣的位置，她又不夠絕頂聰明，能如何？

她這次的確是以身犯險，可說來說去還不是不信任蜀王，要真是信任他，完全不用把自己當做誘餌，直接回來跟他說一聲，他就能將所有事情全解決了。

可他是誰，又豈會管這種事情？對他來說，後宅的爭鬥他是不會管上絲毫的，自己若是做得不好，他會直接讓拂冬接管，她不願跟上輩子一樣，因此一切都只能靠自己。

榮寶珠這時感到萬分勞累，吩咐妙玉道：「去幫我放水，我想休息了。」

去了淨房沐浴，榮寶珠讓妙玉出去，自己在水裡滴了兩滴瓊漿。她跨進白玉石的浴池坐了下來，溫熱的水立刻升高至肩頸處，掩蓋住她肩膀上的黑紫。

不過片刻，淨房門忽然被推開，榮寶珠聽見沈穩的腳步聲傳來，緊接著就聽見趙宸的聲音。「起身讓我看看妳身上的傷。」

她泡在摻雜瓊漿的水中，肩頸處已經沒那麼疼了，身上卻是萬分疲憊，瞧著趙宸這樣闖進來，榮寶珠臉上不見半分羞怯，只道：「臣妾很快就出來了。」

哪曉得趙宸卻直接走到白玉池旁，微微俯身，一個用力就把寶珠整個人給撈了起來。

榮寶珠這時可真是目瞪口呆，她身上未著片縷，這人是不知道嗎，怎麼就這樣把她給撈起來了？

趙宸此時哪有半點其他心思，等瞧見她肩頸處一片黑紫的時候就陰沈了臉。「妳蠢嗎？

既然知道有人想要害妳，還偏要跑出去找人，不會直接讓侍衛處理了這事？」

讓侍衛處理？榮寶珠在心裡冷笑，不揪出幕後的人，如何知道是誰所為？難不成要把所有人都關去刑房嚴刑拷打一番不成？這次不把人給抓住，誰知那人下次還有什麼招。

趙宸是真怒了，說完這句話後，扯過架子上的大氅包裹在她身上，然後抱著人出去，把人抱到了床上，塞進衾被裡。

榮寶珠也不言語，任由他折騰著，趙宸把人放進衾被裡後直接去找了藥膏過來，替她塗抹了起來。

因趙宸心裡有氣，手勁就有些重了，榮寶珠忍不住悶哼了聲，他才放輕了些。可瞧著這礙眼的傷，他心裡還是止不住火大，既然都知道有人想害她，為何她還偏偏以身做餌？

他身上的血腥味極濃，榮寶珠不由得皺了下鼻子，她的嗅覺一直都很靈敏，這並不是件好事，就像這種時候，別人聞見的不過是一絲血腥味，到了她這兒，就猶如身在刑場一般，血腥味嗆鼻得很。

趙宸瞧見她這模樣，冷哼一聲。「那些賊人已經招供了，是有人買通他和另外一人合謀害妳，讓人把妳打昏了拖走。妳知不知道，要是王朝和王虎沒有跟上，等待妳的將是什麼下場？」

榮寶珠縮了下身子，心裡也不好受。

趙宸不再言語，手上的動作輕柔了些，等替她搽完藥就道：「好了，妳好好休息吧。」

榮寶珠嗯了一聲，實在睏得很，很快就睡著了。

平穩均勻的呼吸聲傳來，趙宸坐在床頭定定地看著她，他想不明白，既然她知道有人想害她，為什麼還非要以身犯險，讓侍衛去追查這事情不好嗎？還是她根本不相信自己的人？何止不相信侍衛，怕是連他都不相信了。

趙宸忍不住冷笑了一聲。

等榮寶珠醒來的時候天色已經暗下來，她休息過後，精神恢復了不少，聽見響聲，妙玉跟木棉、春蘭就進來伺候。

榮寶珠穿上衣裳，問道：「事情可都解決了？」

妙玉道：「事情都解決了，據說采荷已經招了，的確是她買通人想謀害王妃。」說著聲音含恨了起來。「王妃菩薩心腸，在王府中從不為難她們，還免了每日的請安，可她倒好，還敢謀害王妃，真是該死！」

榮寶珠沈默，過會兒才道：「那采荷如今怎麼樣了？」

妙玉回答道：「已經被打死了，就連盼雲和董側妃也一人挨了二十板子。」這兩人是該打。

榮寶珠點了點頭。「殿下呢？」

妙玉說道：「殿下出去了。」

趙宸這時在忙別的事情，這幾日風華遇上了危險，如今許多事情都是風華在外替他奔波，特別是東北那邊的鐵礦，這件事有些難辦。那鐵礦位在人煙罕見之地，若要開採會有些困難，更何況還有之後製造兵器的事，一件件都麻煩得很。

趙宸是直接從書房的地道出去，直通京城中一間普通的宅子，出了宅子後，他走進旁邊挨著的一間宅子裡。等他人進去的時候，立刻有人過來稟告。「殿下，風華大人受傷了。」

「怎麼回事？」趙宸臉色大變，隨即衝進屋子裡去。

那侍衛道：「是在回來的路上遭受埋伏，現在還不清楚是哪方的人馬所為，看樣子應該不是太后跟皇上的人，他們還不曉得那鐵礦，臣已經派人去追查了。不過風華大人的傷勢有些嚴重，我們也是費了好大力氣才把大人送進京城，卻一直都找不到薛神醫，又不敢去外頭找大夫，怕被人察覺。」

趙宸陰沈著臉進了屋子，裡面傳來濃重的血腥味，他一眼就瞧見床榻上躺著的人正是風華，這會兒他一動也不動，腰側有一道很深的傷口，正殷殷往外冒著血。

趙宸的手有些抖了起來，轉身劈頭就罵。「這般嚴重的傷勢你還在拖什麼？還不趕緊滾出去找大夫！」

那侍衛也是趙宸身邊信得過的人，名子秦。「殿下，風華大人的傷勢實在是太嚴重了，怕是連薛神醫都束手無策，若是普通的大夫更是不成，這反而會暴露了風華大人的存在……」

趙宸怒道：「那該如何？莫非要等到人死了？還不趕緊去把大夫找來！」

子秦不再堅持，轉身就出去了。

趙宸驀然想起家裡那位說會醫術的王妃，喊道：「等一下。」

子秦回頭，趙宸想了片刻，立刻轉身離開。「我去找大夫來，你在這裡守著。」

趙宸從地道回去後，直接過去墨陰院。

榮寶珠正在房裡讓妙玉替她上藥，剛搽好把衣襟合攏，房門猛地被推開，趙宸大步走了進來，大手一揮。「全部退下去。」

榮寶珠起身迎去，看得出來他心情不是很好，還沒問什麼，他已經道：「妳真會醫術？」

榮寶珠一頓，點了點頭。「會的。」

「那好！」趙宸喘了口粗氣。「妳隨我去救一個人。」

榮寶珠沒有多問其他的，只問道：「是什麼樣的傷勢？」

趙宸把風華的傷勢約略說了下，榮寶珠就起身去拿了藥箱。

趙宸道：「輕簡一些，這事不能被人知曉。」

榮寶珠點點頭，從醫箱裡取了一些解毒丸、養生丸跟續命丸，還有一些救治刀傷的藥膏跟縫合傷口的針線，這些東西不多，她用個小包袱全收起來，藏在寬大的衣袖間，這才隨著趙宸朝書房走去。

榮寶珠沒有多想，只以為病人是在書房裡，哪曉得進了書房卻連半點血腥味都沒聞見。

趙宸回頭深深地看了榮寶珠一眼，牽著她的手繞過屏風，脫了靴子上了床鋪，他掀起紗帳，也不知在哪撥動了兩下，牆壁突然打開，露出一個幽深的黑洞。

榮寶珠心裡一緊，隨後就釋懷了，他這書房要是沒點古怪反而奇怪。

「隨我走吧。」趙宸牽著榮寶珠的手走進去，又將外面的床榻恢復原樣。

裡面並無燈光，一路都是黑的，榮寶珠任由他牽著，只感覺他們一步步下了臺階，路慢慢變窄，只能由兩人並排通過，兩人緊緊地挨在一起，幽深的地道中，只有兩人的呼吸聲清晰可聞。

走了有一會兒，趙宸突然開口道：「這地方，只有我、風華和妳知曉。」

榮寶珠愣了愣，不知為何，被他握著的手反握住他的，道：「臣妾懂。」

趙宸在心裡嘆息一聲，緊緊牽住了她的手，步伐更大了些，榮寶珠忍痛跟上。

走出地道後，她發現這裡是間普通的宅子，趙宸牽著寶珠出了宅子，進入旁邊的一棟屋宅裡，兩人很快便到了風華的房間，子秦還守在外面。

子秦一直跟著風華在外奔波，很少回王府，所以他不認識榮寶珠。

兩人進了房，榮寶珠瞧見床上那人的傷勢心裡忍不住咯噔了一聲，又瞧見他的腰側還在流血，皺眉道：「怎麼也不知曉先止血！」

趙宸道：「止不住。」

「好了，我知道了，煩勞殿下先出去吧。」她頓了下又道：「還要麻煩殿下送盆清水進來。」榮寶珠不願意他在裡面，這人傷勢太重，只怕要用瓊漿才能保住他的性命。

趙宸皺眉。「為何我不可在此？」

榮寶珠無奈。「殿下，您還是先出去吧，您守著，臣妾心裡會緊張。」

趙宸看了眼床上的風華，心裡生疼，不敢再耽誤，為她端了清水進來又出去了。

榮寶珠不敢再耽擱下去，碾碎了一顆續命丸塞進這人嘴裡，好在他的求生意志很強烈，知道要吞嚥口中的藥丸，她又剪開這人腰身的衣物，露出腰側的傷口，傷口很深，血跡隱隱有些發黑，還有股臭味，顯然刀劍上是被抹了毒才刺進去的。

竟還中毒了？榮寶珠嘆氣，要沒瓊漿，只怕就算是傳聞中的薛神醫來了，也沒法子救下這人。

她又給他塞了一顆解毒丸，清出裡面的毒血，等到血跡變得殷紅，她才用水清洗傷口，清水裡她滴了瓊漿。

傷口清洗乾淨，榮寶珠直接在上頭塗了瓊漿，血果然慢慢止住了。縫合好傷口後，她在上面塗抹自製的傷藥膏，總算是鬆了口氣。

榮寶珠沒急著出去，因為她的肩頸處實在太痛了，只能先在一旁坐下，打量起這床榻上的人。

這人約莫四十來歲的樣子，面色有些蒼白，眉眼卻很溫和，這人應該就是殿下口中的風華了。既能知道王府的地道，殿下對他顯然是很看重，只不過她上輩子似沒見過這人。

眼看著他的臉色漸漸平和下來，榮寶珠知道他已經沒什麼大礙了，這才喊了聲殿下。

趙宸幾乎是立刻就推門進來去看床榻上的風華，見他呼吸平穩，面色看起來還不錯，心裡的大石終於落地，然後他看向一側的榮寶珠，瞧見她臉色發白，忍不住過去扶住了她。

「可是肩頸又疼了？」

「子秦，進來！」趙宸喊了子秦過來守在這裡，便牽著榮寶珠去隔壁的廂房中，他扯開她的衣襟，肩膀上的黑紫露了出來，他動了下嘴唇，輕輕在她肩膀上印下一吻，拉著她在一旁的太師椅上坐下。「妳先休息一會兒，我們再回去。」

趙宸安排榮寶珠在廂房裡休息後，又過去看了風華，見他是真的沒有性命之憂，這才怔在原地。

原來她的醫術真是如此了得！

子秦也沒想到這女子的醫術會如此厲害，比起薛神醫都有過之而無不及，說實話，他方才還以為風華大人會死去，幸好。

因屋中的血腥味太重，肩膀又很疼，榮寶珠有些睡不著，她回到剛才那間房裡，囑咐了要注意的事宜。「他流失了大量的血，今後每天都要吃補血的食物，且他至少要在床上休養兩個月，這期間不能亂動，飲食方面也要注意，待會兒我會列清單出來，你們照著辦就是。」

子秦點頭。「多謝。」

之後，趙宸帶著榮寶珠順著暗道回去王府，交代她幾句就走了。

稍晚，風華才轉醒過來，不過身子還是非常虛弱，子秦已經煮了東西給他吃過，裡面加了不少補血的食材。

趙宸進去院子後，子秦就退了出來。

風華躺在床榻上，傷口處仍是很疼，笑道：「你過來了？我還以為今日必死無疑，沒想到竟能活下來，是薛神醫？」

「不是。」趙宸搖頭。「是王妃，我帶她從地道過來替你醫治，她醫術不錯，不到半個時辰就幫你解完毒又處理了傷口。」

風華有些詫異。「是王妃？真是沒想到……」那個被榮家人保護著的天真姑娘會有這樣的醫術。

趙宸在旁邊坐下。「這兩個月你就在這裡休息，哪裡都不要去了，其他的事情我會處理好。」說著他從身上取了幾顆解毒丸出來。

「這是王妃讓我帶來的，七天的量，每天服用一顆，七日後身體裡的毒才算是清除乾淨。」

第二十八章

榮寶珠的肩頸受傷，又忙碌了一天，這一覺睡到了天亮，第二日是初一，府中的妾室跟側妃就過來請安了。因董側妃被打了板子，只能在梅院待著就沒過來。

妾室跟袁側妃都知道榮寶珠受傷的事情，不敢打擾太久，待一會兒就都離開了，經過這件事府中的女人們算是老實了點。

趙宸兩天後才回來，回來時已經是半夜，榮寶珠被他摟住腰身而醒了過來，本來迷迷糊糊地欲睡下，可這人卻不許她睡，上下其手了起來，她都能聽見他喘著粗氣的聲音。

趙宸是從後面進入的，不停地親她肩膀上的傷，足足折騰了榮寶珠一夜。

之後的日子，趙宸還是忙碌不已，幾乎都歇息在漪瀾院中，榮寶珠身上的傷過半個月就好得差不多了。

兩個月後，趙宸回府的日子才多了些。

榮寶珠這兩、三個月都未進宮，不知宮裡的情況到底如何，采荷出事至今也不見太后派人來過問。

再過兩日就是除夕了，王府開始張燈結綵，趙宸這兩日慢慢清閒下來，一直都是歇在墨陰院裡。

他每天都陪著榮寶珠，晚上可勁兒地折騰她，讓她有些不習慣的是，原先覺得很痛的事情竟有些變味了。她也不清楚是怎麼回事，每次被他折騰時，他總是密密麻麻地親吻自己，進去的時候不會覺得疼，反而感覺身子酥酥麻麻的，有時整個人都恍惚到不行，腦子一片空白，身子還會顫抖。

除夕這天，趙宸肯定是要帶王妃進宮去的，一大早起來收拾妥當，兩人就坐著馬車去宮裡。

榮寶珠還是有些緊張，趙宸握住她的手，以為她是在擔心采荷的事情，安慰道：「采荷的事情太后早已知曉，她並未多說什麼，這事算是徹底過去了，所以妳無須擔心。待會兒進去後無非就是吃吃喝喝，吃飽了，咱們就能回去了。」

榮寶珠點頭。「臣妾知曉。」她不是緊張采荷的事情，其實連她都不清楚自己為何會緊張，平日裡進宮她並不會這樣，像預感會有事情發生一樣。

進宮後，太后跟皇上都憔悴不已，榮寶珠知道皇后被打入冷宮了，所以並未出席，卻不清楚詳情。長安公主倒是在，看起來也有些憔悴。

等宮宴結束後，皇上叫蜀王過去御書房商量事情，太后經歷了小皇子的事情後沒心思搭理榮寶珠，就讓她待在大殿裡由宮女招呼。

榮寶珠坐沒一會兒，就瞧見有個小宮女走過來。「王妃，長安公主請您過去一趟。」

長安公主？

榮寶珠皺眉。「我在等殿下，不方便過去。」

小宮女卻低聲道：「是跟盛家大少爺有關的事情。」

榮寶珠在心裡冷笑一聲。那又如何，人都已經死了，有什麼用處？

瞧見榮寶珠還是不願意過去，小宮女只得又道：「公主知曉盛家大少爺的下落。」

榮寶珠攥緊了拳，心跳得有些厲害，這都過去一年多了，可盛大哥的屍骨還未尋回，若是長安公主真的知道……她這輩子最對不起的人就是盛大哥了，又怎麼肯讓盛大哥的屍骨在外飄零，就算知道這是陰謀，榮寶珠仍覺得自己非要過去一趟不可。

榮寶珠的身體較她的心先做出行動，已經抬腳走了出去。

旁邊的另一個小宮女卻把她攔下來。「王妃，這不妥，殿下會擔心的。」這小宮女是趙宸的人，哪能眼睜睜看著榮寶珠跟長安公主的人走。

「無礙。」榮寶珠道。「若是我半個時辰後還未回，妳便去找蜀王。」她不相信長安公主會明目張膽地對付她，且這事跟盛大哥有關，不管如何，她都要去。

小宮女欲言又止，到底沒再攔著了。

跟著那宮女去到長安公主的寢宮，榮寶珠這才知曉長安公主被禁足了，沒有皇上的命令她甚至不能在宮中隨意行走。

進了寢宮，長安公主已經在榻前坐著，瞧見榮寶珠來，指了指旁邊的位子，淡聲道：「坐下吧。」

榮寶珠坐下，沒有言語，只看著長安公主。

兩人對視，長安公主先笑了起來。「沒想到有一日我們兩人竟能面對面坐下相談，妳倒有勇氣，竟敢來我的寢宮，只怕高陽走的時候已經同妳說過盛大哥的事情與我有關了吧？」

榮寶珠冷笑一聲。「妳也配叫他盛大哥，若不是妳，他怎麼會出事！」

長安公主也不氣惱，反而笑了笑，笑容有些慘澹。「想不到我費盡了千辛萬苦，到頭來拆散了你們，卻還是沒得到他。」

榮寶珠手有些抖了。「妳倒是狠心，嘴上說喜歡盛大哥，可妳看看妳做的哪一件事能夠讓他喜歡上妳，要不是妳……要不是妳，盛大哥就不會死了。」

「死？」長安公主笑了笑。「妳真以為盛名川死了？」

榮寶珠心裡一縮。「妳這是什麼意思？」

長安公主遙望殿外，神色有一絲的茫然。「當初為了讓你們分開，我讓人對妳下咒，又在外散播妳剋夫的謠言，忠義伯夫人仍沒能退婚，可見他有多喜歡妳。等妳從庵裡回去，我怕了，我是真的喜歡他，只想著要怎樣把你們分開。我有想過不如讓妳死去，可妳要是出了事情，他肯定一輩子都不會原諒我的……」

拳頭緊握，掌心已被指甲刺得生疼，榮寶珠忍著上前揮拳的衝動，只靜靜聽著。

「所以，我求了父皇，讓盛大哥外放西北，我想著，等他在西北待些日子我就去找他，到時候就算要死纏爛打，我也要打動他，讓他愛上我，可不想卻傳來他不好的消息……」

不好的消息？不是身亡的消息？榮寶珠隱隱覺得長安話中有話，心中有個猜測讓她的心怦怦急速跳動了起來。

長安公主看了她一眼。「護送他去西北的官兵告訴我，他們的確是遇見了土匪，可他並未死掉，而是受重傷逃走了。後來我將計就計，讓人傳出他已經身亡的消息，忠義伯夫人果然恨妳入骨，立刻去榮家退了這門親事，屍骨被野獸叼走自然是因為拿不出他的屍骨而刻意傳出來的話而已。」

榮寶珠只覺得自己的心停止了跳動，耳邊嗡嗡作響，什麼都聽不見了，知道盛大哥可能還沒死，這一刻，她真是覺得老天有眼。

長安公主又道：「不過他受了重傷，我派人在西北尋了好久也未曾找到他的人，至於高陽，我知道她有去西北找人，怕是還沒找到吧。」

榮寶珠這時心已經靜下來，平靜地道：「妳找我過來就是為了告訴我這些？」

無論如何，只要盛大哥沒死就好，只要還有一絲希望就好。

「我不只想告訴妳這些事情。」長安公主露出一絲奇異的笑容。「妳可知，當初妳昏迷許久，是誰救了妳？」

榮寶珠皺眉。「不是因為平安寺的妙真大師唸誦經書嗎？」

長安公主冷笑。「我找的人極有本事，只憑著妳的一件舊衣就能對妳下咒，除非他死了或是他自己解開咒，不然妳這輩子都只能昏迷不醒。後來得知妳醒來，我萬分詫異，找人去查了下，沒想到竟是那大師被人殺了，妳可知是誰下的手？」

榮寶珠抿著嘴唇，沈默不語。

長安繼續道：「是蜀王，要不是蜀王派人殺了那人，妳這輩子就只能躺在床上度過了，之後盛大哥被外放只受了重傷這件事，蜀王也是知曉的，憑著妳曾經救過他一命的交情，他至少該告訴妳這事，可他沒有，可見他對妳早就有心了。所以這件事妳一味怪我做什麼，要是蜀王肯透露實情，妳又怎會被退親？」

說到最後，長安的話裡已經透著極濃的惡意，當初蜀王一直在查盛名川被外放這事，還派人跟著盛名川去了邊關。可遇到土匪時，蜀王的人卻是袖手旁觀，這件事自然也是蜀王授意的，她就是恨，恨蜀王明明有救下盛名川的能力，為何不肯救？若是盛名川能夠平安抵達西北，她說不定已經跟盛名川在一起了。

之前因為盛名川喜歡榮寶珠，所以她心懷一絲慈悲，不願寶珠難受，這會兒卻是再也忍受不住。她恨蜀王，自然要讓他嘗嘗被喜歡的女人所恨的滋味。

長安公主慢慢道：「妳莫要以為盛大哥還活著，當初送信的士兵告訴我，盛大哥傷在腰側，身上還有不少傷，又是處在平曠的丘陵地帶，那地方狼群不少，妳覺得盛大哥還有活著的可能？」

她要讓寶珠心懷希望，卻又狠狠打落她的期盼，再告訴她這一切全都跟蜀王有關。

榮寶珠的臉色慘白起來，長安公主起身慢慢走到她的身側，微微俯身在她耳邊道：「那妳知不知道，其實盛大哥是有可能活下來的，只因為妳夫君見死不救，所以他死了，那個愛妳勝過愛自己的男人死掉了。」

榮寶珠死死掐著手心，啞著聲音道：「妳在說什麼，我聽不懂。」

長安公主冷笑。「當初蜀王知曉整件事情，他知道是我讓盛大哥外放到西北，所以一路都派人跟著，但在盛大哥被傷的時候他的人卻沒有出手相助，為什麼？因為他希望盛大哥死掉，這樣他就能得到妳了，妳不知其實蜀王一直喜歡妳吧？說不定連那些土匪都是他安排的……」

榮寶珠猛地起身，一把推開了長安，白著臉道：「妳找我來就是為了告訴我這些？那又如何，作孽的人是妳，要不是妳的私心，盛大哥怎麼會死！蜀王不救盛大哥那又如何，這件事不是因他而起的！」

長安公主被她這麼一推倒在地上，卻不起身，臉色發白地看著寶珠。「真沒想到妳會這麼維護蜀王，要是讓盛大哥知曉了他不知該有多傷心……」

榮寶珠再也聽不下去，衝去了大殿，長安公主慢慢地垂眼，忍不住伏在地上痛哭了起來。

榮寶珠心裡已成一團亂麻，她怎麼都沒想到這事裡會有蜀王的影子，他甚至不肯救盛大哥一命，他那時明明知道……明明知道盛大哥是自己的未婚夫。她腦中一直回想著長安最後的話，身子抖得厲害，方才從長安的寢宮衝出來，她連披風都忘記披上，這會兒被冷風一吹，忍不住激靈了下。

她停住步子，心裡疼得厲害，不知待會兒該怎麼面對趙宸，她對長安說這件事跟蜀王沒關係，心裡卻還是暗暗惱怒他。

「寶珠？」

前面傳來趙宸的聲音，榮寶珠抬頭看去，就瞧見披著紫色貂氅的男人正大步朝這邊走來。她哆嗦了下嘴唇，什麼話都說不出來。

趙宸面色一沈，大步走到榮寶珠面前，取下身上的紫色貂氅披在她身上。「出了什麼事情？可是長安惹妳了？」

榮寶珠的手還有些抖，這時什麼話都不想說，只不斷地搖頭。

趙宸面色越發沈了，拉著她就想去長安的寢宮，榮寶珠卻使勁抓住了他的手。「她沒有惹我，我……我們回去吧。」

趙宸皺眉地看了她幾眼，也不多言，拉著她的手出了皇宮。

一路上榮寶珠都沈默不語。

回到王府，趙宸直接下了馬車不同她說一句話，他的步子越來越大，走了一會兒回頭一看，榮寶珠竟還在王府大門口慢慢走著，心中氣惱不已。他自然知道寶珠是去長安公主的寢宮之後才變得古怪，但這一時半會兒的他來不及去查發生了什麼事，可瞧她那副要死不活的樣子，他心中就有氣。

「還不快些跟上。」

榮寶珠抬頭看了他一眼，垂頭看路，步伐快了些。

兩人回到墨陰院裡，丫鬟們伺候兩人梳洗，又用過了晚膳，趙宸歇在墨陰院裡，瞧榮寶珠躺在床上失魂落魄的模樣，他冷笑一聲，直接覆在她身上，低頭含住了她的唇，卻不想，榮寶珠不願意，偏頭躲開了他的吻。

趙宸陰沈著臉。「到底發生了什麼事情？」

榮寶珠張了張口，卻發現她根本什麼都說不出口來，要不要救人是依他的意願決定，自己又該如何開口？

趙宸懶得再問，打算待會兒就讓人去查查方才在宮裡發生了什麼事。

瞧她不情不願的樣子，趙宸冷哼，直接伸手到她的後頸處固定了她的頭，探出舌尖舔著她的唇珠，又順著唇線慢慢研磨、輕舔，感覺出她的抗議，趙宸並不在意，他想要，她豈能拒絕？

他的舌頭順著唇滑進了嘴，追逐她的舌吮著，追著便不鬆口，漸漸的他不再滿足，大掌順著她的頸滑落在背脊、腰線，滾燙的掌心燙得榮寶珠連心都疼了起來。

等趙宸終於放開她的時候已經是丑時末了，他足足折騰了寶珠幾個時辰，這時寶珠身上痠疼得厲害，覺得身上的每一個地方都不再是自己的了，她沒有一絲力氣，只能癱軟在床上。

趙宸將她摟入懷中。「十五過後我要出門一趟，皇上有事派我去做，約莫要花兩、三個月的時間才能回來，王朝他們會留在府中，有什麼事情妳可以找他們。若是碰見有人想傷妳，不要硬碰硬，交給他們處理就好。」

「是，臣妾知曉。」榮寶珠閉上眼睛。

大年初二，榮寶珠要回娘家，趙宸沒什麼要事，自然是跟上了。

這兩天，榮寶珠情緒不好，早上起來直接進了佛堂，直到晚上睡前才出來。

趙宸瞧她這模樣就越是忍不住想欺負她，於是這兩天晚上折騰得有些厲害，這時榮寶珠眼下依舊是一片發青，今兒回榮家還是用了胭脂水粉才把那些青色遮蓋住。

榮寶珠的臉色不好，板著一張臉，趙宸這會兒倒不動怒了，懶洋洋地靠在軟枕上，一把將她扯入懷中，低頭就啃住她的嘴角。

「殿下，這是在馬車上，您好歹也注意下。」榮寶珠忍無可忍，大力推開他。

趙宸豈會在乎她這點力氣，不過是蚍蜉撼樹，被她這麼一推，他沒再啃她嘴角，懶散道：「妳若是再冷著臉，我就在馬車上啃破妳的嘴，待會兒好讓榮家人瞧瞧。」

榮寶珠瞪了他一眼，到底不敢再冷著臉，卻也實在笑不出來。

兩人到榮府被人迎了進去，榮寶珠許久沒見到榮家人了，這時心情終於好了些，先跟岑氏一塊兒去見過幾個嫂嫂跟姪兒、姪女們。

待回了房，只剩下兩人時，岑氏禁不住道：「妳嫁給他已經半年了，怎麼肚子還沒有動靜？」

榮寶珠道：「娘，我還不滿十六，您慌什麼。」

岑氏在心底嘆氣，她哪能不慌，蜀王跟盛家大少爺不一樣，寶珠若是嫁給了盛家大少爺，她就不會催著女兒要孩子了。

榮寶珠不願在這方面多說，便扯開了話題。

在榮府吃過午膳，榮寶珠跟趙宸才回了王府。

之後的幾日榮寶珠有些忙碌，有很多親戚間的應酬什麼的，倒也無暇去想盛大哥的事情了。

趙宸很快就查到了那日榮寶珠跟長安公主的對話，知曉是什麼情況後，趙宸的臉色冷若冰霜，直接去了墨陰院，大力踹開房門。榮寶珠正在裡面盤算清單，年頭的應酬很多，送禮什麼的都是馬虎不得的，她全要親自看上一眼。

這時房門猛地被踹開，榮寶珠嚇了一跳，瞧見是趙宸陰沈著臉進來，不等他開口，她就先讓丫鬟們退了出去。

趙宸冷笑一聲。「原來這幾日妳同我鬧彆扭都是因為盛名川，妳可真不錯，為了個不相干的死人同我置氣。」

榮寶珠氣得渾身發抖，忍了又忍，終究還是沒忍住。「殿下，您說話客氣些。」

「我要客氣什麼？」趙宸冷笑。「對個死人客氣？還是對著心裡惦記別的男人的妻子客氣？」他這時簡直恨不得能殺人，還以為她是被長安公主欺負了，哪曉得竟是為這麼個原因，他救不救盛名川是他的事情，她生哪門子的氣！

榮寶珠的身子抖得越發厲害了，人人都有逆鱗，盛名川就是她心中的逆鱗，他本就是因為自己跟蜀王才死的，眼下這男人還一口一個死人。她覺得腦子一片空白，等回神的時候才發現自己做了什麼事情，她竟然拿起手邊的硯臺砸向蜀王，不過並沒有砸中他。

瞧他不可置信又陰沈的模樣，榮寶珠知道自己惹惱了他，臉色有些發白，她站在原地茫然無措地看著他，淚眼汪汪。

趙宸原本氣到都快失去理智了，可瞧她這模樣，心莫名軟了軟，他沈著臉大步朝她走去。

榮寶珠不由得往後退了一步，趙宸板著臉道：「這時知道怕了？方才砸我的時候怎麼不想想後果！」

趙宸上前把人撈進懷裡，榮寶珠嚇得閉上眼睛，白著臉，想像中的怒火並沒有降臨在她身上，反而有柔軟的東西碰了碰她的嘴唇。

榮寶珠睜眼，驚訝地看著他，趙宸的俊臉距離她極近，他雖然親著她，眼睛卻是睜開的。

趙宸啃了她的嘴一會兒就把人放開了，還是虎著臉。「怎麼？是不是還要拿東西砸我？」

榮寶珠低頭，沈默不語。

趙宸直接把人拉到鋪著白狐皮的貴妃榻上坐下，打算跟她好好談談。「妳前幾日就是因為長安那些話惱我？」

榮寶珠想了想就點點頭，聲音裡帶了點哭腔。「當初你為何不肯救他一命？」

「我為什麼要救他。」趙宸冷哼了一聲。「妳心裡還喜歡他？」

「不……不是，」榮寶珠搖頭，臉色發白。「你不知道，要不是那時我自私地跟盛大哥訂了親事，盛大哥不會被長安公主盯上，也就不會出這種事情了，我實在內疚得很。」

自私？內疚？趙宸聽懂她話裡的意思，明白她心裡對盛名川並沒有男女之情。

看她默默地掉著眼淚，趙宸到底心軟了，把她整個人拎在懷中，輕撫她的髮。「好了，莫要哭，他沒死。」

榮寶珠猛地抬頭，驚愕地看著他，眼中從驚訝、遲疑到狂喜。「你……殿下說的可是真的？盛大……盛家大少爺真的沒死？」

替寶珠擦去眼角的淚水，趙宸親了親她的眼。「嗯，的確沒死，我的人說看著他被人救下才走的，那種地方遇上人就死不了，不過如今他在何處我的確不知。」

榮寶珠心中歡喜極了，只要人沒死就好，她心裡激動，揪住趙宸的衣襟。「殿下，謝謝你告訴我。」

趙宸忍不住在心底嘆息，他對這小妻子似乎太順著些了，她拿東西砸自己，自己沒有揍人，竟還好言好語地安慰她，會不會太慣著她了？趙宸猶豫著要不要冷她兩天，又忽地想起平日裡自己半個月不到墨陰院，也不見她過問半分，可見她沒把自己放在心上。

瞧她歡喜的模樣，趙宸到底還是沒忍住，親住了她的嘴巴，含糊不清地道：「好了，妳氣也消了，再過幾日我就要離開，這幾天妳好好陪我，明天晚上咱們去遊湖。」

榮寶珠心中已經被盛大哥還活著的消息給填滿了，根本沒聽清趙宸在說什麼，只顧著點頭。

夜裡的時候，趙宸興致特好，吻得寶珠身上都是口水，她忍不住想，這人是不是換了個芯子了，明明上輩子最厭惡別人的觸碰，也不喜觸碰別人，如今倒好，每次都要把她全身上下親個遍。

第二天中午，妙玉就開始替王妃挑選衣裳。

榮寶珠一瞧，忍不住道：「挑這身衣裳做甚，今日又不出門。」

妙玉笑道：「王妃莫不是忘記了，今兒晚上要跟殿下一塊去遊湖。」

榮寶珠莫名其妙。「誰說的，什麼時候的事？」

妙玉呆了下。「是……是殿下一早吩咐的，據說府裡的妾室們都要去。」

榮寶珠閉了嘴巴，仔細回想了一下，似乎昨天晚上蜀王的確說過這麼一句話。她對遊湖並沒有太大的興趣，不過知道盛大哥沒死，她心情好很多，整個人都顯得明媚了起來。

很快就到了晚上，用過晚膳後，趙宸過來叫榮寶珠，直接帶著她出府坐上了馬車，至於其他的妾室跟側妃都有人招呼。他不樂意見到她們，要不是怕被太后知曉，他才不願帶其他人出來。

今兒初七，夜市非常熱鬧，眾人先逛了夜市，榮寶珠興致還不錯，看了不少東西，也買了一些小玩意兒。

趙宸神色懶散地跟在她身後，一路的目光都跟隨著戴著面紗的榮寶珠，他身側的拂冬禁不住咬了咬下唇。

過會兒，趙宸側頭看了拂冬一眼。「怎麼不高興？有什麼喜歡的妳也去挑幾件。」

拂冬搖頭。「多謝殿下，奴婢沒看中什麼。」

趙宸也不多說，目光又落在榮寶珠身上。

幾個妾室和側妃很歡喜，挑選了不少東西，眾人這才一路走去湖邊。趙宸早就準備了一艘大船，等人陸續上了船，便朝著湖中心划去。

趙宸看著這鬧騰騰的人們，就忍不住皺眉，要是知道會是這般光景，他還不如跟王妃待在王府裡算了。

好在榮寶珠這會兒也不想去鬧騰的甲板上，她躺在船艙裡看著方才挑選的一些小玩意兒，其中有個玉扳指，樣式大方，是五哥會喜歡的樣式。開春五哥就要成親了，這東西可以送給五哥，她也買了給五嫂的見面禮，雖然都不是什麼名貴的東西，但勝在樣式不錯，獨特。

船艙裡只有他們兩人，趙宸取過那玉扳指看了一眼，讚道：「這個不錯，可是送我的？」

他當然知道這玩意兒不是送他的，他們成親都半年了，她從沒給自己送過什麼東西，更沒為自己縫製過一套衣物，這才想用玉扳指提醒她一下。

榮寶珠抬眼看了看他，沒好意思說別的，只點了點頭。

趙宸把玩著手中的玉扳指，一臉意味深長地看著她。「真是送給我的？」

榮寶珠遲疑了下，還是點頭，心裡想著是不是該給蜀王挑選一份禮物了，不管如何，他告訴自己盛大哥沒死，自己終於能解脫了，以後的日子不用再活在痛苦之中。

趙宸把玉扳指放下，伸手牽過她的手，走出了船艙。「既然來了，出去瞧瞧風景也好。」

出了船艙，趙宸放開她的手，一群妾室跟側妃都讓出路來。

戴著面紗的榮寶珠站在趙宸身側，遙望遠處的燈景，又側頭去看身邊的男人，他的側臉猶如刀刻一般，是很乾淨流暢的線條，順著側臉往下能夠瞧見鼓起的喉結。

趙宸察覺她的目光，也側頭看向她，榮寶珠回他一個燦然的笑容。

趙宸心裡輕柔，嘴角輕輕揚了起來。

眾人在外待了一個多時辰就回去了，因為趙宸實在覺得沒勁，人太多，嘰嘰喳喳、鬧哄哄的，頭疼。

回去王府後，兩人直接歇下了。

翌日一早，榮寶珠起床時，趙宸已經不在床上，她在床頭坐了會兒，等丫鬟們伺候她穿衣梳洗。

榮寶珠把拂冬叫進來。「妳經常伺候殿下，殿下衣裳的尺寸妳應該知道，我想給殿下做兩套衣服。」

拂冬遲疑了下。「王妃，殿下的衣裳都是由針線房做的，您貴為王妃……」

榮寶珠擺手。「妳把殿下的衣物尺寸告訴我。」這次不是在徵求她的意見，而是命令的口氣了。

拂冬這才告訴了榮寶珠。

榮寶珠親自去庫房挑選布料，因趙宸俊美，人也高大，所有顏色他都穿得出來，於是她挑了暗紫色蘇繡錦，又挑了一批綿軟的白色蠶絲布料，這蠶絲布料非常柔軟，用來做貼身的裡衣是再好不過了。她打算替趙宸做一身衣裳跟裡衣。

她的琴棋書畫並不是很出眾，女紅也只一般，只是圖個心意，不管如何，他解開了自己的心結，讓自己知道盛大哥沒死，她實在感激不盡。再說，前兩日跟趙宸的吵鬧讓她覺得有點丟臉，打算藉此跟他道個歉。

她不是無理取鬧的人，之前的確是自己太氣憤了些，或許是因為盛大哥的關係產生了心結，她對這樁婚姻有些敷衍，可如今心結解開，所有事情都不一樣了，蜀王跟前世也不同，她想好好經營自己的姻緣。

晌午，趙宸就過來墨陰院用午膳。

用過午膳後，丫鬟撤下食案，榮寶珠親自去倒茶過來端給趙宸。「殿下，您喝茶。」

趙宸接過茶水，睨了她一眼。「可是有什麼事？」第一次見她這麼獻殷勤。

榮寶珠在他身側坐下，溫聲道：「前日的事情都是臣妾不對，臣妾想跟殿下道歉，還望殿下能夠原諒臣妾。」

趙宸揚了下嘴角，喝了手中的茶，把杯子遞給一旁的妙玉後，他讓丫鬟們都退了下去，這才把人拎到懷中。「那妳道歉得要有些誠意。」

誠意？榮寶珠覺得自己挺有誠意了，一時半會兒還有些不懂他口中的誠意是什麼意思。

趙宸見她茫然的模樣忍不住笑道：「不如這樣，妳親我一口，我就原諒妳。」

榮寶珠聞言，心裡覺得有些好笑，這蜀王此刻竟跟孩子似的，她落落大方地在他的嘴角親了一口，笑咪咪地道：「殿下，這下您願意原諒臣妾了嗎？」

趙宸被她親得有些心猿意馬了起來。「不夠，有妳這麼親人的嗎？哄孩子呢。」

榮寶珠不由得笑出聲來。「那殿下以為該怎麼親才不算哄人？」

趙宸不說話，目似朗星地看著她。

榮寶珠這會兒心跳有些快，卻沒拒絕，低頭觸碰他的唇，這是她第一次主動親吻他，沒想到他的唇很柔軟，跟他的人很是不一樣。她沒什麼經驗，只學著他平日親自己的動作，先是在他唇上舔了下，接著……接著就不知道該怎麼辦了。

她的唇正打算離開的時候，趙宸卻猛地摟住她的腰身，張口含住她的唇，這個吻很是激烈，讓她都快有些喘不上氣了。

好半晌，趙宸才放開她，笑道：「晚上還有事，所以就不折騰妳了。」

榮寶珠的臉頰上還帶著親熱後的嫣紅，讓趙宸心跳快了些，到底有些捨不得放開她，他又親了親她的臉頰，用冷硬的臉去蹭她的左臉。

榮寶珠想著，要不早些把臉上的傷疤消除掉好了？這男人連她現在的模樣都不嫌棄，顯然對她有心。

趙宸沒折騰榮寶珠，卻拉著她膩歪了一下午，摟摟抱抱、親親熱熱的，一整個下午都沒出過正房的門。

晚上用了晚膳，趙宸拉著榮寶珠過去漪瀾院的書房，直接繞過屏風。

榮寶珠看了他一眼。「殿下，咱們這是要去哪？」看樣子是打算從暗道出去，莫非又是要去救人？

「沒什麼其他的事。」趙宸看出她的想法。「昨兒跟著遊湖的人太多，太鬧騰了，今天晚上就我們。」想了想又道：「妳是想遊湖還是去夜市逛逛？」

榮寶珠笑道：「那先去夜市逛逛？」她也想給他挑選一份禮物。

兩人順著地道出去，趙宸替寶珠戴上面紗，自個兒也戴了帷帽，他知道現在還有太后的眼線盯著，不願讓太后知道他寵著寶珠，不然會給榮家帶來麻煩。

趙宸牽著她的手先去夜市逛了一圈。

榮寶珠有些挑花了眼，不知該送他什麼好，總覺得什麼都配不上他，最後挑來挑去看中了一對指環，那指環通體純黑，上面刻著一些花紋，並不是很亮的黑，而是有些古舊的那種顏色，榮寶珠挺喜歡的，覺得他戴著應該不錯。

可這指環是一對的，還有一個明顯小一號，應該是女子戴的。榮寶珠怕自己有點自作多情，萬一兩個都買下來他不戴多丟臉呀！買一個的話，他戴不戴就無所謂了，反正只是送他的禮物。

正想著，趙宸已經伸手把那對指環拿在手中打量，又伸到榮寶珠面前讓她看。「這個不錯，買下來送我吧。」

榮寶珠知曉他的意思，便高高興興地掏了銀子把這對指環買下來，將其中大一些的那枚塞給趙宸。「這是我送給你的賠罪禮物。」

趙宸伸手，顯然是要她幫著戴上。

榮寶珠幫他戴上指環後，趙宸取了她手中的另外一枚，拉過她的手幫她戴上，大小正合適。

趙宸牽了她的手，笑道：「時辰還早，咱們過去遊湖吧。」

兩人去了湖邊，隨意找了個船家上了船，這會兒就他們兩人，趙宸心中愜意，拉著榮寶珠在甲板上看風景，一連片的船舶都點著花燈，湖面上還有淡淡的霧氣，朦朧如仙境。

趙宸摟著她的腰身，側臉親了親她。「過幾日我就要出門了，江蘇那邊出了點事情，有官員販賣私鹽，皇上讓我去處理，兩、三個月後才能回，王府的事妳要多操心了。」

趙宸知道皇上是怎麼想的，江蘇官員販賣私鹽的事情有些棘手，那人在江蘇勢力挺大，因為這事不好解決，所以才會交給他。若是辦得不好，皇上就能發落他；若是辦得好了，得好處的也是皇上。

不過……趙宸神色暗了暗，冷笑一聲，這次皇上只怕要失算了。這件事他就算處理好了，那些貪下的銀兩他也不可能全部交出來。

榮寶珠點頭。「殿下不必擔心，我都會處理好的。」

兩人在船上待了一個多時辰，之後才沿著暗道回去王府。

第二十九章

很快就過了十五，翌日一早起來，榮寶珠伺候著趙宸穿衣裳，等他穿戴整齊了，她只著裡衣，正打算叫丫鬟們進來伺候，趙宸卻替她取了披風披上。「等會兒再讓丫鬟進來伺候，我有些話想跟妳說。」

榮寶珠還以為有什麼正事，正襟危坐。「殿下有什麼事？」

趙宸從懷中取出一塊東西遞給了榮寶珠。「這東西妳收著，這次可不要隨便典當了，這東西還挺有用處的。若是王府有誰不服管教，妳直接拿這東西去叫侍衛過來，侍衛見了這東西都會聽妳的。」

這東西榮寶珠還挺熟悉的，就是她小時候無意間救下蜀王時，他給的那塊黑色玉珮。瞧見它，榮寶珠有些尷尬，當年為了徹底跟趙宸劃清關係，她本打算把這玉珮還給他，奈何他不要，她還以為這只是塊珍貴點的玉珮，便直接典當了，如今聽了這話，她才曉得這玉珮應該是信物一類的東西。

榮寶珠不好意思道：「殿下把這東西給贖回來了？我……」再說什麼都沒意義了，她直接賠不是。「殿下原諒臣妾吧，臣妾當年沒多想，就把這東西當了，殿下放心，臣妾以後再也不敢了。」

「好了，以後不要再丟掉就是。」趙宸心中不爽，可瞧她都老老實實地道歉了，火氣就消了，拉著她膩歪了好一會兒，因時辰實在不早，這才帶著侍衛走人。

他離開後，榮寶珠的日子算是清閒下來。

上次采荷的事情給後院中的女人挺大的震撼，就算有什麼小心思也都歇了，榮寶珠的日子越發悠閒，半個月後，榮琤就要成親，她當然也要回榮府送禮。

禮物都是榮寶珠親自備下的，到底是嫁了人，她不可能在榮家過夜，看著榮琤拜了堂，她又跟家人說了一會兒話後才回去王府。

如今在墨陰院伺候榮寶珠的人，除了當初陪嫁過來的丫鬟和嬤嬤，還有拂冬、檀雲、青雲、煙雲和盼雲。

榮寶珠不可能親近自己的丫鬟而冷落趙宸的丫鬟，因此每日伺候的人除了身邊的丫鬟外，她會讓其他幾個人輪流伺候。

盼雲上次被打了二十板子，這些日子老實得很，很少在榮寶珠身邊露面，就算露面也不會多言語。

三月份的天氣還是有些陰冷乾燥，榮寶珠每天早上起來漱了口後，都會食用一些紅棗燉的湯水，有時跟燕窩燉，有時跟銀耳燉，這日當然不例外。今兒伺候的人，除了榮寶珠身邊的丫鬟，還有檀雲和盼雲。

迎春端了燉好幾個時辰的銀耳紅棗湯過來。「王妃，您趁熱喝了吧。」

榮寶珠順手端來打算喝下，嘴巴還沒挨著臘梅白瓷碗的邊沿，一股怪味就沖進了鼻翼間。榮寶珠皺了下眉頭，把東西擱在一旁的桌上。「先幫我挑一身外出的衣裳，待會兒我要出去一趟。」

這段期間，她幫蜀王縫製的衣裳弄好了，不過還差一枚玉珮腰飾，她的陪嫁裡有不少好的玉石，她打算去玉器鋪子裡看看有沒有好看的玉珮樣式，況且她好久都沒出門了，想出去轉轉。

妙玉看了一眼那白瓷碗，沒多話，立刻去挑了衣裳。

迎春不曉得發生何事，還勸道：「王妃，趁熱喝了吧，待會兒涼了，味道就不好了。」

迎春性子單純，自幼就跟在榮寶珠身邊伺候著，榮寶珠確信她身邊的丫鬟不會背叛自己，瞧迎春那傻乎乎還在勸她的模樣，榮寶珠忍不住嘆氣，目光卻在屋裡其他丫鬟身上轉了一圈。

檀雲目光坦蕩，大概還不知發生了什麼事，只有盼雲緊張地看了一眼那銀耳紅棗湯。

榮寶珠心中了然，直接道：「今兒我胃口不好，這湯品就賞給盼雲喝了吧。」

啊？一屋子丫鬟都有些呆住，不曉得發生了什麼事。裡面正在挑選衣裳的妙玉卻知道是怎麼回事，她跟在王妃身邊伺候多年，性子玲瓏，王妃把湯放下時，她就知道那湯應該有問題了。

「王妃……」迎春一時還有些糊塗，正想再勸勸。

妙玉已經出來道：「王妃，衣裳已經選好了，可要讓人備馬車？」

榮寶珠點頭，妙玉跟迎春道：「妳出去吩咐下，就說王妃娘娘待會兒要出去，趕緊把馬車備下。」

迎春就不多話了，直接出去。

芙蓉、檀雲都不是傻子，立刻就明白是怎麼回事，只怕那湯有問題，王妃還把這湯賞給了盼雲，可見這事跟盼雲有關係。

檀雲心裡忍不住想罵人了，這盼雲是不是蠢貨啊？吃了幾次虧還不長記性，竟然敢在王妃的湯裡下藥！

檀雲對盼雲還算了解，知道她肯定是嚥不下心裡的氣，想整整王妃，太惡毒的事她做不出來，這湯裡加的大概不過是巴豆之類的東西。

盼雲的臉色有些難看，一時都不知該不該上前。

榮寶珠看了她一眼。「怎麼？沒聽見我的話？還是妳不想喝？」

「奴……奴婢多謝王妃娘娘的恩典。」盼雲知道今兒這湯她肯定是要喝下的，也知道王妃肯定是發現了什麼。她沒想過要毒死王妃，就是心裡一口氣嚥不下去，想讓王妃吃點苦頭，這湯裡就下了點巴豆而已。

盼雲顫顫巍巍地接過臘梅白瓷碗，一口口地喝下去，喝到還剩底的時候，榮寶珠道：「好了，放下吧。」又吩咐芙蓉。「去請城北的鞏大夫來，趕緊的，別耽誤了。」

一聽這話，盼雲的臉色就白了，鞏大夫算是京城中有名的大夫，他的醫術未必有多了得，卻有一樣別人都沒有的本事，你摻在任何湯水菜餚裡的藥材，他都能夠一口嚐出來。

芙蓉沒耽誤，立刻去請鞏大夫來，這會兒盼雲跟檀雲面色都有些不好。檀雲心裡急得不行，有心想去跟拂冬姊姊求救，又不敢開口說要出去，只能眼巴巴等著。

鞏大夫很快就來了，嚐過那湯水後，立刻俯身在榮寶珠耳邊輕聲道：「王妃娘娘，這湯水裡摻了巴豆，還不少，若是服用了，拉個幾天都是正常的。」

鞏大夫對這種事情也算是習以為常了，面色連變都沒變。

榮寶珠根本就沒打算息事寧人，對這種老是想謀害主子的奴才，打死都不為過。她直接叫來今日當差的丫鬟們，並問了迎春還有誰進去過廚房。

迎春也終於察覺出事情不對勁了，老老實實地道：「今兒是奴婢在小廚房當值，沒其他人進去過小廚房，只有盼雲姊姊天沒亮來催過兩次……」

盼雲白著一張臉。「妳不要血口噴人！」

迎春恨恨地看了盼雲一眼，知道這湯水肯定有問題，還跟盼雲有關。「我怎麼血口噴人了？我都是實話實說，難道妳早上沒去過小廚房？外面守夜的丫鬟們可都瞧見了，妳還想抵賴不成？」

盼雲立刻沒話說了，榮寶珠笑道：「我還沒說什麼，盼雲這般激動做甚？莫不是妳做了什麼事？」

「沒有……王妃明鑑……」盼雲使勁搖頭。「奴婢……奴婢什麼都不知道……」

迎春怒道：「妳還裝什麼裝，早上就妳去過小廚房。」

「不是我……不是我，」盼雲慌了。「我沒在湯水裡下東西。」

說出這話時，盼雲就傻眼了，榮寶珠冷笑起來。「誰說湯水裡被下東西了？妳知道的可真是清楚。」

「奴……奴婢……」盼雲哭道。「奴婢什麼也不知道……」

方才大家雖然懷疑湯水裡被下了東西，可鞏大夫過來的時候，只悄悄地跟榮寶珠說湯水裡被下了巴豆，盼雲分明是因為心虛才說錯了話。

榮寶珠道：「方才鞏大夫過來，說這湯水裡被人下了巴豆，既然沒人承認，那就去各個房間裡搜一下吧。」

這一搜自然是露餡了，盼雲的房間裡果然被搜出剩下的巴豆來，盼雲卻還不肯承認，說是有人陷害她。

榮寶珠道：「既然妳說有人陷害妳，不如讓人去查查吧。」

這一下就查出來，的確是盼雲前幾日在藥堂裡買了巴豆，這下盼雲怎樣都沒法狡辯了。

這番折騰下來都已經晌午了，王府其他院子知道墨陰院的動靜，拂冬立刻去墨陰院。

還沒說話，榮寶珠已經把事情說了一遍，淡聲道：「盼雲是殿下身邊的丫鬟，拂冬姑娘又是管著這些丫鬟的，這事就交給拂冬姑娘處理吧。」

拂冬臉氣紅了，這會兒連禮儀都顧不上，直接過去給了盼雲一巴掌，啞聲道：「妳這奴才，好大的膽子！」

盼雲哭得淒慘，抓住拂冬的手臂。「拂冬姊姊，妳救救奴婢吧，奴婢以後再也不敢了，求妳幫奴婢跟王妃說說好話吧。」

拂冬真是氣急，她私下不知警告過盼雲多少次，讓她少招惹王妃，沒想她還敢幹出這樣的蠢事，這次是下巴豆，以後指不定就下毒藥了，這種奴才是要直接杖斃的。可她算是看著盼雲長大的，其餘雲字的丫鬟進宮的時候不過才七、八歲，就被派到蜀王身邊，全部都是她調教的，她知她們對殿下的心思，這事她從沒管過，畢竟她們都是蜀王的人，誰知以後蜀王會不會收了她們。

哪曉得王妃進了王府後，盼雲一直看不慣王妃，她的心腸不壞，就是有些自大，拂冬總覺得她做不出什麼太壞的事，但她竟然……

拂冬想來想去，終於咬牙道：「娘娘，盼雲終究是伺候殿下的人，要不就先打上三十大板，放去洗衣房吧。」

拂冬口中的洗衣房並不是在墨陰院裡洗衣服的地方，而是府中的洗衣房。王妃跟蜀王的衣物都是她們這些貼身丫鬟洗的，這洗衣房則專門洗府中所有奴才的衣裳，是外院中的外院，要做府中最苦最累的活，因為各種髒活累活奴才們的衣裳都是她們洗的，每日至少有八個時辰都在洗衣裳。

拂冬抬出蜀王了，榮寶珠沒有多說什麼，只等趙宸回來讓他好好瞧瞧他的丫鬟做了什麼事，連這種給主子下藥的丫鬟都還要留在府中。

盼雲傻了。「不要……奴婢不要去洗衣房，王妃娘娘，奴婢錯了，求您饒了奴婢這一次吧。」

拂冬怒道：「來人，還不趕緊把人拖下去！」

很快就有粗使婆子進來把盼雲拖了出去，拂冬沈默地看著，半晌才轉身道：「奴婢就不打擾王妃了。」

榮寶珠點頭。「妳下去吧。」

至於迎春，榮寶珠讓王嬤嬤打了她手心十下，王嬤嬤下手很重，打得她眼淚汪汪，迎春的手心腫得老高。

王嬤嬤氣道：「妳這丫頭，怎麼就不長記性，小廚房那地兒怎能讓外人進去？下次要是再犯，就直接趕妳出去。」

王嬤嬤太氣憤了，小廚房最易被人動手腳，她都警告過多少次了，竟還出了這事。

迎春哭道：「王妃，嬤嬤，奴婢錯了，以後再也不會了。」

榮寶珠道：「妳可長記性了吧。」

迎春使勁點頭。「長了，長了，下次若是再讓人進小廚房，奴婢就自己剁手。」

這話惹得榮寶珠忍不住笑了出來。

之後榮寶珠出去挑選了好幾塊玉珮，又特地畫了一塊玉珮樣式，讓府裡的玉匠打磨。

到四月的時候，榮寶珠還沒把蜀王等回來，反而等到了盛大哥回京的消息。這消息她並不是從府中丫鬟口中得知的，榮寶珠自從讓拂冬把盼雲發落後已甚少出門，接下來半個月裡，她在府中的日子簡單得很，雖說妙玉跟王嬷嬷的模樣有些不對勁，她也沒多想。

有時看妙玉欲言又止的模樣，榮寶珠還會打趣她一番。直到四月出頭，她要出門一趟，打算再去挑選幾盆花草回來。

如今她院子裡的花草不少，她對這些東西喜愛得緊，知道瓊漿對花草和動物都有奇效，可她不願再養寵物，養的日子久了，寵物的壽命又比不過人類，死的時候她會傷心。這輩子除了小八，她暫時沒打算再養其他的動物。

榮寶珠讓妙玉挑了身外出的衣裳，妙玉遲疑道：「王妃娘娘，非要出門嗎？若是想要買花草，讓花匠送上門來挑選就是了。」

榮寶珠笑道：「就是要自己上門去挑選才有意思的。」

妙玉不敢再勸，想著這都半個月了，京城裡的人應該很少在議論那件事，心才放下了一半。

榮寶珠只帶了妙玉出門，走的時候王嬷嬷很是擔憂，看了妙玉好幾眼。

京城中有一條有名的巷子，名流連巷，裡面全是賣古玩花草的。榮寶珠沒打算買其他的，直奔花草街而去。

她挑選花草倒也不見得要多名貴，只要有順眼的都會要，這會兒她挑了幾盆蘭花，耳邊便聽見旁邊有兩婦人閒聊的聲音。「那盛家大少爺運氣可真是好，去了邊關一趟，生死不明，雖跟榮家七姑娘解除了婚約，可後來竟跟高陽公主在一塊兒，聽說在西北的時候他們就成親了，這回京城都半個月，也不知何時宴請客人。」

另一人笑道：「榮家七姑娘也是好運，容貌毀了還能做蜀王妃呢。」

榮寶珠只覺自己連呼吸都頓住了，手中挑選的花盆砰的一聲落在地上，砸了個粉碎。

旁邊的妙玉臉色白了。「王……大少奶奶……」

「回去。」榮寶珠啞著聲音道。「快回去！」說完，已經大步出了巷子。

身後的店家追道：「哎，哎，還沒給銀子呢。」

妙玉急匆匆掏了幾錠銀子塞給那人，追上了榮寶珠。榮寶珠這會兒完全顧不上儀態，提起裙角便朝著馬車飛奔而去，腦中只剩下一個念頭。盛大哥回來了，太好了，盛大哥回來了。

榮寶珠上了馬車，妙玉也緊跟其後。

榮寶珠直接吩咐車夫道：「去忠義伯家。」

「王妃……」妙玉急道：「這不妥，您如今是王妃，怎麼能這樣莽撞地去盛家，若是傳出去……」

榮寶珠怔了下，歡喜道：「的確是我魯莽了，那……」忽地又想起了後半句，高陽公主跟盛大哥成親了。「那就去公主府吧。」

「王妃……」妙玉白著臉。「盛大少爺是跟公主成親了，妳……妳再去找公主又能如何……」

妙玉見過王妃對盛大少爺的感情，當年盛大少爺出事，王妃傷心得差點沒緩過來。盛大少爺跟高陽公主成親回京的事，半個月前她就知道了，卻不敢告訴王妃，就是怕王妃傷心，也怕王妃責怪高陽公主。

榮寶珠覺得這話挺莫名其妙的。「我怎麼不能去找高陽了？我想念她和盛大哥，既然不能去找盛大哥，就先去公主府下個帖子，看看能不能先見見公主。」

她心中真是萬分歡喜，她一直覺得對不起盛大哥，現在知道盛大哥和高陽公主在一起，沒有什麼事比這更讓她高興的了。高陽公主是位好姑娘，十分有情有義，兩人能夠修成正果，她真是開心到不行。

此刻，榮寶珠真覺得老天爺對她厚愛得很。

妙玉結結巴巴地道：「王妃，您……您不怪高陽公主？」

「我怪高陽做甚？」榮寶珠歡快道。「我很高興，妙玉，我心中真是太歡喜了。」

妙玉有些傻了，一時之間不知自家主子是真高興，還是糊塗了。

眼看著榮寶珠要去公主府，妙玉急忙道：「王妃，公主現今跟盛大少爺成親了，這時肯定不會在公主府，不如等回去王府後，奴婢派人去盛家下帖子給公主可好？」

「也好。」榮寶珠笑道。「這時過去實在冒失了些。」

回去後，妙玉立刻去盛府下了帖子，王嬤嬤剛知道時非常擔心，待瞧見王妃是真的很開心才放了心。

高陽公主第二日就來王府了，榮寶珠在王府正門迎接她，等瞧見馬車上那一抹熟悉的身影時，榮寶珠的眼睛發酸，有些想哭。

高陽公主瘦了許多，也沈穩了許多，不似以前那般活潑，她穿著一身藕荷錦繡雙蝶鈿花衫，月牙鳳尾羅裙，整個人顯得十分高眺且漂亮。

「阿玉……」榮寶珠的聲音有些哽咽，一步步朝前走去。「妳可算是回來了。」

隨著高陽公主下了馬車，小八從馬車上跳下來，一下就衝到榮寶珠面前，使勁地去蹭她，榮寶珠的笑容越發大了，伸手揉了揉小八的腦袋。

小八長得高壯，一身黑皮毛柔順發亮，四肢站著，身子幾乎長到寶珠的大腿處，不遠處的丫鬟和婆子們見著都忍不住悄悄往後退了一步。

王府的丫鬟和婆子有些怕小八，可跟在榮寶珠身邊的幾個丫鬟卻是不怕，她們算是看著小八長大的。

讓人把小八先牽走，榮寶珠這才拉過有些無措的高陽公主朝著墨陰院走去。「都回來半個月了，為何不肯過來看看我？要不是我無意中聽見你們的消息，還不知你們回來了。阿玉，我好想你們。」

高陽公主的眼睛紅了，既為榮寶珠的臉傷疼惜，也為兩人重逢而歡喜。

「寶珠，我也想妳。」她聲音哽咽。「對不起……」

榮寶珠有些難受。「妳說對不起做甚，明明是我對不起妳、對不起盛大哥。阿玉，妳不曉得，知道妳跟盛大哥已經成親的那一刻我多有高興，我簡直……」要是盛大哥依舊是一個人，她反而不知道該怎麼面對盛大哥，她辜負了他的情，幸好如今有高陽公主幫她彌補。

高陽公主捂著嘴巴，眼淚默默流了下來，她想著，盛名川對寶珠當真是瞭解得很，若真是兩人沒有成親就回來，榮寶珠只怕會內疚到不行。

盛名川真的是很喜歡寶珠啊，當初在西北知道寶珠成親後，他把自己關在房裡好幾天，不吃不喝，自己求了他許久，出來後，他就跟自己求親了。她不知道自己為什麼要答應他，當初她提出要到西北找盛名川的屍骨，一開始的確是為了寶珠，可後來為什麼變了味，連她自己也不清楚，甚至在盛名川提出成親的事，她還毫不猶豫地答應了下來。

高陽公主知道他心中是怎麼想的，他一是想讓寶珠釋懷，二是斷了長安公主的念頭，以免長安公主傷害寶珠。可他從沒為她著想過，是啊，他沒喜歡過她，又怎會為她著想？

從西北回來後，整整半個月她不敢來找寶珠，不敢面對寶珠，這對她來說是異常難堪的事情，她怕寶珠怪她。不管如何，就算寶珠不愛盛名川，早就嫁給了蜀王，她仍舊覺得自己很可恥。

兩人進了房，榮寶珠屏退了所有丫鬟，拉著高陽公主的手激動到語無倫次。「阿玉，謝謝妳，真的謝謝妳，妳不知道我心中有多歡喜……」
高陽公主擦了擦眼淚，笑道：「只要妳不怪我就好，我覺得自己真是……」
「阿玉！」榮寶珠急忙打斷了她要說的話。「妳不要說這話，要不是妳……要不是妳……我現在……無論如何，真的很謝謝妳，我希望妳跟盛大哥能好好過日子。」
高陽公主不再多言，握住榮寶珠的手，露出個苦笑。
兩人說了會兒話，榮寶珠知道了高陽公主去西北後的事情。
高陽公主去西北後一直沒耽誤，西北本就是她的老家，她派不少人去尋，每天都會帶小八到處找，前幾個月完全一無所獲，後來去了西北的邊緣地帶，小八替她找到了人。
剛找到盛名川時她根本不敢認，那人太潦倒也太陌生，一身的傷，只能躺在床上……
榮寶珠緊張地道：「之後呢？」
高陽公主笑道：「之後我就帶他回去，他的傷漸漸養好了，只是……」她的臉色暗了下去。
榮寶珠心中一緊。「怎麼了？是不是盛大哥出事了？」
高陽公主終於忍不住捂住了嘴巴，哭道：「盛大哥斷了雙腿，再也站不起來了。」
榮寶珠的腦子轟的一聲炸開，聲音有些抖。「怎麼會……」
高陽公主哭道：「我找到他時，他的雙腿已經不能行走，原本只是傷了腿，可逃亡的時候傷勢變得嚴重，等被人救下後，雙腿已經不能站立，我在西北尋了許多大夫，都沒法治好他。」

榮寶珠心中反而鎮定了下來，抓住高陽公主的手道：「帶我去看看盛大哥，我能治好盛大哥的……」

高陽公主看著寶珠，半晌後才點了點頭，直接帶著寶珠過去盛家。

到了盛家後，榮寶珠心裡有些激動，都有一年半多了，也不知盛大哥現今是何模樣。

一進盛家她們就碰見忠義伯夫人，忠義伯夫人看見榮寶珠時臉色馬上變了，甚至不顧高陽公主在場，直接給她難堪。「誰准許妳來了，妳給我出去，快出去！」

榮寶珠不怪忠義伯夫人，只上前道：「夫人，我是來給盛大哥治療的，妳若是希望他還能站起來走路就放我進去。」

「不需要！」忠義伯夫人怒道：「要不是妳，名川怎麼會變成這個樣子！妳給我出去。」

高陽公主上前扶住忠義伯夫人，拍了拍她的背。「娘，您莫要動怒，只是讓寶珠替夫君看看，寶珠的醫術很好的。娘，您也想讓夫君站起來吧，這都半個月了，我們找遍京城裡的大夫，全說夫君不可能再站起來，為何不讓寶珠試試？」

忠義伯夫人攥緊的拳頭終於慢慢放開，神色頹廢，不再攔著，沒多說什麼，轉身離開了。

高陽公主看了榮寶珠一眼，寶珠笑道：「我沒事，這事的確都怪我。好了，我們趕緊進去吧。」

很快就到了盛名川的房間，榮寶珠總覺得有些恍惚。

高陽公主吱呀一聲推開房門，拉著她走了進去，榮寶珠看見沐浴在陽光下的盛名川，他瘦了些，面容平和，正端坐在窗側下翻看著一本書。

聽見房門打開的聲音，盛名川的眼神淡淡掃了過去，瞧見榮寶珠時，他呼吸一頓，拳頭驀然攥緊又慢慢鬆開，朝她展顏一笑，溫聲道：「寶珠，妳來了。」

「盛大哥。」榮寶珠的聲音有些顫抖。「盛大哥，你終於回來了。」她的目光落在他的腿上。

盛名川穿著藏青色長袍，一雙腿遮蓋在其下，榮寶珠一時無法言語，只覺心裡難受得厲害。

高陽公主上前走至盛名川身邊，溫聲道：「寶珠是來替你看腿的。名川，你還有可能再站起來的。」

不知為何，高陽公主有些相信寶珠能夠治好盛名川的雙腿。

「盛大哥，讓我看看你的腿吧。」榮寶珠上前半跪下來，把身上的醫藥箱取下擱在一側，幫盛名川把褲腿挽了起來。他的腿上還有不少疤痕，時日有些久了，只餘下一些或深或淺的痕跡。

榮寶珠半跪在他面前時，他才注意到她左臉上的傷疤，聲音忍不住冷冽起來。「妳臉上是怎麼回事？」

榮寶珠看了他一眼，目光和緩。「是你走後，榮灩珠毀去的。不過已經無礙，都快消了。」

這兩個月她一直在使用瓊漿，臉上的疤痕比起蜀王離去時消退了不少，如今只剩一道淺淺的印子。她平日都戴著面紗，也就身邊幾個丫鬟知道她的傷疤在慢慢好轉，其餘人卻是不知。

盛名川冷著一張臉沒再說話。榮寶珠已經在低頭查看他的雙腿了，他的目光落在她柔順的髮頂上。

榮寶珠仔細替盛名川檢查過雙腿。「盛大哥的左腿應該是斷掉了，右小腿處傷勢過重，因為沒有及時治療腐爛到骨頭處，所以也有些影響，不過雙腿並未萎縮……」

盛名川抬頭看了高陽公主一眼。「是公主每日替我按摩腿部，這才避免了雙腿萎縮。」

榮寶珠從醫箱裡取出一排銀針來，在盛名川的雙腿膝蓋下扎了不少針，並問他有什麼感覺。

盛名川都一一回答了，高陽公主在一旁大氣都不敢出，心裡攥得緊緊。

榮寶珠很快把銀針收了起來。「我要回去配一些藥膏，可能需要兩、三天的時間，之後才能幫盛大哥治療。每日扎針，再配合藥膏按摩雙腿，問題應該不大。」

高陽公主笑道：「真是老天保佑……」

榮寶珠也鬆了口氣，盛大哥的腿傷雖然有些嚴重，但配合針灸和瓊漿，盛大哥肯定能夠再站起來的。她又替盛名川把脈，他的身體並無大礙，只腿上有傷而已，可見高陽公主把盛大哥照顧得很好。

榮寶珠急著回去配藥，並沒有在盛家待太久，很快就回了王府。

高陽公主送榮寶珠出府後才回去房間。盛名川還是維持著原先的姿勢，怔怔地坐在那。

高陽公主走了進去，柔聲道：「可餓了？我讓人把膳食端上來吧。」

盛名川抬頭看她，溫聲道：「好。」

榮寶珠回去後沒歇下，立刻將藥方寫下來，讓丫鬟去藥堂抓藥並開始製作藥膏。這藥膏對斷骨本就有很好的療效，再加上瓊漿，效果自然更好。

榮寶珠花了三天的時間才製好一小瓶藥膏，直接帶去盛府。

過去盛名川房間的時候她又碰上了忠義伯夫人，忠義伯夫人並未再給榮寶珠難堪，只跟高陽公主說了幾句話後就離開。

榮寶珠把藥箱放下，取了裡面的藥膏遞給高陽公主。「這藥膏每天都要塗抹，待會兒我教妳怎麼弄。」

榮寶珠取出銀針扎在盛名川斷腿的穴位上，因他的另外一條腿沒有斷，不需要穴位刺激，只需塗抹膏藥、把藥膏揉進骨肉裡就好。

她取了藥膏塗抹在盛名川的腿上，並教導高陽公主該怎麼做。等高陽公主學會後，她取下盛名川斷腿上的銀針，讓高陽公主把這藥膏幫著塗抹按揉上去，又用兩塊板子把斷腿固定好，才道：「今後我每天都會過來扎針，這藥膏每天都要塗抹，斷腿一直都要固定著，若是恢復得不錯，兩、三個月應該就會有知覺了。」

盛名川的雙腿至少要扎針兩個月，藥膏則至少要塗抹四個月，因此榮寶珠接下來的日子都忙著幫盛名川治療傷腿。他的腿需要塗抹厚厚的藥膏，一小瓶藥膏塗抹兩、三日就沒了，她每日的時間幾乎都用在這上頭，來回盛家一趟就下午了，回去王府她又趕著製藥膏。

等到五月初趙宸回來的時候，榮寶珠手中已經備下了好幾瓶藥膏。

這次趙宸回來跟以往一樣，沒有任何通知，直接回了王府。還是門房先去通報了漪瀾院，拂冬最先知道蜀王回府的消息，立刻迎了出去。

江蘇之事辦得很是順利，這一趟他私庫裡入了不少銀子，想起皇上跟太后那副明明氣惱卻要誇他的模樣，趙宸心中便暢快極了。

心情一好，他就惦記著家裡的小妻子，他笑咪咪地問拂冬。「王妃呢？」

拂冬猶豫半晌。「殿下，王妃出門了。」

趙宸腳步頓了下。「出去做什麼？」

拂冬道：「殿下，盛家大少爺回來了。」

這意思是王妃去找盛名川了？

趙宸心中一涼，臉色陰沈了下來。「妳把這些日子府中發生的事情說一遍。」

拂冬沒瞞著，連盼雲做的事情也說了，又說自己不好作主，所以把盼雲發落到洗衣房，連帶著盛名川什麼時候歸京、王妃什麼時候知曉，以及這一個月王妃每日都去盛府的事情全都告知了蜀王。

在王妃找盛名川這般嚴重的事情面前，盼雲那件事相較之下就輕淡許多。

趙宸陰沈著臉回到墨陰院，一進屋就踹碎了一張桌子，把屋裡的丫鬟嚇了一跳。

「都滾出去！」趙宸怒道。

一屋子丫鬟退了下去，妙玉擔心到不行。王妃怎麼還沒回來，這要是讓殿下知道她去了盛府可該如何是好？瞧殿下這模樣，怕是已經知道了吧。

榮寶珠是申時才回來的，剛進墨陰院就聽妙玉說蜀王回來了，她心中一喜，正要進去，妙玉已道：「王妃娘娘，殿下看起來很生氣，似乎知道妳去盛家的事情了。」

榮寶珠點了點頭。「我知道了，不礙事的，妳下去吧，讓廚房準備幾道殿下愛吃的菜。」

等推開房門進去的時候，榮寶珠聽見趙宸陰冷的聲音。「妳還知道回來？」

榮寶珠繞過屏風，一眼就看見正靠在貴妃榻上休息的趙宸，她心裡歡喜極了，三步併作兩步走到他面前。「殿下，您回來了，怎麼不早點通知府裡，這樣臣妾也好早點出去迎接你。」

趙宸冷笑一聲。「我看妳是想早點做好糊弄我的準備吧！怎麼？盛名川回來了，妳就整日迫不及待地往盛家跑了？妳不要臉我還要臉，妳整日這樣去盛府像什麼樣子，若是讓外人知道了，該怎麼說王府？」

榮寶珠厚臉皮地挨著他坐下。「殿下，您怎麼這麼生氣？盛大……少爺是回來了，可他已經和高陽公主成了親，而且臣妾去盛府是為了替他治療傷腿，盛大少爺的一條腿斷了，另一條腿也受了很嚴重的傷，臣妾要是不幫他治，他以後都不能走路了。」

趙宸皺了下眉頭。「妳說的可當真？」

榮寶珠笑道：「自然當真了，不然殿下以為我為何整日去盛家？」說罷環住了他的手臂，嬌嬌軟軟地道：「殿下，臣妾念著你，你總算是回來了，這一路可辛苦？」

趙宸心裡的怒火消了一大半。

榮寶珠忽然想起什麼，放開他的手臂去旁邊的衣櫃裡翻了下，很快把她給趙宸做的衣裳和裡衣找了出來，笑咪咪地拿到他面前顯擺。「殿下，這是臣妾給你做的衣裳，全是臣妾自己一針一線縫的，你試試看合不適合。」

這下趙宸的怒氣是一點都不剩了。「拿過來我瞧瞧。」

比起針線房中的繡娘做的衣裳，這些衣裳的針腳有些不好，可趙宸還是滿心喜悅，稱讚道：「還不錯。」

他順勢把人拉進懷中，扯下她臉上的面紗。「在家裡還戴面紗做……」

後半句話卻沒說出口，他看著她的左側臉，一臉的呆愣。「妳……妳臉上……」

榮寶珠臉上的傷疤已經消失得一乾二淨，出門戴面紗也不過是做個掩護罷了，她忍不住摸了摸左臉，笑道：「殿下出門三個多月了，臣妾臉上的疤痕都好得差不多了，這幾個月我調配了一種新藥，效果似乎不錯，沒想到竟能一點疤痕都不留下。」

恢復容貌的榮寶珠如同一朵正在綻放的芍藥花苞，鮮嫩飽滿，明豔照人，白皙光潔的臉蛋上沒有半分瑕疵，讓趙宸有些口乾舌燥了起來。

榮寶珠知道這人出去了三個多月，又有潔癖，肯定不會碰外面的女人，瞧他這眼神就知道他在想什麼，可她現在不想被他折騰，在外面忙了一天，她累得骨頭都快散架了。

她低頭親了親趙宸的嘴角，麻利地從他身上下來。「殿下，你奔波許久，只怕也餓了，臣妾讓廚房做了你喜歡吃的，這會兒應該好了，咱們先出去用晚膳吧。」

趙宸歇了心思，起身拉著她過去外間，榮寶珠喊人進來擺膳。

不一會兒，膳食就全部擺上來，拂冬站在趙宸身後伺候，榮寶珠則由妙玉伺候。

趁著妙玉添湯的空檔，榮寶珠撒嬌道：「殿下，是誰跟你說臣妾往盛家跑的事？臣妾去盛家的事只有墨陰院的幾個丫鬟知曉，外人根本不知，而且那人要說也該把話說清楚才是，臣妾是去盛家治病，怎麼說得臣妾好像做了什麼不要臉的事一樣。」

榮寶珠沒打算輕易饒過這告密的人，她心裡明白是誰告訴蜀王的，不動聲色地睨了拂冬一眼。

這丫鬟可真有心計，妳要說就說全了，話說一半讓蜀王誤會做甚？不就是想挑撥她和蜀王間的感情。

拂冬的臉色白了兩分，忍不住看了趙宸一眼。

趙宸這時沒什麼表情，話也沒說一句。

榮寶珠正色道：「殿下，臣妾這些日子來一直惦記著你，如今你回來，臣妾多高興啊，可你一回來，當頭一棒，就把臣妾罵了一頓，光聽別人的話就把臣妾判罪了，臣妾不服。」

趙宸笑道：「莫非妳去盛家的事是假的不成？妳是王妃，就算是要幫人治病也不該總往盛家去，至少該避避嫌。」

榮寶珠道：「殿下，臣妾出門一直都很注意，墨陰院裡的幾個丫鬟都知道臣妾是去做什麼的，臣妾信任她們，所以告訴她們這件事，可她們是怎麼傳話的？」

拂冬知道王妃是在針對她，嘆了口氣，撲通一聲跪了下來。「王妃恕罪，這事是奴婢跟殿下說的，是奴婢沒把話說清楚，都怪奴婢，可奴婢絕不會把這事外傳。」

榮寶珠看著她。「人心隔肚皮，誰曉得？就像盼雲，我自問從未做過對不起她的事情，對她和對其他的丫鬟一向是一視同仁，她幾次以下犯上，我都未曾太過責備她，也就打了幾下板子而已。可最後她是怎麼對我的？她竟對我下藥！雖說巴豆不會致命，不過拉上幾天的肚子是跑不了的。她這次能給我下巴豆，下次說不定連毒藥都能下，這樣謀害主子的奴才，妳說調到外院就調到外院去了，我沒多說一句話。但妳不該跟殿下說我的事的時候只說一半。我同殿下是夫妻，夫妻同心，殿下才能安心地去忙外頭的事。妳身為殿下身邊的大丫鬟，自然更該知道這個理才是。」

趙宸在聽見巴豆、毒藥的時候臉色就冷了下來。當初他一回府，拂冬就把王妃去盛家的事情告訴他，對王妃的事多加著墨，卻把盼雲對王妃做的事模糊掉了。

拂冬跪在地上不敢抬頭。「王妃娘娘說的是，都是奴婢的錯。」

趙宸道：「既然妳知道錯了，就去外面跪兩個時辰吧，至於盼雲，看在她伺候我多年的分上，直接發賣出府，王府裡是斷不能容忍這種謀害主子的奴才的。」

榮寶珠聽見滿意的結果，就不再追究了。那時盼雲對她下藥，她就想著拂冬該趕她出府了，哪曉得拂冬竟還把盼雲給留在府中，她當時十分不滿意，卻沒說什麼，就是等著今日殿下回來處理。

趙宸本身中了毒，且他當年在宮中吃了不少苦頭，碰見不少謀害他的奴才，最恨的就是這種謀害主子的奴才了，自然不會讓她繼續留在府中。

對於拂冬，榮寶珠知道她心中是怎麼想的，裝得大度，心裡卻還有些不平衡，她就要讓她看清楚事實，就算她對殿下有恩又如何，只不過是個奴才，想要挑撥關係也要看殿下賣不賣她面子。

拂冬起身退至門外，在院中跪了下來，臉色通紅，羞憤不已。

榮寶珠這才跟趙宸用了膳，兩人梳洗後沒立刻歇下，榮寶珠讓丫鬟把房裡的燭光點亮了些，取了本醫書看了起來，這些日子太忙，她甚少看書。

趙宸也在貴妃榻上坐下來，懶散地靠在軟枕上，摟住榮寶珠的腰身。「以後少去盛家，盛名川畢竟同妳訂親過，這事若是傳到外面去太難聽了。」

榮寶珠將書擱置在一旁，小手握住他滿是繭子的大掌。「殿下，其實當初跟盛大少爺訂親時我很猶豫，因為我一直是把他當親大哥一樣看待的，當時我知道是殿下救了我，怕這事會傳出去，所以才跟他訂親。」

榮寶珠覺得至少該把話坦誠說開，否則以後趙宸絕對不會允許她去盛家，盛大哥的腿還需治療一個月，不能半途而廢。真正的原因她不可能說，這些話也就半真半假了。

「後來長安公主喜歡上盛大少爺，想要毀了我們的親事，讓人對我下咒，要不是殿下，恐怕我就要在床上躺一輩子了。之後，長安公主設計讓盛大少爺外放邊關，知道他出事後，我一直很內疚，因為要不是我的自私，他就不會出事。得知他的雙腿出事，我就更加內疚了，所以在他的腿沒有治好前，我肯定又要違背殿下的意思。希望殿下莫要怪我。」

跟他成親快一年了，再加上上輩子好幾年的相處，榮寶珠對蜀王還算瞭解，反正這時候先服軟就對了。

對眼前的男人，她還沒有太深的感情，可心結解開後，她願意和他好好相處，他對自己好，自己也會對他好。

趙宸深沈地看著她，過了許久才道：「治療他雙腿還需多久？」

榮寶珠知道他這是妥協了，笑道：「還需再扎一個月的銀針，藥膏都是阿玉幫忙塗抹的。」

趙宸皺眉。「還要一個月？罷了，那妳日後注意些，莫讓外人知道就行了。」

榮寶珠歡喜地點頭。

趙宸瞧她白嫩如玉的臉蛋忍不住親了一口，伸手摸了摸她的左臉頰。「妳這臉頰上可否易容出一道疤痕來？」

若是被太后知道了，不曉得她會怎麼對付寶珠，還是注意點好。

榮寶珠知道他的擔心，點了點頭。「我用藥水能夠在臉上弄出假的傷疤。」

「那好，以後出門要記得易容。」趙宸遲疑了下，到底還是沒把他和太后的恩怨說出口。

這會兒有他坐在身邊，榮寶珠沒有繼續看醫書，跟趙宸嘮叨著這幾個月發生的事情，大到京城權貴家的事，小到府裡花草的打理。

趙宸發現自己竟聽得津津有味，後來聽著聽著就心猿意馬了起來，直接把人給抱到床上去了。

之後，趙宸並未阻止榮寶珠去盛家，卻定了時間，晌午用膳的時候一定要回來王府。

第三十章

翌日一早，榮寶珠跟趙宸還未起來時，外面十分吵鬧。

榮寶珠起身披了件衣裳出去，見幾個丫鬟都已經起來了，正站在房檐下，她皺眉小聲道：「怎麼回事，殿下在外奔波幾個月，昨兒才回來，這才什麼時辰，誰在外頭吵吵鬧鬧的？」

妙玉去院子門口看了看，很快就回來報信了。「王妃，是盼雲，口中說是要見殿下一面，拂冬姑娘在處理了。」

榮寶珠皺眉。「過去看看吧。」

這盼雲莫不是不知殿下的脾氣，這會兒還敢求饒，也不怕殿下直接打殺她了，還是真自信殿下不會動她？

到了墨陰院門口，盼雲正苦苦哀求拂冬。「拂冬姊姊，妳就讓我見殿下一面吧，我不相信……我不相信殿下會趕我出府。」

榮寶珠上前喝斥道：「什麼叫不相信殿下會把妳趕出府去？妳難道以為拂冬姑娘是在哄妳不成，還是以為殿下離不開妳，把自己當什麼了！」

榮寶珠這時是真有氣，昨天晚上趙宸折騰她到半夜，這才剛睡下，外頭就吵了起來，以她敏銳的耳力，想不聽見都難。況且她不過是一個丫鬟竟敢這麼自大，什麼叫不相信殿下會把她趕出去，真是好笑。

盼雲被羞得面紅耳赤，嗚嗚咽咽哭著，不敢再說話了。

榮寶珠道：「還愣著做甚，還不趕緊把人拉出去。」她這也是在救盼雲，若是把趙宸給吵起來，估計他就要活活打死盼雲了。

盼雲忽然一把抱住榮寶珠的腿，哭道：「求王妃饒了奴婢這一次，奴婢再也不敢了，奴婢不想出府，只想在府中好好伺候殿下和王妃。」

幾個丫鬟立刻上前扯開盼雲，榮寶珠冷笑。「好好伺候？我可不敢，稍不如意妳就給我下巴豆，妳問問哪家的奴才敢這麼伺候主子，沒打死妳已經是殿下仁慈。」

盼雲哭得傷心，心裡卻始終覺得是王妃在殿下面前誇大其詞了，她又沒真想毒害王妃，殿下怎麼可能會把她趕出府去。

身後傳來沈穩的腳步聲，榮寶珠回頭一看，趙宸臉色陰冷地走了過來。

盼雲看見趙宸，眼睛一亮，哽咽道：「殿下，奴婢錯了，奴婢再也不敢了，求殿下饒了奴婢這一次，奴婢並未想過要謀害王妃，只是糊塗了，這才給王妃的飲食裡下了巴豆，奴婢以後再也不敢了，定會好好伺候殿下和王妃娘娘的。」

「只是糊塗了？這才？」趙宸冷笑一聲，心裡氣極，大步走到盼雲身邊，想了想，一腳踹了過去。他用足了力氣，盼雲被踹飛出去，撞在不遠處的大石上，吐出一口鮮血來。

旁邊的丫鬟們都白了臉，拂冬也臉色發白。

趙宸冷笑道：「妳一個奴才敢對主子下巴豆，還以為是有理了，我沒打死妳已經算是看在拂冬跟司嬷嬷的情面上。妳倒好，竟敢來求饒，既然妳想留在府中，很好，來人，把這丫鬟拉出去打一百大板，若能活下來我就讓妳繼續留在府中。」

盼雲面色慘白，一百大板，別說一個姑娘了，就是一個大男人都只有被打死的分。

很快就有侍衛上來想拖盼雲離開，拂冬卻撲通一聲跪了下來，啞著聲音道：「殿下，求您饒了她這一次吧，奴婢求您了，饒了她這一次吧。」

趙宸低頭去看拂冬，嘴唇緊抿，半晌後才道：「把她扔出府去，要是再敢鬧事，就直接打死！」

趙宸轉身回房，榮寶珠跟了上去。

趙宸道：「妳接著睡會兒吧，我有事先出去。」

榮寶珠沒有多問，幾乎是往床上一趟就睡下了。

趙宸盯著她的睡容看了半晌，低頭在她唇上親了親，這才出去了。

轉眼半個月過去，再半個月，盛名川的腿就能痊癒了。

翌日一早，趙宸早朝回來後，跟榮寶珠道：「明日隨我進宮裡一趟，太后要見見妳。」

榮寶珠有些緊張。「太后見我做甚？」

趙宸笑道：「別怕，明日我和妳一塊兒去，許是太久沒見著妳了。」

他猜的不錯的話，這次進宮跟讓他去封地的事有關。皇上跟太后肯定不會容忍他在京城中大出風頭，會想著不如把他扔去封地上算了。他們大概覺得封地偏遠，地處荒涼，他又生不出孩子來，所以沒什麼威脅了吧。趙宸忍不住在心底冷笑一聲。

隔天，趙宸就跟榮寶珠去宮裡見了太后。

太后跟寶珠道：「妳這孩子，哀家不宣妳進宮，妳也不知進宮來陪陪哀家。」

榮寶珠低頭道：「都是臣妾的錯。」她臉上早就用藥水製了一道傷疤出來，依舊戴著面紗。

太后跟趙宸道：「你去見見皇上，皇上應該有事同你商量，讓王妃陪哀家說說話。」

趙宸點點頭就離開了，看都沒看榮寶珠一眼。

太后跟榮寶珠說了幾句話後就道：「妳臉上的傷如何了，可要再讓御醫瞧瞧？」

榮寶珠道：「多謝太后關心，這傷都一年多了，只怕是消不了了，就算是讓御醫來瞧，怕也沒用。」

太后嘆息。「好好的一個姑娘家，真是造孽。讓哀家看看妳的傷口，若是可以，不妨讓御醫也瞧瞧。」

榮寶珠取下臉上的面紗，傷口已經成了一道紅紅的傷疤。

太后看了一眼，就要讓御醫過來。

榮寶珠紅著眼眶道：「就不煩勞御醫了，殿下請了不少大夫看過，都只是徒勞，臣妾不想再失望，倒不如不去管它。」她臉上的傷口是偽裝的，雖逼真，被御醫一瞧就露餡了。

這太后真是謹慎，隔一段日子就要瞧瞧她的傷疤，可真是怕蜀王喜歡上她。

「罷了，妳既不願意，哀家也就不強求。」太后道。

她並不是真的想讓御醫幫王妃看傷口，不過是想看王妃的傷口如何，瞧見沒什麼起色她就放心了。

趙宸去一個時辰就回來了。

太后笑道：「皇上找你可是有什麼事？」

趙宸道：「皇上想讓兒臣去西北的封地。」

太后點點頭。「你如今大了，娶了王妃，是該去封地上了，總這樣留在京城也不成。」

趙宸點頭。

榮寶珠卻有些驚訝，這似乎比上輩子提早了幾年，不過能夠早點離開京城是好事，省得太后老惦記著她和蜀王。

太后又叮囑了幾句，才喚道：「虞妹，上前來。」

眾人先聽見一陣清脆的鈴鐺聲，抬頭看去，大殿外緩緩走進一名姑娘，那姑娘身穿一身鳩羽色流彩暗花雲錦宮裝，遠遠看著，一身瑩潤白皙的肌膚，芙蓉如面柳如眉，眼波流轉，真真是個出色的美人兒。

隨著美人兒的走動，她戴在手腕上的小鈴鐺就會發出清脆的叮叮噹噹聲。

榮寶珠忍不住揚了揚眉，這姑娘她自然認識，人是絕頂聰明，琴棋書畫、女紅，樣樣精通，上輩子算是幾個妾室中比較得蜀王喜歡的。

虞妹上前給太后、蜀王和王妃行了禮，便不多言，安安靜靜地垂頭站在一旁。

太后對趙宸道：「這是虞妹，是哀家收養的姑娘。哀家想著你後院裡的妾室不多，聽說你十分不喜她們，虞妹卻不一樣，她聰明，人又漂亮，你瞧瞧可喜歡？喜歡的話哀家就把她賞給你做貴妾。」

趙宸的目光落在虞妹身上，輕點了點頭。「多謝母后，兒臣很是中意。」

太后笑道：「你喜歡就好。」目光轉向榮寶珠。「王妃覺得如何？雖說是給蜀王的貴妾，可也要妳同意了才是。」

榮寶珠笑道：「能多個人一起伺候殿下，臣妾心中當然歡喜得很。」

太后點頭。「那就好，說起來哀家其實是不想這樣的，只是妳進王府都快一年了，肚子還不見起來，哀家也是沒法子。妳知道，蜀王都二十有三了，再不生個孩子可是不成的。不過妳也別擔心，若是其他妾室生了孩子，可以抱在妳名下養著。」

「多謝太后。」榮寶珠心中嗤笑，明知道蜀王中毒不能生育，卻偏要說這種場面話，這太后真是蛇蠍心腸。

太后又交代了幾句，趙宸才領著寶珠和虞妹回去王府。

兩人來的時候就坐一輛馬車，這會兒虞妹自然是跟著上了馬車，她雖是貴妾，可也是個妾，很自覺地跪坐在角落，只有趙宸和榮寶珠坐著。

上了馬車後，趙宸的臉色不大好，榮寶珠知道他心情很差，但虞妹是太后的人，她不可能當著她的面跟他說什麼。

虞妹很會察言觀色，雖知趙宸心情不好，一時半會兒卻不知是為何。

馬車到了王府，趙宸直接丟下兩人大步回了漪瀾院。

榮寶珠不打算打擾他，況且她自個兒還有事情要忙，就先給虞妹安排住處。由於要啟程去封地，她沒重新給虞妹安排院子，便讓她住在蘭亭院中，裡面還有一個小院子，足夠她住下了。

虞妹謝恩後就過去蘭亭院裡，沒有到處亂逛，安安靜靜地待在房裡，等著明日敬茶後再認識其他的妾室和側妃們。

趙宸晚上才過去墨陰院，脾氣已經消了，摟著榮寶珠坐在貴妃榻上說話。

榮寶珠道：「殿下，我們何時啟程去封地？」盛大哥的腿還要扎針半個月，且做好的藥膏也不夠用，她有些擔心。

趙宸道：「一個月後，這邊還要做點準備，妳還有什麼沒完成的事就趕緊弄一弄。」

榮寶珠點頭。「殿下，我把虞妹安排在蘭亭院裡，再過一個月就要離京了，先委屈她一段日子可好？」

趙宸看了她一眼，淡聲道：「隨意，妳才是王府的女主人，這些事妳看著安排就是了，不必跟我通報。」

這一個月，趙宸忙碌了起來，榮寶珠更忙，每日要去給盛大哥扎針，還要回去製藥膏，安排府中的事宜。偌大一個王府要整備前往封地，為了安排好留下的人、要帶去的人和收拾行囊，她幾乎每天都要到亥時才能夠休息。

好在半個月後，盛大哥就不用扎針了，只需繼續塗抹兩個月的藥膏就痊癒，這半個月榮寶珠起早貪黑趕製藥膏，總算把今後兩個月的量都給趕製出來了。

翌日一早，榮寶珠帶著這些藥膏去了盛家，一見到高陽公主，就把藥膏一股腦兒地交給了她。

「阿玉，這是今後兩個月的藥膏，我全部交給妳了，再過半個月我同殿下就要啟程去封地，以後我們怕是很難再見。」

高陽公主一愣。「怎麼這般突然？」

榮寶珠笑道：「殿下既已成親，總是要去封地上的。」

成年的親王基本上都要去封地，沒有皇上的召見不可回京，若是擅自回京那可是重罪。

高陽公主有些惆悵。「我們這才見面沒多久，妳便要走了。」

榮寶珠笑道：「總有相見的時候。」

兩人沒有多聊，榮寶珠還要忙，整備明日去榮府的事宜。

第二日她前往榮府，跟親人說了要去封地上的事情，就算榮家人都料想到了，還是有些難捨難分。

岑氏更是難受地給榮寶珠塞了不少銀票，榮寶珠哭笑不得。「娘，不用再給我了，妳給我壓箱底的幾十萬兩銀票，我都還沒動，況且我還有那些鋪子的收入呢。」

岑氏嘆氣。「妳知道什麼，殿下的封地在西北的蜀地，那地方荒涼，妳的鋪子、田產、宅子這些不能動的產業都帶不過去，嫁妝一時半會兒也不可能全部帶走，我想著，妳還是多帶點銀子傍身比較好。」

榮寶珠笑道：「娘，不用操心這個，我身上的銀票足夠用了。」

幾十萬兩的銀票，就算對一般的豪門大族也是一大筆財富，夠讓人眼紅。

榮寶珠好說歹說，岑氏才打消了繼續給她銀子的念頭。

跟榮家人告別後，榮寶珠在王府中繼續忙著，她的嫁妝、殿下的東西都太多，想要一趟全搬去根本不可能，榮寶珠只撿了容易攜帶的，至於其他，殿下會安排人慢慢地運過去。

還有後院的藥草，榮寶珠全部連根帶土地挖起來裝在花盆裡，準備一併帶去封地上，這些草藥才是重中之重的東西，給殿下治療的時候可以掩護她手掌心裡的瓊漿。

不過這幾樣花草實在太難種植，連榮寶珠都沒把握這一路她能不能養活它們，可要是不帶上，留在王府它們可就只有等死的分。

還有小八她自然也帶上了，小八已經十二歲，她知道一般的犬類活上十五年就算是長壽，可瞧著小八還是精神抖擻的模樣，不大像進入老年期。她曉得瓊漿應該有延長壽命的功效，小時候她養的那幾隻蛐蛐足足活了五、六年，一般的蛐蛐有兩年壽命就算不錯了。

距離啟程只剩下三日，該忙的都忙完了，趙宸終於清閒下來。

隔天一早，榮寶珠難得有時間，先去佛堂誦了經書，出來後看見趙宸在房裡等她。「今兒難得空閒，天氣不錯，我們過去花園那邊坐坐。」

王府有座很大的花園，平日都有花匠在打理，雖比不上墨陰院裡榮寶珠種的那些花草，但勝在數量多，一大片一大片的，是個賞玩的好去處。

兩人過去花園那邊，丫鬟們擺上糕點和果酒，趙宸笑道：「明日可要回去看看妳爹娘？畢竟一過去封地，就不知何年何月才能再回來一次了。」

提起榮家人，榮寶珠心裡很是不捨，不過她把這些年釀製的果酒，做的頭油、胭脂水粉，還有不少養生丸、解毒丸和止血傷藥幾乎全部都給了榮家人，自己只留下少許的藥丸，以備路上不時之需。

榮寶珠點了點頭。「多謝殿下，明日我想再回去看看爹娘。」

趙宸道：「我陪妳。」

正說著，不遠處似乎有些吵鬧聲，趙宸的臉立刻就黑了，抬步朝那邊走了去。

榮寶珠跟在他身後。

過去才發現是幾個丫鬟、婆子正在推攘一個丫鬟。「瞧瞧妳這模樣，楚楚可憐的，這裡又沒男人，妳是想勾引誰啊！」

榮寶珠仔細一看，那被欺負的丫鬟她竟然認識，是白靜娘！之前五哥要幫白靜娘贖身時，卻被突然出現的趙宸給收了，她還以為白靜娘會在王府裡做個通房妾室，沒想到她竟是個丫鬟。

瞧這穿著打扮，似乎還是洗衣房裡的丫鬟。榮寶珠訝然，既然殿下不喜她，當初為何還要贖下她？

白靜娘氣得渾身發抖。「妳們別胡說！大家都是丫鬟，有妳們這麼羞辱人的嗎？」

「誰胡說了！」那丫鬟道。「瞧瞧妳這臉蛋，一個洗衣房裡的丫鬟還敢塗脂抹粉，不是想勾引男人是想幹什麼！」

洗衣房距離花園不遠，她們會在這兒倒也不奇怪了。

拂冬見趙宸臉色不好，上前喝斥道：「放肆，誰准許妳們在這裡吵鬧的！」

幾個丫鬟一回頭，嚇了一跳，慌忙跪了下來。「奴婢參見殿下，參見王妃娘娘。」

趙宸皺眉，吩咐拂冬。「把人趕出府去！」

幾個丫鬟駭得臉色發白，連求饒都不敢，只有白靜娘抬頭偷偷看了眼趙宸，泫然欲泣，好一副我見猶憐的模樣。

榮寶珠瞧趙宸的樣子知他肯定是不記得白靜娘了，心裡有些好笑，只覺這事不簡單，不然洗衣房中的丫鬟不好好洗衣裳，跑來花園旁邊吵什麼架？這白靜娘是個有心計的，這事應該是她故意弄出來的。

榮寶珠大概有些明白了白靜娘的想法，再過兩日他們就要啟程去封地，白靜娘只怕是不甘心自己到現在還只是個丫鬟，惦記上了蜀王，這才弄出這麼一齣，想破罐子破摔，看看能不能勾搭上蜀王吧。

趙宸的確不記得白靜娘是誰，這時他心裡煩躁到不行，好好的樂趣都被這些奴才給打擾了。

眼看著婆子要將她們拖出去，榮寶珠忽然道：「殿下，這個留下吧。」指了指白靜娘。「剛好盼雲被發配出府，這個丫鬟正好能頂替上盼雲，我們就帶著她一塊兒去封地吧。」

趙宸看了榮寶珠一眼，挑了下眉頭。「成，聽妳的，這個就留下。」

白靜娘驚喜地看著榮寶珠，磕頭連連。「多謝王妃娘娘，多謝王妃娘娘。」她自然知道王妃是誰，不就是那榮七姑娘，果真是個傻的。

榮寶珠在心底暗笑。既然妳想跟著去封地，我就讓妳如願，反正去了封地上要怎麼處理還不是自己一句話的事，省得讓她留在京城中自己會不放心，萬一她再勾搭上五哥可如何是好。

翌日，趙宸陪榮寶珠去榮家待了一天。

很快到了啟程那日，光是跟著趙宸和榮寶珠一塊走的行李都有三十多輛馬車，還有護送的官兵侍衛，真是浩浩蕩蕩。

京城距離蜀地足足有快兩千公里，路程遙遠，至少要走上兩個月才會到。

趙宸跟榮寶珠同坐一輛馬車，其餘妾室和側妃加上府中帶去的丫鬟奴才分別坐了好幾輛馬車。

榮寶珠身邊的妙玉、碧玉、王嬤嬤，還有四個丫鬟也跟著一起去封地，其中妙玉、碧玉和王嬤嬤都是有家室的人，他們的賣身契全在榮寶珠手中，因此算是舉家遷往蜀州。

蜀州在西北，高陽公主的本家楚家也是在蜀州，蜀州雖大，但位置荒涼，還有大片的沙漠，很是貧窮，只有幾樣一般的農作物，百姓大多都是養一些牲口用來果腹。

趙宸和榮寶珠兩人乘坐的馬車外觀一般，但裡面佈置得很是不錯，找來的木匠設計得很好，白日的座椅到了晚上就能拉伸開來，成為一張能夠容納兩人的床板，就連一些小桌子也都是可以收攏的，因為天氣漸熱的關係，馬車裡面鋪上用竹子編製的精美竹蓆，坐上去很是舒服。

走的這日，榮家人和高陽公主都來送行，等出了城後，家人和親朋好友都回去了，榮寶珠哭得不成樣子。

等她漸漸止住了哽咽聲，又忍不住掀開簾子朝外看了一眼，心中滿是不捨。

趙宸懶散地靠在軟枕上。「怎麼？還在想為何盛名川沒來？」

榮寶珠一頓，用紅通通的眼睛看著他。「殿下，我當然不是在想這個，我只是捨不得爹娘，捨不得榮家人，捨不得楚玉。」雖然沒見著盛大哥，但她並沒有什麼可惜的，她知道高陽公主會是盛大哥最好的歸宿。

高陽公主是長情之人，盛大哥也不是無心之人，時間久了，他就會喜歡上她的。

「如此最好不過。」趙宸把人摟進懷中。「當初許妳去盛家幫他治腿已經是我最大的寬容了，妳若是心裡捨不得他，我會殺了他。」那時不過是因為被她一哄，心軟就同意了讓她去盛家，後來雖心中惱火，可她總是在空閒的時候嬌軟地纏著他，說著他喜歡聽的話，自己總不好發作。

趙宸低頭在榮寶珠額上印下一吻，心裡忍不住嘆息一聲，自己對她似乎越來越容易心軟了，這可真不是件好事。

榮寶珠也學他的樣子在他嘴角親了一口。「殿下放心，殿下在我心中排第一，榮家人才是第二，我的心裡從來沒有過別人。」

雖然知道她這話有一半是假的，可趙宸還是不由得滿心歡喜。

被蜀王這麼一打岔，榮寶珠心情好了些，膩歪在他身上說著話。

聽她說了半晌，趙宸忽然道：「妳好好的怎麼突然想把那白靜娘帶上了？」

他想起白靜娘是誰了，當時他不過是為了榮寶珠才將人贖下來，後來直接讓人把她安排在王府，要不是寶珠提起她，自己根本不記得有這麼一個人。

榮寶珠沒打算瞞著，兩人是夫妻，除了瓊漿和重生的事情，其餘的事情她是不會瞞著他的。

「殿下還記得她？」榮寶珠笑道。「那時在賭場的時候，我五哥打算贖了她。我娘查過白靜娘這個人，有些小心思，若是我們都去了蜀州，我怕她會纏上我五哥，還是一起帶上更妥當些。殿下若是不喜她，等去了封地，我就給她找戶人家嫁了就是。」

說她小心眼也好，說她草木皆兵也罷，反正她斷然不會留下白靜娘在京城裡勾搭五哥，上輩子五哥的那些事情她可是記得清清楚楚，就算這輩子五哥改了性子且成了親，她仍不敢賭。

就跟她知道榮灩珠對她懷有敵意，可自己總是心存僥倖，覺得兩人是姊妹一樣，可最後結果如何？她的僥倖就是害自己被榮灩珠毀了容貌。

她能夠控制住的危險事情，不管用什麼法子，就算是個笨法子，她也一定要把它給避免掉。

趙宸笑道：「隨妳。」當初那事他在場，榮琤對白靜娘根本沒情意，不過如果能讓王妃安心，什麼都隨著她就是了。

到了夜裡，要紮營休息，兩人吃過簡單的乾糧後，由著丫鬟進來鋪了床，榮寶珠倒頭就睡著了。

趙宸摟著她，還沒什麼睡意，蜀地如今一團亂糟糟，若是可以，他不想現在就帶榮寶珠去蜀州，可把寶珠留在京城的話他更加不放心，倒不如直接帶在身邊。

之後的幾日都是白天趕路，晚上休息，榮寶珠每天都待在馬車裡，除了晌午用過膳食之後，會去後面的一輛馬車裡看看那些藥草，每盆滴上幾滴瓊漿，它們倒也都活得好好的，綠意盎然。

一路有侍衛跟官兵護送，那些土匪強盜自然不敢露面。

走了半個多月，天氣漸漸熱了起來，白日趕路就有些辛苦，總是走走停停的。這半個月大家都瘦了不少，榮寶珠也不例外。

這日，榮寶珠正窩在趙宸懷中昏昏欲睡時，前方不遠處過來幾匹駿馬，馬匹上的人身穿盔甲，手握長劍。

聽手下人來報，趙宸讓車隊先停下來，自己下了馬車過去見那幾人，說了幾句話後又回到馬車上，跟榮寶珠道：「我可能要快馬加鞭先趕去蜀州了，妳繼續跟著車隊走，有侍衛守著，不會有什麼危險的。」

榮寶珠沒有多問，只道：「殿下路上小心。」

趙宸親了親她才下了馬車，上了馬匹飛奔而去。

榮寶珠沒讓丫鬟陪她，一個人懶洋洋地坐在馬車裡，只有晚上休息的時候會讓妙玉過來陪伴。

過了大約四、五日，晚上紮營休息時，外面有些吵鬧起來。

榮寶珠道：「怎麼回事？」說著已經要起身出去看看了。

妙玉道：「王妃，還是奴婢出去瞧瞧吧，萬一發生了什麼事衝撞了您……」

「無礙。」榮寶珠下了馬車。整日都坐在馬車裡，晚上出來活動下總是好的。

兩人走過去，這才瞧見是一個面容看來老實的高大男子，正抱著一個孩子往這邊衝，卻被守衛給攔了下來。

妙玉一瞧見那人臉色就變了，慌忙想要衝過去，又想起王妃來，生生止住了步子，慌亂地道：「王妃，那是奴婢的丈夫跟孩子，我怕是孩子出了什麼事……」

榮寶珠一聽也急了。「還站著做甚，趕緊過去看看。」

兩人過去時，守衛還是攔著不讓兩人進來，那男子苦苦哀求道：「大人，就讓我過去吧，孩子的母親是王妃身邊的丫鬟，孩子有些不舒服，嚷著要他母親……」

守衛仍舊不放人。「沒有王妃的口諭，外人一律不許過去！」

「放肆！」榮寶珠一聽氣惱不已。「還不快讓開，我什麼時候不許外人接近了！」

妙玉已經接過那孩子，發現孩子臉色通紅，呼吸急促，顯然是病了，妙玉心疼得厲害。

榮寶珠恨得咬牙，她從來沒有發過這樣的口諭，這人顯然不是聽她的命令辦事的。「到底是誰下了這樣的口諭？孩子都病成這樣了，為何不許他們進去？」

那守衛看了拂冬一眼，拂冬道：「王妃，是殿下臨走時下的口諭，說是外人一律不許接近您。」

榮寶珠怒極而笑。「是殿下的口諭，還是妳的口諭？既是殿下的口諭，方才那守衛瞧妳做什麼？我就不信，我的人要來見我還需要什麼口諭！還有，難道我堂堂一個王妃的話還比不上妳一個奴才？我要他們讓開，可瞧瞧他們，竟敢繼續攔著。」

拂冬跪下。「王妃娘娘息怒，這的確是殿下的口諭，說是除了在您身邊伺候的丫鬟，外人一律不許接近您。」她自認問心無愧，全都是按照殿下的口諭在辦事。

「好，很好。」榮寶珠冷笑，從身上取了當初趙宸給她的黑色玉珮。「可認識這個？還不趕緊滾開！」

拂冬面色一變，起身退到一旁，那些守衛也立刻讓開了。

榮寶珠心裡實在氣憤，卻不得不先顧著孩子，收了玉珮，她上前查看妙玉懷中的孩子。

這是妙玉的小兒子，虎頭虎腦的，不過兩歲的模樣，榮寶珠見過好幾次，小名虎子，她很喜歡這個孩子，這會兒瞧孩子呼吸都有些不穩了，心裡氣到不行，喝斥妙玉的丈夫范清。「你是怎麼照看虎子的，孩子都成這樣，顯然已病了幾天，怎麼這時候才來？」

范清道：「有來過幾次，他們不許小人進去。」

榮寶珠攥緊拳，看向拂冬。「就算妳是聽了殿下的口諭，可這件事關係到一個孩子的生死，妳竟忍心不來通報，任由孩子病著，心可真夠狠的。妳到底是真心在執行殿下的口諭還是有什麼別的心思，我不得而知，但妳自己心中最清楚不過。如今還在路上，我不好重罰妳，妳就去旁邊跪著吧，跪滿了兩個時辰再去休息。」

方才開口攔下范清和虎子的侍衛於心不忍，禁不住開口道：「王妃娘娘，拂冬姑娘不是故意的，她只是照著殿下的交代辦事。」

榮寶珠冷笑。「殿下的交代？這可真是個好藉口，范家人都過來幾次了，她過來通報一聲會如何？怎麼，你心疼？你要是心疼拂冬姑娘就去旁邊陪著跪吧！」

拂冬臉色發白，羞憤不已，那侍衛一時呆住，顯然不明白平日溫和的王妃娘娘怎麼一下子就變了。

這會兒王朝走了過來，聽聞事情的經過，臉色不大好，直接把這侍衛給換走，又跟王妃道了歉。

榮寶珠道：「這事不怪你，不過是有些奴才拿著雞毛當令箭罷了。」

榮寶珠不敢再耽誤，讓妙玉抱著虎子，一塊兒進去馬車裡面。

把虎子抱上馬車後，榮寶珠替他把脈，又問外邊的范清這是怎麼回事。

范清道：「前幾日孩子娘在的時候還挺好，沒過一天孩子就有些發熱，不過孩子的精神還不錯，我就沒當一回事。第二日孩子的精神就有些不好了，我過來求見王妃，那姑娘說外人不得接近王妃，回去後我請車隊的大夫看過，也喝了藥，可完全沒有好轉。再來求見，他們根本不給小人多說一句話的時間，之後虎子的病情就越來越嚴重，小人這才抱著虎子闖了過來。」

榮寶珠神色陰鬱了些，不再多言，過會兒才收手。「是風寒引起的發熱，有些嚴重，不過無礙，幸好你來得早，再過兩日，孩子只怕連腦子都要燒壞了。」

妙玉和范清的臉色都變了，妙玉心裡難受得厲害。

榮寶珠道：「妙玉，妳來照顧虎子，我去幫虎子煎藥。」

妙玉慌道：「怎能讓王妃動手，奴婢自個兒來就成了。」

榮寶珠搖頭。「妳在這裡守著吧。」說著她就下了馬車，這孩子的風寒拖太久了，就算煎藥服下也不一定管用，肯定是要用上瓊漿的。

榮寶珠很快把藥煎好，上了馬車讓妙玉餵孩子服下，看著虎子的呼吸漸漸平穩，額頭沒那麼燙了，她才讓范清回去照顧范家大兒子去，把虎子留在馬車上，打算觀察幾天。

好在第二日虎子就好了，一睜開眼睛就看見娘親，虎子激動極了，一下子撲進了妙玉懷中。「娘親，想妳。」

妙玉把虎子摟得緊緊的。「娘也想你了。」又扯開虎子跟他道：「這位是王妃娘娘，是治好虎子的恩人，快些叫人。」

榮寶珠上次見虎子是幾個月前的事，那會兒這小傢伙還不記事，顯然不記得她，看見他正打算叫人，榮寶珠笑道：「喊我一聲姨就是了。」

虎子立刻叫了姨。

榮寶珠忍不住伸手揉了揉小傢伙的臉蛋。「真乖。」說著從暗格裡摸出一小碟的點心給了小虎子。

虎子歡呼一聲，說了聲謝謝就吃了起來。

榮寶珠看著小傢伙的表情越發柔和，有個孩子可真好啊。

沒兩天，虎子徹底痊癒了，榮寶珠讓妙玉帶著虎子去車隊後方，沒再讓妙玉伺候。由於碧玉也是有家室的人，她就叫木棉和春蘭過來伺候了。

自從虎子生病的事之後，拂冬很少在榮寶珠面前露臉，榮寶珠現在有些煩她，覺得沒瞧見她反而更好。

上一世，她還不覺得拂冬有什麼問題，只覺她對蜀王忠心，可這一世看來，拂冬對蜀王是夠忠心，卻有些看不明白事態，總是為了蜀王的命令為難她這個做王妃的，莫非真不把她跟蜀王當成是一家？

榮寶珠很清楚拂冬對趙宸的感情，女人會對男人忠誠的第一要點就是感情。她不清楚上輩子她死後拂冬變得如何，想來她不可能只是個宮女。

她上輩子死的時候，拂冬還未嫁人，拂冬比趙宸大上兩、三歲，這個年紀不嫁人，她幾乎可以肯定上一世拂冬是入了他的後宮，怕是地位還不低。

榮寶珠目光沈沈地看著車窗外，心裡想著這拂冬可千萬別做錯事了，不然自己絕對不會坐以待斃，只是不知趙宸到時會怎麼處理。

車隊繼續朝前行駛，已經進入七月，天氣越發炎熱，每天正中午的時候根本不能趕路，只能停在路邊歇息，好在晚上太陽落山得晚一些，能多趕一點夜路。

又連續趕了半個多月的路，再過幾日就能進入封地了。

第三十一章

這日車隊到了一個名為周口鎮的地方停下了，他們要進行補給更換，因此要在周口鎮停留一天。這鎮的人口不多，平日來往流動的外鎮人員也不多，王朝很快就包下一間客棧，讓侍衛護著王府女眷去了客棧裡。

饒是動靜再小仍把周口鎮的人都驚動了，遠遠瞧著知道這些人很不簡單，所以沒人敢上前來。

女眷進去客棧梳洗一番，沒有下樓，直接由丫鬟們伺候著用了膳，然後睡了會兒午覺。等起來時，天色已經暗了，只等再歇一晚上，明日就能繼續啟程。

替榮寶珠梳了頭，春蘭笑道：「王妃娘娘，可要出去逛逛？在馬車上待了一個多月，好不容易能歇息一下，不如出去逛逛解解悶。」

榮寶珠搖頭。「這裡距離封地不遠，地處西北，民風豪放，相對的，人就野蠻一些。我們急著趕路，少出去轉悠，省得惹上不必要的麻煩。」又吩咐木棉。「木棉，妳去交代一聲，讓所有人都不許出去，以免惹了麻煩。」

木棉應了聲後出去，不一會兒就進來了。「王妃，已經有不少人出去了，只有虞貴妾、袁側妃還在，就連丫鬟都出去了不少。」

榮寶珠道：「罷了，既然出去就算了。」

這些女眷都悶壞了，出去逛一個多時辰就回來了，天色也暗下來。

這會兒大家都下了樓，坐在客棧裡用晚膳，董側妃還在跟其他人說著下午出去的所見所聞。「這周口鎮太小了，從頭走到尾只花了一個時辰，我看著鎮裡也就幾千口人而已，實在沒什麼好去處。說來真夠晦氣的，我一路上碰見了好幾個病人，臉色發紅，唇色蒼白，被攙扶著去看病，晦氣晦氣，這間客棧有沒有艾草？燒些去去晦氣也好。」

榮寶珠聞言，心底隱約有個不好的預感，問道：「董側妃可知那幾個病人還有什麼其他的症狀？」

董側妃笑道：「妾瞧著他們都渾身無力，臉色通紅，妾還差點被那個孩子撞上呢，可真是討厭得很，幸好明日就能離開了。」

榮寶珠心頭越發覺得不妥，吩咐道：「今晚早些歇息，明日一早便動身啟程。」

夜裡榮寶珠躺在床上休息時，總覺得董側妃描述那幾人的症狀有點像瘟疫，畢竟不只是一個人有這樣的症狀，幾個人都相同怕就有些不妥了。她嘆息一聲，希望自己的判斷是錯了才好。

翌日一早，榮寶珠讓大家隨意吃了些早膳就打算啟程離開，快到城鎮門口的時候，便瞧見一名官差騎著一匹瘦馬到鎮門口，喊道：「鎮中有瘟疫發生，官老爺說了，如今鎮上一律不許人進出！」

眾人只覺腦子嗡的一聲，榮寶珠的面色也沈重起來，她是真沒想到，隨意找了個地方停腳歇息都能碰上瘟疫。

周圍還有不少百姓們，這會兒一聽，全傻了。「怎麼會是瘟疫？天啊，這是老天爺不讓我們活了啊！」

周圍嘈雜聲響起，大多都是悲觀絕望的消息，像是哪家的人似有時疫症狀，又說鎮上才幾千口人，恐怕所有的人都逃不掉。

榮寶珠知道他們為何會如此悲觀，時疫的發生經常伴隨著整個城鎮的滅亡，想要活下來太難，更何況在這種偏遠地區的小鎮，沒有厲害的大夫，也沒有大批的藥材，等待他們的只有死亡。

王府女眷的臉色變了，董側妃想起自己昨日被時疫病人給撞了一下，全身的寒毛都起來了，口中更是氣憤道：「該死的，昨兒我竟還被那庶民撞了一下，該不會……」

董側妃絕對不願意再繼續待在這種地方，眼看那守鎮門的士兵開始趕人，她上前一步喝斥道：「好大的膽子，知不知道我們是誰！連我們都敢攔，小心你們的狗頭不保！」

幾個士兵對視一眼，一時不知該如何是好，他們自然知道這一群穿著錦衣綢緞的人都是昨兒才進鎮的，身分只怕非富即貴，可官老爺有令，他們也不敢違抗。

看這些人沒放行的打算，王朝上前一步取出通行的牌子出來。「我們是蜀王的家眷，是昨日才進鎮的，還煩勞通融一下。」

這些士兵都知曉原本在京城中的蜀王要去封地，這會兒哪還敢攔著，立刻就打算放行了。

聚在鎮門口的人群裡忽然有人大聲叫道：「憑什麼他們能出去，我們就不能出去？我們也只是附近的村民，不過是一大早進鎮做點小買賣罷了，憑什麼不讓我們走啊。而且這些人一來鎮中就爆發瘟疫，說不定這事就跟他們有關！」

這人一說，人群就騷動起來，人都是有從眾心理的，還有一種就是自己死了也要拉別人墊背的，就跟現在一樣，之前不少人都有瘟疫的症狀，顯而易見這瘟疫跟他們沒有關係，可有些人覺得自己都要死了，憑什麼他們還能出去，就因為身分富貴一些？既然要死，拉上他們這些富貴人家的命也是好的。

現在這種人還真不算少數，人群立刻就有人呼喊起來。「可不是，為什麼他們一來鎮中就爆發瘟疫，肯定是跟他們有關，不能放他們離開。除非也讓我們離開，我們都沒病，沒被傳染上，憑什麼不讓我們走！」

慢慢的這種聲音越來越多，都說這場瘟疫是他們帶來的，不許放他們離開。眼看鎮中百姓有暴動的可能，王府的侍衛和官兵立刻拔出長劍把王妃他們都護在身後。

董側妃惱怒不已。「這些庶民，好大的膽子，連蜀王府的家眷都敢誣衊。王妃，還不如下令殺了他們，跟他們廢話什麼。」

「閉嘴！」榮寶珠轉頭喝斥董側妃。「現在是添亂的時候嗎？給我好好待一邊去！」說罷，又轉頭去看那些鎮中的百姓們，雖有人起哄，可大多數人卻是茫然無措，一張張蒼老或者稚嫩的臉龐，無一例外，他們眼中沒有任何抵抗，只有無奈認命。

也有父母或者老人抱住稚嫩的孩子痛哭起來，孩子用小手去擦他們的淚水，稚嫩的臉上還什麼都不懂，並不知他們的生命快到了盡頭。

這些鮮活的生命或許過不了幾天就會成為渾身發臭的屍體，榮寶珠緊緊地抿著唇，她有能力救下他們，她相信上天賜給自己神奇的瓊漿並不是讓她見死不救，她也相信因果，現在種下的是什麼，以後收穫的將是同等。

王朝已經道：「王妃，臣先護送你們離開，這裡有我們擋著不會有大礙的。」

榮寶珠張了張嘴，又閉上，心中做出了決定，她抬頭看向王朝。「不必了，我有能力救下他們。」

王朝瞪大了眼睛。「王妃，您這意思是說您要留下？」

榮寶珠點頭。

「王妃，萬萬不可！」王朝急道。「這是瘟疫，不是普通的風寒，稍有不注意就會感染上，若是殿下在的話，是絕對不會讓王妃這般冒險的。」

冒險？榮寶珠有些想笑，她擁有的是別人一輩子都不可能想像到的東西，這對她來說不是冒險，而是勝券在握。

「鎮上的瘟疫顯然不是一天就染上的，我們已經在這鎮上住了一天一夜，吃的、喝的都是鎮上的，說不定已經被感染了，這會兒若是出鎮，只怕會把瘟疫帶去更遠的地方。」

王朝還想再勸說，榮寶珠已經道：「好了，我心意已定，你就不要勸了，現在帶著所有人回去客棧，我會一一安排。」

這話王府女眷都聽見了，不少人只是沈默，董側妃臉色發白。「王妃娘娘，您願意留下，妾不會多說什麼，可您為何要將妾們也留下來，我們不服。」

采蓮跟穆冉冉都忍不住點了點頭，陳湘瑩、花春天、袁姝瑤和虞妹卻不言語，過會兒原本沈默的幾人才道：「妾願意聽王妃娘娘的。」

榮寶珠又看向采蓮和穆冉冉。「妳們呢？若是不願意，妳們儘管出鎮就是，不過我事先同妳們說清楚，妳們已經在鎮上待了一天一夜，很有可能染上了瘟疫，出鎮之後我是不會再管妳們的。」

最後董側妃、采蓮和穆冉冉還是決定出鎮，在鎮外的車隊裡等他們。

榮寶珠讓王朝送她們出鎮，那些不嫌添亂的人瞧見更是眼紅，高喊道：「不能讓她們出去，憑什麼她們能出去，我們不能？我們也沒染上瘟疫。」

有人附和，大多數人卻是目露絕望。

榮寶珠看了眼在人群中高喊的幾人，這才上前一步道：「有人說瘟疫是我們帶來的，可據我所知，鎮中前幾日已經有不少病人了，如何能怪到我們頭上來？」

有人道：「可莫要再作孽了，何必死的時候還要拉上人家做墊背的。」

榮寶珠道：「我會醫術，你們若是相信我的話，我會留在鎮上幫你們醫治，或許不能保證每個人都能痊癒，但是我能保證不會讓瘟疫繼續傳染下去，如果相信，就讓她們幾個離開，我們這部分人會留在這裡。」

議論聲終於停歇下來，有老人顫抖著身體上來問道：「貴人，您可真能救治我們？願意救治我們？」

「你們若是相信我，現在就讓已經患上瘟疫的人，還有出現症狀的人都出來，這些人都需要隔離，不然會傳染給其他人。」榮寶珠說道，又轉頭吩咐方才那過來通報的官差。「這事光我說沒用，還要請官老爺協助幫忙。」

那官差呆愣愣地點了點頭，很快就去通知鎮上的官老爺。

榮寶珠帶著王府女眷回去客棧，把事情一件件吩咐下去。瘟疫有很多種，有鼠疫、天花或霍亂引起的，還有環境髒亂、吃喝污染引起的，這些都算是瘟疫，首先必須查明原因，否則就算醫治好大家也是無用。

官府很快就來人，官老爺也親自過來了，得知他們是蜀王府的家眷後更是小心翼翼，既是詫異又是驚奇。

因必須把感染瘟疫的人全部隔離，這事就由鎮上的士兵去辦，王府的侍衛和官兵則是調查各處的水源、吃食。

榮寶珠讓官差將所有病人都隔離在鎮子以南，那邊剛好有兩間藥堂。她先過去替人把脈看了症狀，可以排除是天花、霍亂或鼠疫引起的瘟疫，並從病症最嚴重的患者開始救治。

之前存下的瓊漿足足有六瓶，她把瓊漿滴入木桶中，桶中的清水來自附近一口水井裡，已經查過是乾淨的水源，聞起來、喝起來都沒有任何異味。

榮寶珠開了藥方，就讓醫館裡原本的學徒和藥師幫著煎藥。「只能用我這木桶裡的清水，因為目前為止還不知到底是什麼污染，吃食方面也需要我檢查過才能吃。」

那幾人都是小鎮上的人家，在醫館裡做學徒和藥師，這會兒對榮寶珠都是誠惶誠恐，立刻就去煎藥了。

沒兩天，鎮上所有的吃食和水源都檢查過，是鎮上一個小湖泊的水源受到污染，這小湖泊平日裡有不少人挑水喝，還拿去澆灌菜地，所以少部分的菜有遭到污染。因這湖泊跟鎮中幾口井的水路相通，有幾口井的水也被污染了，這才引發鎮上的瘟疫。

找到污染源後，剩下的就好辦多了，把所有受污染的食物銷毀，水源也讓鎮上的官兵來處理。沒幾天，鎮上的瘟疫就控制住了。

沒被染上瘟疫的人，榮寶珠讓人熬煮了湯藥，裡面給予少量的瓊漿，一人喝了一碗。

忙碌了好幾天，除了第一日沒來得及醫治死了三人外，其餘人的病情都算是穩定下來，只需觀察幾日就差不多了。榮寶珠終於得了空，這幾天她幾乎沒合眼，回到客棧後便讓木棉、春蘭伺候著梳洗，往床上一躺就睡下了。

外頭王朝來見，木棉攔了下來，輕聲道：「王大人，王妃娘娘這才歇下，有什麼事，不如等到王妃醒了再通報？」

王朝想了想點點頭。鎮外的董側妃被感染了，不過這一時半會兒也死不了，如今她已經被隔離，應該是沒什麼大礙，他也就不急著通報了。

榮寶珠這一覺睡到了申時，醒來後聽了木棉的話，才穿戴整齊出去見王朝。

王朝把事情說了一遍，榮寶珠頭疼，鎮上好不容易控制住病情，車隊可千萬不要出事了。「可只董側妃一人有這症狀？我前兩日不是讓人送了湯藥讓車隊所有人都服下嗎？怎麼她還會出事？」

王朝道：「聽小丫鬟說是那日董側妃喝了一口嫌苦，偷偷給倒掉了。」

榮寶珠冷笑。「嫌苦？那她這會兒還怕什麼。」

王朝沈默不語，也覺得這董側妃做作了些。

榮寶珠到底是怕害了車隊其他人，讓人熬了藥給董側妃送去，喝了兩天藥後，董側妃的病情也控制住了。

等所有人都痊癒後，已經是十日後，水源也都處理好，直接讓人埋起來，打算重新找一處水源。眼看鎮中所有人都痊癒，董側妃也好了，車隊已在周口鎮耽誤了半個月，榮寶珠這就打算啟程。

周口鎮的人都知曉她是蜀王妃，這些日子她都戴著面紗，大家雖不知她的模樣，卻都是很感激她，等要離開鎮上的那日，幾乎所有人都來送行，就連鎮上最大的官老爺也來了。

看著馬車漸漸駛出鎮子，鎮中的百姓都是真誠地送他們離開。

榮寶珠靠在馬車上跟鎮外的車隊會合，到了車隊後，董側妃求見，榮寶珠實在不願意見她，只說身子有些勞累，便讓車隊趕緊啟程了。

這次救治鎮上的瘟疫並沒有用掉多少瓊漿，大多數都是依靠榮寶珠自己的醫術，只有少數回天乏術的患者才會用上瓊漿。

等馬車經過荒涼的沙漠，就漸漸到蜀州的主城盧陵。馬車快進入盧陵城的時候，榮寶珠悄悄地掀開車簾一角打量了起來。

城門前守衛森嚴的士兵得知是蜀王家眷的馬車後都莊嚴地行了禮。

榮寶珠知道這些士兵對她們的尊重，是蜀王提前來到盧陵的結果，只怕這一個多月盧陵也是血雨腥風。

馬車緩緩行駛到刺史府，蜀王既是親王，也是這盧陵的最高行政，掌管刺史。

到了刺史府，立刻有管家將所有人迎進府中。如今刺史府的管家不是京城那位老管家，而是盧陵這邊的，約莫四、五十歲左右，榮寶珠記得他姓秦。

一眾女眷隨著榮寶珠朝府中而去，榮寶珠問秦管家。「殿下呢？可在府中？」

秦管家搖頭。「大人出府了，說是要五、六日才能回來，這才第二日，約莫還要幾天，不過大人走的時候吩咐老奴，王妃若是回來了，一切都聽從王妃的安排。」

榮寶珠點頭。「我曉得了。」

一路奔波，待梳洗後，榮寶珠隨意吃了些東西，當地物產多是肉類跟容易儲存的豆類多一些，她有些吃不習慣，吃了少許食物後就歇下，等醒來的時候已經是翌日早上。

榮寶珠醒來也沒打算出府，先讓王嬤嬤和司嬤嬤跟幾個大丫鬟把東西都清理了，她則是去照看那十幾株藥草。

小心翼翼地把這些藥草栽種在她院中的後院，這後院她不許任何人看守，只讓碧玉過來按她的吩咐照料，看顧職責就交給了小八，小八聽得懂人話，舔了舔榮寶珠的手應承了下來。

現下府中的庶務不多，且榮寶珠在盧陵也沒什麼鋪子、田產、宅子之類的產業需要打理，因此只讓丫鬟們把帶來的嫁妝整理一番就沒什麼事了。

翌日一早起來後，府中的妾室和側妃就過來請安了，榮寶珠略微交代一番，只說殿下如今不在府中，若是有什麼事宜需要出門也只能緩幾天，畢竟摸不透如今盧陵城的情況，貿然出府是不好的。

刺史府比京城的王府還要大上不少，榮寶珠安排董側妃和木訥的花姨娘住在桂園裡，袁側妃和采蓮住在滄海園裡，虞貴妾和陳姨娘、穆姨娘住在歸雲園裡。

榮寶珠和趙宸住在墨安院，玉華院則是趙宸的書房和見客的地方。

眾人都是第一次來盧陵，對於這些吃食都還有些不習慣，卻沒人敢抱怨什麼。

過了三日，趙宸終於回府了。

這次和以前一樣，沒有任何人通報，趙宸直接回了墨安院裡，因墨安院的小佛堂還未佈置好，榮寶珠就在正房裡抄寫經書。

聽聞腳步聲傳來她便知曉他回來了，放下手中的筆墨和經書，榮寶珠回頭就瞧見他緊緊皺著眉頭朝她走來。

起身迎了上去，榮寶珠歡喜地道：「殿下，您回來了。」她若是猜的不錯，殿下這會兒怕是要找她算帳了。

果不其然，趙宸第一句話就是道：「周口鎮是怎麼回事，我當初不是說路上不許惹事，誰讓妳救治他們了？那地方自有大夫，不是妳該出手的。」

榮寶珠道：「殿下，我雖是王妃，可也是個大夫，當初師父教我這身醫術的時候就告訴我，若是見死不救有違醫德。況且都是無辜的百姓，這也不過是做件善事，對殿下也是有好處的。」

趙宸冷笑。「這西北民風慓悍，靠著做善事感化他們可真好笑，他們需要的是武力鎮壓！只有如此，他們才會真心臣服於你！」

榮寶珠笑道：「殿下這話不假，可光靠武力鎮壓也不行，適當的樂善好施也是不錯的。」

趙宸冷哼一聲。「妳是王妃，當初容忍妳給盛名川治療已經是我最大的忍讓了……」

不等他繼續說下去，榮寶珠已經撒嬌地摟住他的腰，埋在他的胸膛間，嬌嗔道：「宸哥哥，我又不是做壞事，只是給人治病，這樣的事情你不許管著我……」

唔，她瞭解這男人，當初哄著自己叫他宸哥哥，如今這樣一叫，只怕他的氣立刻就會消掉了。

趙宸果然一怔，整個人都有些呆愣住，隨後一下子就把懷中的人給扛起來，惹得榮寶珠尖叫一聲，他卻不理睬，只把人放在室內的床榻上，然後覆身而上，一口咬在她的唇上。

榮寶珠尖叫出聲，一時都沒明白是怎麼回事，他怎麼突然就把自己摔在床上了？

趙宸將她口中的尖叫如數吞下，含住她的嘴唇，靈巧的舌擠進她的唇齒間，尋到她的丁香小舌用力吸吮，榮寶珠的舌頭都忍不住發麻，就在她忍不住想推人的時候，他終於放開她的舌，轉而去親吻她的臉頰，再到耳垂。

等他舌尖舔過她耳朵時，榮寶珠身子猛地激靈了一下，真是又羞又臊，她哪曉得喊他一聲宸哥哥會是這麼個效果——讓他獸性大發。

這會兒想要阻止這人怕是不可能了，榮寶珠在他雙手扯去自己衣裳的時候主動摟住了他的脖子，嬌喘道：「殿……殿下，你答應我好不好？」

趙宸還能抽嘴出來問話。「答應妳什麼？」

「答應我可以給人治病，好不好，宸哥哥……啊……」這人竟在自己的胸口上咬了一口，榮寶珠淚眼汪汪地看著他。「宸哥哥，你答不答應……」

好歹都這個模樣了，總該讓他同意才是。

「唔……」趙宸實在有些受不住了。「閉嘴！」

榮寶珠都快哭了。「宸哥哥，你答應不答應……啊……」卻是他大力闖了進去。

「宸哥哥，你答應我好不好？」榮寶珠不氣餒。

趙宸終於受不住她了。「好，答應妳就是了，乖，主動一些。」

等他終於停下來時天色都暗了，他們連午膳都沒吃，榮寶珠這時真是連抬手的力氣都沒有，看著正在穿衣的男人，榮寶珠想著可真不公平，這人還是出力的人，結果這番折騰下來他卻一點事都沒有。

趙宸穿了衣衫，讓人送熱水進來，親自替榮寶珠擦洗一番，這才溫聲道：「晚上想吃些什麼，我吩咐廚房去做。」

榮寶珠搖頭，連說話的力氣都快沒了。「不餓，想休息。」

趙宸道：「那好，妳先睡會兒，等廚房弄好了膳食我再叫妳起來。」

榮寶珠這一覺醒來天色已經黑了，剛喊了聲妙玉，外間就傳來沈穩的腳步聲。

趙宸已經大步走進來。「起來了？肚子可餓了？我讓廚房燉了些羊肉，用秘製清湯燉的，沒什麼羶味，妳起來吃些。」

榮寶珠身子還是軟綿綿的，由著他幫忙穿了衣裳，趙宸直接讓丫鬟把吃食端了進來，有羊肉清湯、涼拌雞絲、煎小魚乾、蝦皮燉蛋，唯一的蔬菜是砂鍋菘菜豆腐，還有幾碟開胃的小菜。

趙宸挾了一塊羊肉給榮寶珠。「妳嚐嚐如何，聽丫鬟說妳這幾日都沒怎麼吃東西，廚房已經換了廚子，是我讓人找的，妳瞧瞧這口味可合適。」

榮寶珠嚐了一口，的確沒有任何羶味，只有羊肉的香味，湯水也很清淡，榮寶珠連湯帶肉吃了一小碗，又用了些菜和半碗飯才放下碗筷。

趙宸見她吃了不少總算放心了。

用了晚膳後，時辰實在不早了，兩人梳洗一番後直接歇下。

翌日一早，趙宸起來得也晚，兩人穿好了衣裳，妙玉直接道：「王妃，董側妃在外，說是要給您請安。」

榮寶珠點頭。「我待會兒就出去。」

妙玉出去後，榮寶珠問趙宸。「殿下，你現在可要出去？」

趙宸眸子幽深了起來。「昨兒不是喊了我宸哥哥，這會兒怎麼又改口了，我聽著那宸哥哥很是舒心，不如繼續叫吧。」

榮寶珠臉色一紅，哼了一聲。「臣妾可不敢了。」

趙宸一雙眼睛有了笑意。「好了，妳出去吧，我今兒沒什麼事情，就在房裡待著就是了。」

榮寶珠出去後，董側妃行了禮，笑道：「之前王妃忙著，妾也不敢過來打擾王妃，妾想跟王妃娘娘道聲謝，要不是王妃，當初在周口鎮，妾只怕已經病逝了，當初都是妾的錯……」

「好了，沒什麼事。」榮寶珠打斷了她的話。「大家一路奔波，都才到廬陵，只怕也累著，董側妃日後不必過來請安，等這個月忙完再來也不遲。」

董側妃眼睛突然紅了，流了眼淚，然後撲通一聲跪了下來。

榮寶珠嚇了一跳，讓丫鬟把她扶了起來。「董側妃這是做甚，好好的怎麼就跪下來了？」

董側妃哭道：「還求王妃憐惜。」

「有什麼事妳儘管說，別哭哭啼啼的。」榮寶珠道。

董側妃這時不僅是眼睛紅了，連臉都紅了。「妾也沒什麼好瞞著的，自從妾進了王府後，殿下一直未曾去過妾的住處，如今妾還是清白之身，妾不知是不是做錯了什麼事惹惱了殿下，妾不求殿下的寵愛，只求殿下能去妾那裡坐坐就好……」

董側妃也是有苦難言，這種事誰願意說出口，可她也深知會哭的孩子有糖吃這個道理。自從她和袁側妃進入王府後，就連後來的虞貴妾都從未得到過殿下的寵愛，殿下都沒碰過她們。見識過殿下的可怕，她也不奢求他的寵愛，不過是想有個孩子傍身而已，在這樣的後宅中，沒有孩子傍身根本沒有保障。

榮寶珠一時呆住了，怎麼都沒想到蜀王會沒碰過董側妃，她還以為他就算再潔癖，至少也在其他妾室房中歇過了才是，畢竟她從不調查他的去向，在京城的時候，他在漪瀾院的時間也不少，還以為他偶爾會去其他妾室的院中坐坐。

這會兒榮寶珠都不知該如何回答了。

董側妃哭道：「還求王妃成全。」

想了想，榮寶珠只能道：「好了，妳先起來吧，我自會跟殿下……」突然想起趙宸這會兒還在房間裡，只怕這些話他都聽見了吧。

正想著裡面那男人會如何，房門被人打開了。

這宅子跟京城的有些不同，她和趙宸住的房間外面有個抱廈，每次妾室請安都直接在抱廈，不用過去偏廳，哪曉得這就讓殿下給聽去了，也不知他做何感想。

董側妃更是呆住了，趙宸回府的事情根本沒人得知，她一時羞得滿臉通紅，還以為殿下不在，才跟王妃說了這些話，哪曉得全被殿下聽見了。

等趙宸出了房間，董側妃惶然無措地跪下行禮。「殿下，妾……妾……」

趙宸臉色陰沈地走出房間，看了榮寶珠一眼，這才轉頭去看地上的董側妃，冷聲道：「既然如此，我放妳離開，任妳隨意婚配，可好？」

榮寶珠跟董側妃都愣住了。

聽趙宸這般說，榮寶珠心裡有些驚訝，也有些不安，顯然他對這些妾室是沒心的，那麼剛才自己的話肯定又惹他生氣了。她方才說的也就是場面話，倒不是真打算跑去跟趙宸說這些糟心事，她如今對他還沒有太深的感情，可她已經在努力了，至於其他的妾室，她覺得他去不去都好，並沒有太大的感想。況且，趙宸如今中了毒，就算碰了其他人，也一樣無法讓女子懷有身孕。

董側妃目瞪口呆，許久才回過神，眼淚就落了下來。「殿下何必這樣作踐妾，妾進了王府就是殿下的人了，殿下若是不想要妾，妾自此在佛堂誦經一輩子就是了……」

趙宸冷笑一聲。「隨便妳，妳愛去佛堂就去佛堂，待一輩子也不會有人說妳什麼的。」

董側妃被羞得滿臉通紅，這會兒真是想死的心都有了，心裡也有些惱怒王妃，既然殿下在房裡，為何不跟她提個醒。「妾……妾到底做錯了什麼，殿下要如此羞辱妾？」

趙宸道：「是妳自己不知羞恥，如何怪得了本王，本王嫌妳心髒，日後若是再敢拿這事叨擾王妃，本王就扔妳出府去！」

董側妃這時真是受不住這般羞辱，捂著臉哭著跑了出去，只餘下心中忐忑不安的寶珠。

趙宸回頭看了她一眼，面無表情。「方才要不是我出來，妳是不是打算應承她，找我來說這事？」

榮寶珠起身拉著他坐下，狗腿地道：「殿下放心，自然是不會的。」

趙宸哼了一聲。「以後若是再有這事發生，直接攆人就是了！」

榮寶珠哪還敢多說，慌忙點頭應承下來。

瞧著王妃沒心沒肺的樣子，趙宸心裡一緊，又有些憤怒，他的王妃似乎還沒喜歡上他，哪怕對他再好，再順應他，他也看得出來，她對自己沒有太多的感情。

「罷了，我過去書房那邊，妳晌午自己用膳。」趙宸甩袖離開。

榮寶珠苦著一張臉應承下來。

趙宸一連兩天都未回墨安院，明日八月二十四就是蜀王的生辰，榮寶珠可記得清楚。

翌日一早，她就去小廚房，親自做了一碗長壽麵端去玉華院。

見拂冬守在外面，榮寶珠道：「殿下，可在書房裡？」

拂冬點頭。「王妃稍等，奴婢這就進去通報殿下。」

還不等拂冬敲門，趙宸已經在書房裡道：「讓王妃進來。」

拂冬開了書房的門，榮寶珠拎著食盒走進去，瞧見趙宸正在書案後翻看東西，聽見她進來，頭都未抬一下。

榮寶珠把食盒放在一旁的桌上，取出裡面的長壽麵和幾碟小菜出來，也不多言，等著那男人忙完才笑道：「殿下，今日是你的生辰，臣妾給您做了長壽麵，您嚐嚐。」

趙宸抬頭，瞧著她燦爛的笑意，心裡忍不住嘆氣一聲，起身走了過去。

榮寶珠歡喜地把麵捧到他面前。「殿下快嚐嚐。」

趙宸瞧著眼前的湯麵，細細的麵絲，清淡的湯頭，幾片碧綠的青菜，還有一顆煎好的蛋跟幾大塊的肉。「妳做的？」

榮寶珠眼巴巴地看著他，點了點頭。「臣妾親手做的，連湯頭也是昨兒晚上親手熬的，剛好廚房弄了一些牛肉來，臣妾就拿一些去小廚房裡。殿下，您快嚐嚐。」

帶著霧氣的眸子就那麼歡喜又有些可憐巴巴地看著他，趙宸有再大的氣都消了，執起銀筷嚐了一口，味道是真好，連廚房的大廚都沒這樣的手藝，麵雖細卻很勁道，湯頭濃郁，牛肉香而爛，他幾乎是一口氣把一碗湯麵吃了下去。

榮寶珠面上的笑容越發燦爛了。「殿下若是喜歡，臣妾每天都做給你吃。」

趙宸放下銀筷，深深地看了她一眼。「不必了，我怕妳累著。」

榮寶珠心中一動，有一絲說不清、道不明的感覺在心底流淌開來，還不等她仔細感受，趙宸已經道：「妳才來盧陵，再過幾日就會有不少夫人太太給王府下帖子，與其妳出門應酬，還不如辦個宴會，下帖子給她們。」

榮寶珠點頭。「都聽殿下的，不過臣妾才來盧陵，對這裡的情形還不大清楚，臣妾怕做得不好。」

趙宸把她拉進懷中。「這個妳不必擔心，我會讓人幫妳的。」

趙宸幫寶珠找來一個四十來歲的婦人，這莫嬤嬤是盧陵人，對這盧陵的後宅之事很是清楚，她把如今盧陵的夫人太太都講了一遍給榮寶珠聽，讓她一一記下，然後著手準備宴會的事宜。

婦人之間的宴會都是如此，無非就是賞花吃茶。刺史府有個挺大的花園，裡面由著花匠打理，還算是不錯，如今差不多快九月了，姹紫嫣紅，百花爭豔。

榮寶珠待客的地方就設在這花園裡，挑了個黃道吉日給盧陵不少夫人太太們下了帖子。

盧陵除了一般的官員，還有好幾個世家大族跟豪強。豪強，說白了就是黑道上的，做的生意大多見不得光，她自然不會宴請這些豪強的太太們，只請了幾個官員的家眷和世家夫人姑娘們。

高陽公主楚家也是在盧陵，不過如今公主府的兩個公主都不在，只剩下福壽長公主的駙馬跟其妾室和孩子。

榮寶珠曾經跟高陽公主聊過楚家的事情，知道楚家姨娘跟庶子庶女的一些事情，高陽公主跟她們很不對盤，在盧陵的時候沒少欺負這姨娘和庶子女們，也沒少被老爹咒罵。

這楚駙馬跟當初的榮老爺子有些相似，當初藉著福壽長公主在盧陵佔有一席之地，結果福壽長公主生下兩子後就喜歡上別的女人，還抬進門了，以至於高陽公主有個比她大兩歲的庶出三哥跟一個小她幾歲的庶出妹妹。福壽長公主當初就是因為懶得見這些人才帶著女兒跑去京城。

楚家如今在盧陵也算是世家大族，可榮寶珠並沒宴請她們，既然是阿玉不喜的人，她自然也不會喜歡。

宴請的日子訂在九月初一。這日，府中女眷起了個大早，除了榮寶珠，兩個側妃也是要出來應酬，至於其他妾室則無須出來。

管家把所有客人迎到花園裡，榮寶珠戴著面紗應酬客人，她臉上的傷疤雖然好了，知道的人卻沒幾個，她目前還沒打算以真面目示人，總要慢慢給傷疤恢復的時間，至少還需等上半年。

榮寶珠相信這些人肯定是把王府的事情打探得明明白白，也知道她臉上有傷疤這事。蜀王身為親王，又是一州的刺史，這些夫人太太們自然不敢找她的麻煩，就算知道她臉上有傷都不敢當面過問什麼。

應酬了一天，榮寶珠總算是把這些夫人太太全部給認完，大多數人都是奉承於她，也有少數兩、三個不鹹不淡的，還問過幾句出格的話，榮寶珠也把幾人都記了下來。

她相信她們若沒有夫家的提醒，根本不敢在刺史府為難她這個做王妃的，所以這幾人的夫家跟蜀王肯定是不對盤。

晚上歇息的時候，她就把這事跟趙宸說了。

趙宸道：「這幾人的夫家的確有些麻煩，不願歸順，不過沒什麼大礙，只是秋後的螞蚱罷了。」

榮寶珠整個人躺在蜀王懷中，臉埋在他胸膛裡，昏昏欲睡。「既然殿下有打算，臣妾就休息了。」

趙宸卻是不許她睡下，翻了個身把人壓在身下，從額頭開始親，親到嘴唇才道：「妳來盧陵也有半個月了，可要出去逛逛？盧陵民風雖慓悍，不過也很有特色，妳若是喜歡，明日我帶妳出去逛逛。」

榮寶珠清醒了些。「殿下帶我去？」

「自然。」趙宸又開始親吻她的臉頰、耳垂。

榮寶珠的瞌睡已經全醒了，身子不由自主地有些迎合他，攀住他的背，歡喜地點頭。

「臣妾自然是願意的。」

趙宸笑道：「明日正好有空，就帶妳出去轉轉。」

第三十二章

翌日一早，趙宸讓榮寶珠做男子打扮，因她會騎馬，又做男子打扮，兩人自然沒有共乘一匹馬出府。

出府前，趙宸先帶著她去挑馬，馬廄裡有不少好馬，榮寶珠看中一匹棗紅色的母馬，皮毛柔順發亮，一雙馬眼也是又大又亮，沒有半點渾濁，一看就是匹好馬。

這是榮寶珠第一次挑選馬兒，有點興奮，指了指那馬兒道：「殿下，我要那匹……」

旁邊養馬的小廝一時搞不清楚榮寶珠的身分，只見她做男裝打扮，又戴著帷帽，不知該如何叫人，只能轉頭跟蜀王道：「殿下，那匹馬是前些日子才回府的，性子有些暴烈，暫時還未曾有人馴服，若是想挑選這匹馬兒，怕是不成。」

趙宸對榮寶珠笑道：「妳也聽見了，要不再挑選一匹？」轉頭問小廝。「哪匹馬性子溫順些？」

小廝指了指一頭個子稍微矮些的黑色馬匹。「這馬兒是裡頭最溫順的了。」

榮寶珠實在喜歡那匹棗紅色的馬，又高又大，威風凜凜，想了想忍不住道：「殿下，我實在喜歡這匹，要不讓我試試看？」

趙宸對小廝道：「把那匹馬牽出來看看。」

小廝已經餵這棗紅色馬半個多月，因此對這馬還算熟悉，只要不騎上牠，牠就不會發飆踹人。

小廝牽出馬，拉了半天，牠才跨兩步，甚至噴了小廝好幾口鼻氣。

好不容易把馬牽出來，榮寶珠上前兩步，瞧著那馬沒有攻擊她的意思，忍不住伸手順了順牠的皮毛，讓人驚訝的是，這馬在她面前竟溫順得不得了，甚至還拿馬頭蹭了蹭她，惹得她格格笑了起來。

那小廝目瞪口呆地看著。

趙宸也有些意外，挑了下眉頭，笑道：「這馬兒似乎挺喜歡妳的，要不妳上去試試？」他的功夫還不錯，至少能保護住自己的女人，就算有什麼突發情況也不怕。

小廝欲言又止，到底沒阻攔。

趙宸讓小廝拿了馬鞍過來給這棗紅色馬兒套上，牠有些不安，在原地踏著蹄子，榮寶珠輕拍了牠兩下，牠才慢慢地安靜下來。

榮寶珠笑道：「真乖。」

小廝上好馬鞍，趙宸扶著榮寶珠上了馬匹，這馬溫順得很，讓牠往西絕不會往東。

小廝喃喃道：「真是……」從來沒見過這樣的事，野馬不經馴服竟能這般溫順，實在太不可思議了。

榮寶珠從馬上跳了下來，笑道：「殿下，就這匹了。」

趙宸道：「既然牠也挺喜歡妳的，不如妳給牠起個名字吧。」
榮寶珠想了想，眼睛一亮。「不如叫小九吧。有個小八了，牠就叫小九好了。」
趙晨忍俊不禁，他這王妃連名字起得都懶，不過小九這名雖然簡單，倒也還不錯。「那就叫小九好了。」
榮寶珠騎著小九，趙宸則挑了一匹名為將軍的駿馬，兩人騎著馬出了府。
盧陵的確民風慓悍，這一路過去榮寶珠都瞧見好幾處打架的，竟沒人管，還有人叫好押注。
兩人在城裡兜轉一圈，趙宸道：「可要去城外看看？」
榮寶珠點頭，兩人一路出了城，城外是田地，因為挨著沙漠，所以這些田地的產量並不好，兩人又朝前面騎了一個多時辰，就瞧見另一側大片大片的沙漠。
在來的路上，榮寶珠曾經看過這些沙漠，可並沒有這般接近過，如今下了馬，腳踩在這沙漠上，她才有些震撼。
趙宸帶著她一步步往沙漠裡走去，側頭看了她一眼。「可害怕？」
榮寶珠搖頭，回望他。「有殿下在，我就不怕了。」
趙宸嘴角輕揚。「再往裡面走些？」
榮寶珠點頭，兩人朝著沙漠裡走去，越往裡，她越是心驚，這沙漠太大、太荒涼，沒有半點綠色之物。

趙宸看著這大片的沙漠，眉頭緊緊皺著，半晌後才道：「我們回去吧。」

榮寶珠有些瞭解蜀王，哪怕是此刻他心中都想著很多事情吧，她忽然覺得自己有點心疼他了。

他自幼在宮中受到不少暗害，哪怕是少年時期也要提防很多人和事，如今來到盧陵，他嘴上雖說武力鎮壓，可也為這邊的百姓操心，因為大片的沙漠，田地的產量並不多，他在愁的只怕是這個了。

回去的時候，兩人共乘一匹馬，小九跟在後面慢悠悠地走著。

趙宸把人摟在懷中，鼻翼間是淡淡的香味，忍不住將人摟得更緊了些，他想著，自己若是沒中毒該有多好，他想要寶珠為他生下孩子，也只想讓她一人幫他生下孩子。

兩人回到刺史府後，天色已經完全黑了，用過晚膳梳洗後就直接睡下了。

翌日一早，趙宸帶著榮寶珠過去書房，路上道：「我帶妳去書房見一個人，他算是我的師傅，也是我最親近的人了。」

榮寶珠猜測他要帶自己見的人，應該是她當初在京城救下受了刀傷的人，她記得是叫風華。

趙宸帶她見的人的確是風華，進了書房，風華已經在等著了。

趙宸把人介紹給榮寶珠，榮寶珠叫了聲師傅。

風華溫聲道：「見過王妃，上次之事還要多謝王妃才是，若不是王妃出手相助，只怕我已不在人世了。」

榮寶珠慌忙道：「您既是殿下的師傅，也就是臣妾的師傅，說這些可是折煞臣妾了。」

風華淡笑。

趙宸跟風華說了幾句話才轉頭跟榮寶珠道：「妳若是無趣，可以去隔壁的書房挑選幾本書看，我同風華師傅還有些話要說。」

榮寶珠點頭，趙宸送她出了門，讓拂冬領著她過去隔壁的書房裡。

一路上，榮寶珠都有些誠惶誠恐，她猜測得到蜀王的用意，他好像在把他在乎的人、在乎的事慢慢地展現在她的面前，這是榮寶珠從來沒想過的事情，所以一時半會兒她真的有些不知該如何。

等人出去，趙宸讓風華坐下，問道：「江蘇那邊的事情可解決了？」

風華笑道：「都已經解決了，那些鐵礦都送到島嶼上，也秘密安排人過去島上，你不必擔心，那邊都由我照看著。」

趙宸點頭，略微有些疲憊地揉了揉眉心。

風華笑道：「王妃娘娘看起來依舊單純，那誠惶誠恐的模樣都不知掩飾一下，倒是和當年嬌憨的姑娘一模一樣。」

趙宸眼底也有了些笑意，他的王妃的確不夠聰明，可他就是心悅，喜愛得緊。

風華笑道：「阿宸，任何事情都不能操之過急，感情也是如此，王妃是位好姑娘，只要你真心待她，她自然會喜歡上你的。」

趙宸道：「連你也看出來了？她表面上順著我，可說起來，對我並沒有多少感情。」神色忍不住陰沈了些。

風華失笑，他哪想得到當初那個陰冷的孩子也會有喜歡的人，他還以為他這輩子對女人都不會感興趣的，幸好。

風華皺了下眉頭。「你中毒的事情可有跟她說過？你毒未解，她也就不能懷上，若是不告訴她，只怕她會以為是自己的問題。」

到底是可惜了，這孩子吃了那麼多苦頭，如今卻陷入這般窘境當中。

趙宸中毒的事情也只有薛神醫和風華知曉而已，他也不知到底該不該告訴寶珠，他沈默了會兒才道：「再看看吧。」

十月的時候，西北的風開始大了些，這風和京城的不同，颳在人臉上生疼生疼的，跟刀割一般。

這日趙宸去書房，召見了子騫，問道：「如何了？」

子騫道：「殿下放心，書信已經被攔下來。」說著從身上掏出一封書信遞給趙宸。「並沒有什麼重要的事，不過都是府中日常的物事，還有王妃跟殿下的一些動向。」

「虞貴妾呢？」趙宸道。「她可有什麼不對勁的地方？」

子騫道：「這是采蓮姨娘想送去給太后的信。虞貴妾一直都老老實實的，並不見有什麼異常。」

趙宸道：「那把采蓮處理了吧。」

子騫有些為難。「若是直接弄死了，太后會起疑心……」

趙宸抬頭看他，淡聲道：「如此，我給你說個法子，你照辦就是了。」

子騫點頭，等聽完這法子後，整個人都不好了，這……這簡直是……不過殿下都這般吩咐，他只能老老實實照辦。

自從目睹了那一片荒涼的沙漠，體會到盧陵百姓的不易，之後的日子榮寶珠總是讓人替她尋找各種生僻的雜記，有時還有不少古書。

她想幫殿下分憂，雖然不知具體的法子，卻知道書本上有許多她不知道的事情，或許可以多看看這種雜記，也許能夠找到西北沙地的解決法子。因此這些日子她一直在閱覽各種雜記、遊記之類的書，有用的內容她都整理下來，一條條地編寫好，總覺得以後說不定有用。不管如何，總要試試。

榮寶珠每日除了在府中看書，其餘時間就是照顧藥草、小八，還有小九跟將軍。小九跟將軍這兩匹馬入了她的眼後，她就會去看看牠們，也會餵牠們一些摻雜瓊漿的食物，兩匹馬亦越來越親近她了。

榮寶珠偶爾也會出門去書鋪逛逛，趙宸大多時候會陪著她，不過他最近忙碌了起來，整天不見人影。

至於府中的妾室和側妃們，都是初一和十五過來請安，其餘時間就很少見了。

這日趙宸出門後，榮寶珠想出門去書鋪轉轉，她換上男裝，簡單易了容，就領著王朝從後門出去，府中的人自然不曉得她偷溜出門了。

榮寶珠的易容術還算不錯，用藥膏塗抹在臉上，皮膚就會變得黑黃、粗糙一些，她又食用一種特殊的藥丸，能夠讓喉結微微鼓起來，看著像個男子般，不過這藥丸吃了有後遺症，時間久了，第二日嗓子會有點沙啞，過兩日才能緩過來。

兩人從後門悄悄出去，榮寶珠先在集市上逛一圈，這裡和京城有著大大的不同，一切都讓她覺得新鮮極了。碰見適合趙宸的東西，她會買下來送給他，她也不知是怎麼回事，現在做任何事總會想起趙宸，就連出來逛街瞧見一顆寶石也會想著，這寶石真不錯，顏色挺適合殿下，可以買下來回去給殿下做扣子。

買了好幾樣稀奇古怪的玩意兒，榮寶珠就直奔書鋪去了。這廬陵有不少書鋪，她這次去的一家是之前沒去過的，距離刺史府有點遠。

榮寶珠走進書鋪裡，王朝在外等著，她隨手挑了一本遊記翻看一下，上面寫的是一名遠遊詩人在各地的見聞，她立刻就想買下這本書了，這類的遊記、雜記各個書鋪都有很多，因為是名不見經傳的人寫的，買的人並不多。

付了錢後，把書小心地包好交給王朝，榮寶珠又在集市上逛了一圈才回刺史府。

回了刺史府，榮寶珠把挑選的幾顆寶石交給司珍房讓他們將寶石做成扣子，她好縫在蜀王的衣裳上。

趁著之前的空閒日子，她又給蜀王做了一身衣裳，就差扣子了。

因趙宸這段時間忙到不行，榮寶珠很少去玉華院打擾他，只在書房裡仔細地閱讀那些遊記、雜記，且還真給她找到一個跟沙漠種植有關的敘述。她是在一本遊記上看見的，這遊記的主人說他走遍了大江南北，曾在別處的沙地上見過一種植物，落葉灌木棘刺較多，粗壯，嫩枝褐綠色，老枝灰黑色，粗糙。芽大，金黃色或鏽色。果實圓球形，只有拇指大小，橙黃色或桔紅色，種子小，闊橢圓形至卵形，嚐食後，味道酸酸甜甜，可食用。更讓榮寶珠歡喜的是，這遊記的主人寫著，此種果樹根系發達，能夠防風固沙，保持水土。

榮寶珠把它記下來，打算給蜀王看看，不過目前只有這麼一條消息，實在難辨得很，光憑著這些描寫想找到這種果樹也難了些。

除了這個，她還在這些書裡發現不少有趣的東西，例如沙漠裡能夠滲出一種黑色油脂，那油脂能自燃，氣味古怪；海的那邊也住著人，不過卻都是金髮碧眼的怪人……還有不少稀奇古怪的記錄，榮寶珠都給抄寫下來。

榮寶珠得空就把自己整理的這些東西給了趙宸，趙宸看得很認真，也有些心動，打算派人手去找找看。

之後趙宸又忙碌了起來，到了年底的時候，他才得空了些，之前他出門一個月，榮寶珠也整整一個月都沒見著他了，再過幾日就要過年了，她每天就有點坐不安穩了，總想著他什麼時候回來。

趙宸是除夕前一天才回來，跟以往一樣，沒有通報任何人，直接去見了榮寶珠。

瞧見他的那一刻，榮寶珠的心跳都快了些，等回神的時候才發現自己整個人都撲在他懷中。

「殿下，您可算回來了。」

趙宸也想念她，鼻翼間充滿她身上淡淡的香味，讓他有些恍惚，出門這一個月，他心裡惦記的都是她。

兩人在房裡待了一整天。

第二日就是除夕了，刺史府忙碌不已，趙宸就算再不耐煩應酬那些妾室也要跟她們在一塊兒吃頓團圓飯。

榮寶珠把事情一一吩咐下去，還請了舞孃助興。

大廳裡，趙宸跟榮寶珠坐在上首的位置，一人一個小食案，下方就是兩個側妃，四個妾室跟貴妾了。

榮寶珠也有半個月沒見著這些妾室們了，這會兒她們都打扮得規規矩矩，每人說了點吉祥話，團圓飯就開始了。

榮寶珠瞧見下面的采蓮似乎有些心不在焉的，平日裡若是能夠見著趙宸，她的目光總是圍繞在他身上，這會兒卻似乎不住的四處搜尋。

正吃著，下面的舞孃中間忽然多了個身穿紅衣的舞孃，舞姿曼妙，面上戴著紅面紗，一雙桃花眼顧盼生輝，正灼灼地看著榮寶珠旁邊的蜀王。

榮寶珠瞧這舞孃的眉眼挺眼熟的，仔細一瞧，這不是白靜娘嗎？心裡不由得有些失笑，這府中的女人可真是個個都盯著蜀王。

白靜娘被帶來廬陵後也沒能近身伺候榮寶珠跟趙宸，而是被安排在外院做一個輕鬆的活計，這幾個月榮寶珠都快忘記她了，真是沒想到她會突然來了這麼一齣。

榮寶珠忍不住側頭看了趙宸一眼，他眉頭皺了下，原本很好的胃口似乎沒了，隨意把銀筷扔在桌上，忽然起身。「罷了，我吃飽了，妳們慢慢吃吧。」說罷，抬腳走了出去。

白靜娘的身影立刻僵在原地。

榮寶珠當然不可能跟他一樣把人扔在這裡不管，她是王府的女主人，這些妾室就必須歸她管。

好不容易等大家都吃完了，榮寶珠讓人散了，又道：「今兒是除夕夜，大家若是想出府只需跟管家報備一下就能出去了，不過小心一些，出門記得帶幾個丫鬟、婆子。」

知道趙宸沒吃飽，榮寶珠親自去廚房下了一碗麵端給他。得知他在墨安院裡，她拎著食盒回了房，一瞧，他正躺在貴妃榻上閉目休息。

他在外奔波了一個月，怕是累得很，榮寶珠不敢打擾他，只坐在一旁看他，他的五官很出色，猶如刀刻一般，這會兒閉著眼睛，平日裡顯得有些囂張的面容安靜平和，讓她心裡生出些軟軟的感覺來。

盯著他看了半晌，榮寶珠忍不住低頭親了親他的唇角，正打算起身離開，卻被他猛地抱回懷中。

榮寶珠在趙宸懷中笑得開懷。「殿下醒了？您方才肯定沒吃飽，臣妾下了一碗麵，您趁熱吃點？」

趙宸嗯了一聲，卻不起來，只摟著她的腰身，繼續親吻她的唇，軟玉在懷，讓他舒服地忍不住眯了眼睛。

兩人親密了好一會兒，趙宸才起身來到桌前，榮寶珠從食盒裡取了麵出來，他一口氣吃了個乾淨。

吃完後，趙宸就打算找她算帳了，把人抱往榻上壓住。

「那白靜娘怎麼還在府中？趕緊打發出府吧。」這樣的女人看著都影響心情，要不是顧著榮寶珠，他都想直接把那女人給殺了。

榮寶珠主動親了他一下。「殿下放心，明日我就讓人找個人家把她配出去就是了。」

趙宸哼了聲，問道：「府中其他人都去了夜市，妳可要去？若是想去，我陪妳一塊兒出去。」

榮寶珠撲在他身上，聽著他胸膛的心跳，只覺這樣的時刻讓人很溫馨，搖搖頭笑道：「今日不想出去了，臣妾在家陪著殿下好了。」她曉得他肯定累得很，兩人不如在家好好休息。

榮寶珠想得挺好，他在外奔波許久，所以自己體諒他，讓他在家多休息休息，結果最後就變成了他在床上折騰起她來，等榮寶珠身上沒一絲力氣的時候才忍不住想到，早知如此，還不如出去逛逛。

趙宸還沒過完十五就又出門了，十五這日，府中的妾室和側妃過來給榮寶珠請安。

榮寶珠起了個大早，收拾妥當就過去抱廈間，大家都已經到了。她笑道：「都快坐下吧，別拘著了。」目光落在采蓮身上的時候她忍不住呆了下，除夕那天見她的時候還好好的，這會兒怎就瘦成這樣了？

榮寶珠道：「采蓮妳沒事吧？身子若是不舒服就請大夫來府中瞧瞧。」

采蓮面色白了兩分，起身福了福。「煩勞王妃惦記，妾身並無大礙，只這幾日胃口不好，所以清瘦了些。」

榮寶珠點頭。「那就好，若是身子不舒服可一定要說出來。」

采蓮應了聲就退回了她的位置上。

幾個女人都是老老實實地跟榮寶珠說了會兒話，讓她驚訝的是，也不知是不是因為這輩子的蜀王不一樣，上輩子她在王府過得艱難極了，總是被人陷害，可這輩子，這些女人卻都老實了許多。

采蓮聽著眾人說話，反胃的感覺又上來了，急忙捂住嘴巴，也不敢發出聲音，喝了口茶把胃裡的不舒服給壓了下去。

等回到房間，采蓮一下子撲到了床上，眼淚流了出來。自己這樣該不會是懷孕了吧，要是懷孕了可怎麼辦，那可是死路一條了。

采蓮越想越心慌，身子就越發瘦了，整個人看來也有些恍惚，穿著的衣裳都顯得有些空蕩蕩的。

下一回請安時，榮寶珠注意到采蓮的肚子，總覺得她肚腹似乎大了些，便提議請個大夫來看看，誰知道采蓮居然驚慌失措地大叫大喊起來，看到妙玉要去請大夫，居然失控地把人給撞翻在地，自己則昏厥了過去。

把人抬進房間之後，榮寶珠給采蓮把了個脈，居然是滑脈！她的心中閃過萬千思緒，恰好這時采蓮幽幽轉醒，瞧見榮寶珠坐在她床頭，臉色刷的一下子雪白。

榮寶珠笑道：「妳也真是的，怎麼連懷了孩子都不知道？連月事幾個月沒來都不清楚嗎？」

采蓮整個人都開始抖了起來，哆嗦著說不出話來。

榮寶珠道：「妳既然懷了身孕，滄海園那邊就莫要過去了，先住在墨安院裡好了，等殿下回來再聽聽殿下是怎麼安排的。」

采蓮哆嗦著，什麼話都說不出口。

榮寶珠只讓身邊最親信的丫鬟來伺候采蓮，對外也只是說采蓮身子不舒服，她又會些醫術，所以在墨安院裡調養了。

趙宸趕在榮寶珠四月二日的生辰回來。

他看榮寶珠似乎有什麼話想跟他說，就道：「好了，今日是妳的生辰，有什麼事情明日再報。」

榮寶珠也不想在生辰這日把這些糟心事告訴他，硬生生把話憋了回去。

趙宸拉著她坐下，從身上掏出一根狼牙來遞給她。「這是狼王的狼牙，戴在身上能鎮邪，我特意獵來狼王取的，妳瞧瞧可喜歡？」

榮寶珠不缺金銀珠寶首飾，這狼牙是他送給自己的第一個生辰禮物，她打量手中的狼牙，比她的大拇指還要長一些，已經洗得乾乾淨淨，抹了些油，還打了個小孔上去，只需穿紅繩繫在身上就好了。

榮寶珠握緊狼牙，主動攀住他的肩膀啃了他嘴角一口，歡喜道：「謝謝殿下的禮物，我很喜歡。」

趙宸起身笑道：「我取了紅繩過來給妳戴上。」

榮寶珠點頭。

趙宸取了幾根紅繩編好，把狼牙穿上，戴在她的脖子上，有些猙獰的狼牙襯得她如玉般的肌膚越發瑩潤，也讓趙宸的眼慢慢幽深了起來。

等榮寶珠徹底休息好後，已經是翌日上午了。

一醒來趙宸已經不在身側，榮寶珠起身穿上衣裳，叫丫鬟們進來。「殿下呢？」

妙玉笑道：「殿下去了書房，說王妃醒了可以過去書房找他。」

榮寶珠點頭，讓丫鬟幫她梳了頭，她心裡還惦記著采蓮的事情，不願意耽誤了，直接過去玉華院。

拂冬守在書房門外，一瞧見榮寶珠過來，不等她說什麼已經道：「殿下已經在書房裡等著王妃了。」說罷，開了房門請她進去。

榮寶珠進去就瞧見趙宸正在書案後忙碌著，她不好打擾，正想過去一邊等著，不想趙宸已經朝她招了招手。「過來。」

榮寶珠過去，趙宸把人拉過去坐在他懷中，低頭就親了一口。

榮寶珠躲開，正色道：「殿下，臣妾有件事想跟你說。」

趙宸把玩她白皙勻稱的手指。「什麼事？」

「采蓮懷孕了，差不多四個月了。」榮寶珠遲疑著該怎麼開口。「我想這畢竟是後院第一個懷了身孕的，所以將她安置在墨安院裡，殿下打算如何？」

趙宸唔了聲，神色淡然。「打死好了，反正不是我的孩子。」

榮寶珠一噎，有點不知道該怎麼接話了。「這……殿下……」

趙宸瞧她這模樣忍不住笑道：「我又沒碰過她，她怎麼懷上的？自然是跟別人通姦才能懷上，唔，身為王府的妾室，敢通姦，自然是活活打死了。」

榮寶珠一時不知該如何接話，她第一次處理這種事情，實在不知該怎麼辦，上輩子並沒有這樣的事情發生。老實說，她也覺得采蓮該死，身為親王妾室卻跟別的男人通姦，死了都是活該，可一想到她肚子裡的孩子，榮寶珠還是有點感慨，兩輩子她都沒能有一個自己的孩子，老實說，她對孩子肯定是有點心軟的，況且都四個月，孩子都成形了……

真要把采蓮活活打死，那就是一屍兩命了，榮寶珠覺得有些造孽，所以殿下要如何處置，她不打算管。

不過瞧殿下似乎並沒有發怒的跡象，榮寶珠有些驚奇，自己的女人去偷男人，殿下竟還這般淡定。她原本還以為等殿下回來後告知他這事，他會惱羞成怒地砸了一屋子的東西。

趙宸一瞧榮寶珠的模樣就知她在想什麼，不由得有些失笑，說起來，要不是因為她，他就直接把采蓮給弄死了，而不是設計這麼一齣。

他的王妃最在乎的就是榮家人，他曉得太后應該有點察覺出他對寶珠的不同，若是采蓮被直接弄死，他怕太后會惱羞成怒對榮家人下手了。可采蓮出了這種事情，不管最後結果如何，太后只會覺得是她丟了臉，怪罪之心也就淡了。況且采蓮的姘頭也是太后的人——是她安插在他身邊的一個侍衛，這樣一次除掉兩人，省得他還要親自動手。

況且對他來說這根本不算什麼事，他唯一在乎的女人只有一個，至於其他女人，通姦了又如何？反正他是沒什麼感覺的。

當初這事是他讓子騫設計的，無非就是酒後亂性，一個女人守著空房許久，得了男人的滋潤，心裡自然食髓知味，兩人也就漸漸生情。

他原本想著兩人通姦最後直接打死好了，可沒想到采蓮卻懷了身孕，有了孩子，瞧寶珠的模樣，只怕有些心軟。罷了，這事他來處理就是了。

握住榮寶珠的手，趙宸道：「這事妳不用管了，我來處理就是了。」

榮寶珠點頭，心裡不知為何又想到了孩子，竟有些不是滋味，她跟蜀王什麼時候才能有個自己的孩子？

趙宸牽了榮寶珠回去墨安院，來到采蓮住的廂房裡，屏退守在外面的丫鬟，兩人進了屋子。

采蓮正坐在窗下發呆，一張臉瘦得有些脫形了，臉上黯淡無光，早就沒了之前秀美的容貌。

聽見房門響動，采蓮呆呆地轉頭去看，瞧見趙宸時，臉色猛地一變，身子也抖動了起來，雙手更是緊緊護住了腹部。

趙宸看著她，淡漠地道：「妳懷孕了？」

采蓮牙齒格格作響，想開口求饒，卻發現自己竟連話都說不出口，眼前這男人到底有多狠她是知道的，當初采荷在寺廟做的那事就是由這男人親自動刑的，那血腥的場面，她一輩子都不會忘記，這樣的男人又怎麼可能放過自己？

趙宸朝前走了兩步，似乎沒了耐心。「孩子是誰的？」

采蓮抖如篩糠，死死捂住腹部，原本她是沒想留下這孩子的，可肚子越來越大，她就越割捨不下。

采蓮看向榮寶珠，王妃跟殿下不同，王妃心軟，她猶如看見救命稻草一樣撲倒在王妃身邊，結結巴巴地道：「求王妃饒命，求王妃救救奴婢……」

榮寶珠一時有些猜不出趙宸的想法，他若是想處理采蓮，直接讓手下人來辦就是了，為何非要帶著她一塊兒過來？

遲疑地看了趙宸一眼，他神色冷淡，看不出心中的想法。

采蓮哭道：「求王妃救救奴婢，奴婢不想死，奴婢什麼都不想要了，只想跟孩子好好活下去，求王妃饒了奴婢，奴婢會消失在府中的，奴婢只想活下去……」

趙宸皺眉大步走來，采蓮尖叫一聲，縮了下身子死死地護住腹部。

「我再問妳一次，妳的姦夫是誰！」

采蓮使勁搖頭，什麼都不敢說，只流著淚看著榮寶珠，希望她能救自己一命。

榮寶珠看著她微微隆起的腹部有些出神……說起來，采蓮大概也只是以前言語上對她有些不敬，真正傷害她的事情倒是沒做過，而且還有了孩子。榮寶珠心中一縮，又忍不住看了趙宸一眼。

趙宸似乎沒了耐心，抬腳就打算朝采蓮踹去，采蓮尖叫一聲……

「殿下……」榮寶珠伸手拉住了他的手臂，說她心軟也好、說她軟弱也罷，可她真見不得殿下當著她的面把孩子給一腳踹掉了，就當為了他們以後的孩子積德好了。「殿下，讓她說出那人是誰吧。」

趙宸看了榮寶珠一眼，倒也沒說什麼了，收回腳，他居高臨下看著癱軟在地上的采蓮。「只要妳肯說出姦夫是誰，我就放妳走，妳跟孩子都能活下去。」

采蓮白著臉，眼淚越發凶了，那人是她在王府中唯一的溫暖，她無措地搖著頭。「求殿下饒了我們……求殿下饒了我們……」卻是怎麼都不肯說出姦夫是誰。

榮寶珠一時也不知該如何了，站在一旁沈默著，外面忽然傳來妙玉的聲音。「王妃，有個叫水漠的侍衛求見。」

采蓮的哭聲猛地頓住，瞪大了眼看著外面。

趙宸冷笑了聲。「倒還真是情深意重，把人放進來！」

榮寶珠瞧采蓮的神色就知這叫水漠的侍衛應該就是那個男人了。

一道魁梧的身影推門而入，看見地上的采蓮時忍不住抿緊了嘴唇，然後撲通一聲跪了下來。「求殿下饒命，采蓮肚子裡的孩子是卑職的，求殿下饒了采蓮姑娘和她肚子裡的孩子，卑職願意以死謝罪。」

趙宸冷淡地看著水漠，這人雖是太后安排在他身邊的人，倒也是個光明磊落的，當初要不是暗地裡對他用了藥，他也不可能碰采蓮。可惜了，誰讓他是太后的人。

采蓮流著淚，死死抓著裙角。

趙宸道：「既然如此，只要你死了，我就讓她離開。」說罷，朝外喊道。「子騫，進來！」

子騫推門而入，趙宸在他耳邊吩咐了兩句，子騫點頭就出去了，不一會兒手上端了一壺酒水進來。

趙宸示意子騫把酒水給了水漠。「這酒裡有毒，只要你肯喝下，我立刻派人送她出府，日後她不出現在我面前，我是不會動她的。」

水漠抓緊酒壺，看了采蓮一眼，仰頭就打算把酒灌下，采蓮卻猛地撲了過去，尖叫道：「不要……不要！」

榮寶珠微微側頭，趙宸立刻道：「子騫，送王妃出去吧。」

子騫送榮寶珠出去，她也不願意看別人受刑，直接回房間裡。

采蓮看著蜀王讓人把王妃送出去，心都冷了，王妃若是在的話，至少還有一絲的可能，可王妃走了，蜀王這麼心狠的人……

趙宸道：「可想清楚了，只要你肯喝下這壺酒，我就放她離開。」

水漠點頭，再也不顧采蓮的阻攔，仰頭就把一壺酒都喝了下去。

房間裡傳來采蓮絕望的尖叫聲。榮寶珠也聽見了這聲音，慢慢垂下了眼。

之後，趙宸回到兩人的房中，榮寶珠問道：「事情可都解決了？」

趙宸點頭。

榮寶珠遲疑了下。「他……他死了？」

趙宸上前把人拎起放在自己懷中，大掌撫摸上她柔軟的腰身，嘴角親上她的臉頰，並不回答她這個問題。

榮寶珠也不再多問了，跟他說起他不在的這幾個月裡發生的事情、她出府碰見的事情、平日裡看的書……零零碎碎的，她覺得什麼都願意跟他說，什麼都想跟他說。

趙宸聽得有味，從她嘴裡說出來的話，不管是什麼，他發現自己都能聽得進去，也會跟她說一些路上碰見的人和事，榮寶珠也聽得起勁。

兩人就把采蓮的事情拋諸腦後了。

夜裡休息時，趙宸聽見耳邊傳來榮寶珠均勻的呼吸聲，不覺揚起了嘴角，他的王妃不管遇上什麼事情，似乎只要躺在床上就能很快入睡了，可真是沒心沒肺的。

趙宸沒想過自己有一天竟也會心軟，他知道今兒采蓮要是沒懷孕的話，這兩人只怕早就死了，可就是因為采蓮肚子裡的孩子，讓他心軟了，他當時竟想著，自己少作孽一些，老天爺能不能送他跟寶珠一個孩子？能不能讓寶珠懷上他的孩子？

等到現在心緒平靜下來，他才覺得有些可笑，他竟有向老天祈求的一天，心也漸漸涼了下來，他這輩子怕是都不可能和寶珠有孩子了吧。

如今他人雖回來了，可他還有許多事情要忙，島上已經在煉製兵器和練兵了，他要忙著弄銀子，招兵買馬，事情太多，不過這段日子要等消息，只能先待在府中，今後怕是有得忙了，他整日便待在墨安院裡陪著寶珠。

幾日後，趙宸讓人給太后送了信，在信中簡單說了下采蓮做的事情，他相信太后知道這事後，心裡的喜悅會大於惱怒。

第三十三章

這日趙宸去書房處理事情，榮寶珠在墨安院裡的小佛堂唸誦經書，人剛出來，妙玉就道：「王妃，門房的小廝說門外有人求見。」

等門房的小廝來通報時，榮寶珠還以為自己聽錯了。「自稱是我二伯母的婦人？」

高氏？可高氏不是在邊關嗎？

邊關距離盧陵的確不遠，都是在西北之地，快馬加鞭不用一日就能到了，搭馬車也只需幾日而已。

榮寶珠其實還有點沒反應過來，看小廝的描述，的確是高氏來了，不過高氏過來找她做甚？上輩子可沒這樣的事發生，不過上輩子榮灩珠和榮珂都在西北活得好好的，情況到底是不一樣了。

榮寶珠原本是不想見高氏的，小廝又道：「跟那婦人一塊來的還有個約莫十七、八歲的姑娘，王妃，可要讓她們進府？」

高氏那人，榮寶珠還算瞭解一些，自己要是不讓她進門，她很有可能會在刺史府外撒潑打滾、敗壞她的名聲，到時丟的可是殿下的臉面，無奈只能把人請了進來。

人進來後，真是高氏，高氏蒼老了不少，身邊還帶著個十七、八歲的姑娘，模樣還算不錯，穿著倒是一般，顯得有些拘束，跟在高氏的身後連頭也不敢抬。即便她的容貌早已恢復，榮寶珠仍戴著面紗示人，來廬陵半年多，她從沒揭過面紗。不過她的眼睛極美，高氏身邊的姑娘抬頭看了一眼就呆住了，立即又慌忙低頭下去。

高氏再不濟也是世家女，知道榮寶珠就算是她姪女可也是王妃，她一樣該給榮寶珠行禮。

榮寶珠讓丫鬟攔了下來，道：「二伯母是長輩，我如何敢受二伯母的禮數，二伯母快快坐下吧。」

高氏在一旁坐下，那姑娘卻沒有位子，只有些畏縮地站在高氏的身後。

榮寶珠道：「二伯母遠道而來，不如先去休息？」

高氏搖頭。「我還不累，對了，這是妳姊姊，自從灩珠跟珂兒過世後，我心裡難受，就收養了常嫣，她比妳年長一歲，妳叫她姊姊就是了。」

榮寶珠笑道：「二伯母說的是什麼話，我記得我姊姊當中沒有一個是叫常嫣的，若是二伯母真心想收養她，自然該告訴榮家的列祖列宗，把她記上族譜才是，沒記上族譜，二伯母就讓我亂叫人，這不是作踐我姊姊們？」

高氏神色疲憊。「是我疏忽了，罷了，妳不叫就算了。我覺得有些累，就先不說了。」

榮寶珠也不多言，直接讓人把高氏跟常嫣帶去專門招呼客人的靜心園裡。

等人都退下去後，妙玉擔憂道：「王妃，這二太太好好的怎麼突然來了廬陵？奴婢心裡有些不安。」

榮寶珠道：「無礙，她還能如何，總不至於來刺史府謀害我吧。」

她倒是真不怕，榮灩珠死的事情跟她沒有半點關係，是榮灩珠心思歹毒想要害她，就算二伯母知道了又如何？況且她相信二伯母在刺史府中是不敢做出什麼過分的事，只怕她是有什麼事情要求她。

另一廂，高氏跟常嫣進了房，屏退了丫鬟。

常嫣有些氣憤地道：「娘，這王妃好生無禮，您是她的長輩，她還如此拿話擠兌您，真是沒修養。」

高氏拍了拍常嫣的手。「她說的也沒錯，妳的確還沒被記上族譜，我們二房跟京城的榮家鬧翻了，想讓妳上族譜也有些不容易。她一直都是榮家的掌上明珠，性子傲些也是自然，妳別跟她計較，況且這次來，我是有事想求她。」

常嫣點了點頭。「娘放心，女兒知道。」

高氏到底是榮寶珠的伯母，榮寶珠不可能放她在府中不管，當日就去跟趙宸說了聲。

趙宸道：「既然如此，招待了就是。」

晚上的時候榮寶珠讓府裡準備了宴席，趙宸自然也跟著一起了。

榮寶珠讓丫鬟去叫高氏過來用膳。

高氏還是挺畏懼蜀王的，這會兒有蜀王在，連句話都不敢多說。倒是常嫣見了蜀王就有些呆住了，臉色通紅，顯然沒料到蜀王會是如此俊美的模樣。一開始高氏跟她說的時候，她還不以為然，覺得不管蜀王長什麼模樣，只要能夠享受榮華富貴就可，這一見才知道蜀王竟是如此清雅高貴的模樣。

看著俊美的蜀王，常嫣心中泛起漣漪，真是希望王妃拒了高氏的所求才好，這樣高氏就會把她留在王府裡了。

榮寶珠瞧常嫣的眼神就知道這姑娘中意蜀王，心裡不由得暗嘆了一聲，這姑娘心也真夠大的，可千萬別想著勾引蜀王做他的妾室，以自己對殿下的瞭解，這姑娘要是敢有什麼動作，殿下絕對會直接踹死她。

高氏到底是客，這會兒榮寶珠還叫了兩位側妃過來陪著，再加上身後伺候的丫鬟們，一屋子也是十來個人，可卻沒一個人敢言語，只安安靜靜地用著膳。

常嫣的目光掃過趙宸，落在榮寶珠身上，有心想套近乎。「妹妹，娘說離開京城後一直都挺掛念你們的。」

榮寶珠心裡冷笑，說到底榮灩珠被太后賜了毒酒也是因為她的關係，高氏會掛念她才怪，只怕是掛念著她出事吧。更何況二房對榮家人做了那些歹毒事情，又怎麼會掛念榮家？這姑娘也真敢睜眼說瞎話。

看著常嫣臉上討好的笑容，榮寶珠真沒打算給她面子。「常姑娘，食不言，寢不語，妳是二伯母認下的女兒，自然也該注意規矩，況且我可沒有一個叫常嫣的姊姊，妳豈能亂叫我妹妹？」

常嫣被羞了個滿臉通紅，眼中有了淚水。「王妃娘娘，都是我的不對，妳莫要見怪，不過我說的是實話，娘的確掛念著榮家。」

榮寶珠心中一動，高氏掛念的怕是二嫂的孩子吧。畢竟榮灩珠跟榮珂都過世了，高氏身邊沒有一兒半女，榮家和她唯一有血緣關係的就是榮珂的孩子了，莫不是二伯母這次過來是跟小姪兒的事情有關？

聽見常嫣還在念叨著，榮寶珠忍不住皺了下眉。「常姑娘，我們還是等用了膳後再好好聊吧。」

高氏忍不住看了常嫣一眼，眼中有些責怪，常嫣終於臉色通紅地閉上了嘴巴。

一時之間，整個廳裡安靜異常，有外人在的時候，趙宸跟榮寶珠吃飯是絕對不說一句話的，當然也不會看別人一眼。榮寶珠亦是如此，更何況下面坐的還是跟她不對盤的高氏。

只有常嫣的目光時不時落在趙宸身上，雖是一閃而過，卻足以讓廳裡不少人都注意到。

一旁伺候的青雲瞧著常嫣的目光在殿下身上流連就知道她打什麼主意了，心裡不由得嗤笑了起來，一個落魄戶也敢肖想殿下？心中一動，青雲瞧見高氏跟常嫣眼前的果酒已經沒了，悄聲來到兩人身後斟了果酒，到常嫣的時候，也不知是有意還是無意，果酒斟得滿了些。

就算榮寶珠再不喜高氏跟常嫣，待客禮儀方面卻沒有半點可挑剔的，這果酒用的都是刺史府中上好的果酒，雖比不上她用瓊漿釀製的，卻也算是上等了。

常嫣在邊關生活了十幾年，原本的家裡並不富裕，什麼時候喝過這等美味的果酒，一時有些貪杯，瞧青雲給她滿上就立刻端起了酒杯，到底有些不好意思自己一個人喝，站起了身子跟榮寶珠和趙宸道：「我敬王妃跟殿下一杯，祝殿下和王妃百年好合。」

因為果酒滿了些，常嫣站起來的時候就不得不小心翼翼，顯得越發小家子氣。

趙宸心裡厭惡，看也不看常嫣，只看了大廳門口的王朝一眼。

榮寶珠只舉了舉酒杯說聲謝謝。

因為蜀王的無視，常嫣有些不好意思，也不敢再多說什麼了，端起杯子打算喝掉，卻突然覺得手腕處一麻，手中的酒杯一個不穩摔落在她的衣裙上，她穿的本就是淺色衣裳，果酒是清亮的酒紅色，一杯果酒潑在她的身上，立刻把衣裳染了一大片紅色。

常嫣一下子呆住了，這種過失實在太丟臉了些，她臉色通紅地站在原地，杏眼裡蓄滿了淚水，真是又羞又臊。

高氏這會兒有些坐不住了，心裡暗罵自己蠢，怎麼非要帶常嫣過來，她本就是小戶人家的女兒，在王妃跟殿下面前這般丟臉，也不知殿下能不能看上她。

高氏起身道：「王妃，殿下，真是對不起，這丫頭禮儀有些不好，都是我的錯。」

「怎能怪二伯母？」榮寶珠道。「她又不是二伯母的親生女兒，禮儀不好也怪不得您。好了，迎春，妳帶常嫣姑娘下去換身衣裳吧。」

迎春應了聲就帶著快要哭出來的常嫣出去了。

常嫣出去後就沒再過來，怕是也覺得丟臉極了。

用過膳後，趙宸先回玉華院，榮寶珠繼續招呼高氏。「二伯母，二伯在邊關可都還好？」

高氏道：「都還挺好的，只不過知道珂兒過世的消息後，有些傷心過度，身子比不上從前了。」

榮珂的事情，二房並不知是狄氏所為，只以為他是真的死在苗氏身上，心裡簡直把苗氏恨了個透，高氏更是把娘家姪兒恨死了，畢竟當初這苗氏可是她的姪兒高墉送給榮珂的，高氏還特意寫了書信回去把自家兄弟罵一頓，跟自家兄弟算是徹底決裂了。

榮寶珠道：「二伯母要照顧好二伯的身子才是。」

高氏抹淚。「我自然是知道的，可灩珠跟珂兒先後出了事，我知道灩珠的事情怪不得妳，是她有了壞心在先，毒酒又是太后親自賜下的，這事二伯母不怪妳。可我跟妳二伯真是傷透了心，好不容易養大的一兒一女就這麼不在了，要不是念著珂兒的孩子，我跟妳二伯只怕早就活不下去了。」

榮寶珠讓高氏節哀，沒有再說什麼。見榮寶珠不為所動，高氏又是好一陣的苦求，希冀著寶珠能讓榮子沐——葉姚的兒子來邊關。

榮寶珠早就猜到了，任高氏如何說依舊推拒著找狄氏說這件事，最後高氏耍無賴跪著不肯起，榮寶珠才只好敷衍說會寫信跟狄氏說說。當然她會寫信是想給祖母提個醒，免得這高氏暗地裡出陰招。

讓丫鬟送高氏回靜心園，榮寶珠則回墨安院裡，不多時趙宸也過去了。

榮寶珠就把高氏說的事跟趙宸轉述了一遍，最後哼道：「我這二伯母不是個好心腸的人，就怕她背地裡出陰招，當初我父親第一次錯過秋闈都是這二伯害的，第三次幸好是無礙。」這些事還是岑氏在後幾年慢慢告訴她的。

趙宸笑道：「那要不要我幫妳動手讓他們消失？」

榮寶珠嚇了一跳，急忙擺手。「不必了，反正他們也遭了報應，日後若還敢做壞事，我相信連老天都不會饒過他們的。」雖不喜二房，可她也真覺得沒到讓殿下出手的地步。

趙宸笑道：「我的王妃果然心軟。」

榮寶珠知道自己的心腸的確硬不起來，只要不是想害她的家人，一般情況下，她就不會趕盡殺絕，若真是為了一點兒事就要人命，她覺得自己真做不出來。

榮寶珠又想起常嫣，忍不住失笑。「殿下真是好生有魅力，這常姑娘都被殿下迷住了。」

趙宸的臉色轉黑。「休再提這個！」

榮寶珠忍不住大笑了起來，笑到眼淚都快出來了，最後直接被趙宸給拎到床上，不一會兒就響起榮寶珠的求饒聲。

「殿下，我錯了，不要……啊，好疼，宸哥哥，我錯了……」

翌日一早，榮寶珠連起身都有些困難，好在今兒妾室跟側妃們不用過來請安，她打算在床上多賴一會兒。

不想妙玉很快來報。「王妃，常姑娘來了。」

榮寶珠頭疼。「不見，就說我身子不舒服。」這姑娘也真是太沒眼色了，怎麼老往她跟前湊。

妙玉出去，不一會兒又進來了，無奈地道：「王妃，她問您是哪兒不舒服，說她會一些醫術。」

常嫣的父親在世的時候是間醫館的大夫，她自幼就學了點皮毛。

榮寶珠身子痠疼得厲害，脾氣也就有些不好了。「就說我頭疼，讓她回去，今兒不想見客！」

妙玉出去，進來後笑道：「那姑娘總算是走了。」

榮寶珠用手背掩住嘴角打了個哈欠。「唔，那我再睡會兒。」

妙玉悄聲退了出去。

哪曉得榮寶珠還沒睡上半個時辰，外面又響起常嫣的聲音。「我知曉王妃娘娘頭疼，特意熬了些藥，這是我父親在世時得來的秘方，很是有用，煩勞妙玉姑娘進去通報一聲。」

常嬤這聲音不小，榮寶珠的耳力又特別好，這一吵就醒了。

妙玉小聲道：「常姑娘，王妃已經睡下了，要不妳晌午再過來吧。」

常嬤笑道：「王妃娘娘頭疼，喝了這藥就能好，才睡得安穩。」

妙玉也忍不住有些心煩起來，這姑娘是怎麼回事，看不出別人的眼色嗎？正打算直接攆人的時候，裡面傳來王妃的聲音。

「妙玉，讓常姑娘進來吧。」

妙玉只得把人請了進去，見王妃已經披了衣裳起身，便把丫鬟叫進來準備伺候王妃梳洗。

榮寶珠卻只讓丫鬟幫她漱口梳頭，隨意綰了一個髮髻，因為要見常嬤，她把面紗也戴上了。

常嬤捧了藥碗上前，笑道：「聽聞王妃頭疼，我特意熬煮了一些藥汁。我父親在世時是醫館的大夫，這是他得到的秘方，很有效的，王妃喝下就能止了頭疼。」

榮寶珠在一旁的榻上坐下，伸手接過常嬤手中的藥碗，聞了下就知曉裡面有什麼藥材，的確是止頭疼的，不過這玩意喝多了會上癮，以後稍微有些頭疼就必須喝這藥汁，不喝根本熬不過去。

榮寶珠不知道這姑娘到底知不知道這事，這藥方並不算很難得，一般的大夫不會給病人開這種藥方，常嬤卻說這是她父親得的秘方，她不相信常嬤的父親身為一名大夫會不知曉這藥方的危害。

常嫣自豪地道：「我父親在邊關是很出名的大夫，這藥方救治了無數人。」

榮寶珠心中便知常嫣的父親肯定知道這藥方的利弊，都替那麼多人開過這藥方了，之後的症狀他肯定知道，卻不制止，還繼續用這帖藥，看來是個害人的庸醫。不過瞧這姑娘這麼自豪，顯然是不知這藥方的危害。

榮寶珠冷笑一聲，微掀面紗，端起藥碗喝了一口，常嫣正打算說些什麼，卻瞧見王妃臉色一白，剛剛喝進去的藥汁全部都從胃裡吐了出來。

常嫣一呆。「這……王妃，您……」

下面的丫鬟都慌了神，妙玉嚇得臉都白了。「王妃，您沒事吧，快……快去請大夫！」

榮寶珠已經臉色發白昏迷了過去，迎春尖叫一聲，上前就給常嫣一巴掌。「妳給我們王妃喝了什麼，為什麼我們王妃會昏迷不醒？好個膽大的丫頭，敢謀害我們王妃。」說著不解氣，又是兩巴掌上去。

常嫣被打得臉都腫了起來。「沒有，我沒有想謀害王妃，這藥方是我父親教給我的，的確能止頭疼。」她沒謀害王妃的想法，只是想討好王妃罷了，哪曉得會出這種事情。

妙玉已經恨聲道：「把這姑娘拖下去交給侍衛處理。迎春，妳快些去請大夫跟殿……」

最後一個字還沒說出口，妙玉就感覺袖子被人扯了下，她身邊就王妃一個人，立刻就知道是怎麼回事了，便重新交代。「去把大夫請來就好。」

迎春立刻出去請了大夫，其他丫鬟則是把常嫣給拖了出去。

常嫣這時嚇得臉色發白。「不是我……我沒想過謀害王妃的，不是我……」

等人都退了下去，妙玉才悄聲道：「王妃，您快嚇死我了，這好好的突然來這麼一齣。」

榮寶珠抬頭朝妙玉露出個笑容，然後起身脫去身上披著的衣衫遞給妙玉，朝床榻走了過去。「我就是嚇嚇這常姑娘，這藥方的確能止頭疼，不過卻是弊大於利，用久了就會產生依賴性，對人反而不利，我不喜這姑娘，所以想嚇她一下，看她以後可還敢不敢這麼沒眼色。」

妙玉氣道：「這姑娘也真是討人厭，王妃，可要罰罰她？」

榮寶珠道：「嚇嚇她就好，不然二伯母又要不依不饒了。對了，這事不用跟殿下說。」她想著要真是對這姑娘動刑了，只怕她要在王府待上個把月，她可不想給自己招惹麻煩。

榮寶珠這會兒睏了，上床後妙玉替她蓋好衾被。「王妃，您好好休息吧，後面的事情奴婢會處理的。」

榮寶珠這一覺就睡到了晌午，起來就聽妙玉說了事情的結果。

丫鬟們把常嫣拉出去後，侍衛就過來了，聽聞事情的經過後就要把常嫣活活杖斃，常嫣嚇得當下昏了過去，後來高氏來了，胡攪蠻纏、大哭大鬧的，這才把常嫣給領回了靜心園裡。

榮寶珠睡好了精神不錯，笑道：「這次給她長記性，看她以後可還敢隨意給人送吃喝的東西。」

靜心園裡，高氏也狠狠教訓常嬤一番，常嬤臉頰腫得厲害，哭得也厲害。待得知王妃那邊並無大礙後，高氏才算是鬆了一口氣，又好生交代了常嬤一番。

不過經此一事，本就不怎麼相信榮寶珠的高氏更是堅定了做兩手準備的心。

這麼大的動靜，趙宸不可能不知道，不過他一聽整件事就知道是他的王妃胡鬧，也沒立刻去墨安院，等晚上才過去陪榮寶珠用膳。

榮寶珠就把這事跟他說了一遍，一邊說一邊笑。

趙宸只覺有些好笑，不過瞧著王妃的模樣，他的心忍不住恍惚了下，他的王妃性子似乎好了許多，不像剛嫁給他的那段日子，整日躲在佛堂不見身影，還死氣沈沈的，現在有朝氣許多。

如此過了兩天，榮寶珠對外宣稱身子已經好了，高氏又過來了。

榮寶珠請高氏坐下，高氏笑道：「妳可算是好了，這幾天二伯母快擔心死了。常嬤不懂事，妳就不要怪她了，她性子單純，哪曉得後宅這些陰私事。她說那日她熬藥的時候離開過，只怕是別人想害妳，寶珠妳可要注意了，這後院的人最好是查查。」

榮寶珠嗯了聲沒說別的。

高氏繼續道：「妳身為王府的王妃，那些妾室側妃什麼的肯定有些小心思，這次幸好是沒事。」說著忽然一頓，目光落在榮寶珠的肚子上。「說起來，妳這嫁給殿下也有兩年了吧，怎麼肚子還不見動靜？我跟妳說，女人只有生了孩子，地位才能穩固，妳可要趕快懷上才是，若真是身子有問題，也別顧著面子，趕緊找大夫來瞧瞧。」

榮寶珠道：「二伯母過來就是為了跟我說這事？」

高氏訕訕。「我也是擔心妳，不過呀，寶珠，我跟妳說，妳實在擔心的話，不如給殿下找個通房丫鬟，這通房丫鬟懷上了，生下來抱養在妳身邊就是了。常嫣性子單純，妳瞧瞧看她合適不合適，而且她屁股大，好生養，準生男孩。」

榮寶珠臉色冷了下來。「二伯母，原來您是打著這個心思才上門的，我敬著您是長輩，可您看看您做的這是什麼事？」

高氏也忍不住有些生氣。「我還不是為了妳好。」

榮寶珠冷笑。「二伯母是為了我好？當初二房為何離開京城，二伯母心中應該清楚，我不過想著您是長輩，所以不願意撕破了臉皮，卻不想二伯母竟是來給我添堵的。就算添堵也該好好找個人，一個大夫的女兒也敢肖想殿下？二伯母莫不是忘記了殿下的脾氣？」

聽榮寶珠提起以前的事跟蜀王，高氏的氣焰終於歇了，吶吶道：「我還不是為了妳好，罷了，妳不願意聽就算了，到底是做了王妃，脾氣也見長了。」

榮寶珠冷著臉問道：「二伯母打算什麼時候回去？殿下也好派人送妳們。」

高氏的眼神閃爍。「三天後吧，三天後我們就回去了。」

讓榮寶珠沒想到的是，高氏竟然把常嫣一個人丟在王府中自己偷偷走了。

高氏是翌日一早走的，她原先說想出去逛逛，榮寶珠讓她帶個丫鬟婆子出門，等快晌午的時候，丫鬟婆子回來，驚慌不已地說高氏不見了。

一想到還留在府中的常嫣，榮寶珠就知這二伯母不是不見了，而是把常嫣留下來，一個人偷偷回去邊關。

榮寶珠驚得目瞪口呆，想想這還真是高氏的作風，不過高氏把常嫣留下來又如何，她明日讓人送常嫣回去不就好了。

不過心裡到底是有些氣悶，榮寶珠覺得這樣的人為了孩子只怕什麼事都做得出來，晚上就立刻去書房給祖母和爹娘寫了信，信上簡單說了下她在廬陵過得還好，殿下對她不錯，又把高氏做的事情說了一遍，最後重點提及子沐的事情，讓榮家人注意下，就怕二房狗急跳牆做出什麼事來。

翌日一早，榮寶珠就讓人把常嫣送回去，哪曉得靜心園的丫鬟來報，說是常嫣姑娘生病了，染上風寒。

榮寶珠去看了下，還真是病了，心裡有些氣惱，知道這怕是高氏的主意，心中一狠，就打算明日直接把病了的常嫣送回去邊關。

晚上的時候，榮寶珠把這事跟趙宸說了聲，氣惱道：「二伯母真是可惡，早知跟她鬧開就是了，何必留她在府中。」

趙宸道：「鬧開了會損妳的面子，倒不如直接讓人殺了她。」

榮寶珠一頓，氣消了，心中不禁有些好笑。殿下還是這般，稍有不如意就喊打喊殺的。

「殿下，那我明日派人送常姑娘回去好了，總覺得高氏留下她不會做什麼好事。」榮寶珠忍不住想跟趙宸嘮叨這事。

趙宸撫著她柔軟的腰身，淡漠道：「怕她做甚，不過是個無關緊要的人，能翻出什麼大風浪，實在不成弄死就是了，還值當妳費這個心？」

榮寶珠知道常嫣的確翻不起大風浪，她也清楚高氏是怎麼想的，肯定是不相信自己會幫她把榮子沐要過來，高氏只怕從一開始就做兩手準備，一來王府的時候就沒打算帶常嫣走，無非是希望蜀王看中常嫣，這樣常嫣若是能夠比她這個王妃和其他妾室先懷上孩子，日後的寵愛自是不會少。到時讓常嫣在蜀王耳邊吹吹枕頭風，蜀王能夠出手幫高氏要榮子沐的話，絕對比她這個正妃有用多了。

榮寶珠看了趙宸一眼，反正常嫣和高氏看中的是他，她相信以這男人對常嫣和高氏的厭惡，絕對不會給她們好果子吃的，既然他都不擔心，自己擔心什麼。

榮寶珠又跟趙宸說起了別的事情。「殿下可是要外出？打算什麼時候出去？」

趙宸這幾年肯定會很忙的，自從她生辰那日回來，已經足足過了上十天，只怕他又快離開了，榮寶珠發覺自己竟然有些不捨，心裡有些發燙。

趙宸拉住她白皙如玉的手指吸吮了兩口。「再等幾天吧。」

榮寶珠抽了兩下手沒抽出來就由他了。「那殿下在外要注意身子，事事都要小心。」

趙宸唔了聲，有些情動，低頭去親她的嘴角，榮寶珠卻攔住了他。「殿下等等，臣妾有東西給您。」說著從他身上下來，去翻了她放在箱底的一個紫檀木小箱子，裡面是她來盧陵後重新製成的解毒丸、養生丸，還有一些止血的膏藥。

之前她怕蜀王發現她的秘密，因此他每次出府，她很少會拿這些東西讓他帶著防身，如今她心境有了些變化，再者，這些傷藥裡加的瓊漿並不多，就拿解毒丸來說，一般輕微的毒，像是毒蛇咬傷之類、劍上塗抹毒藥這類的，只需要把毒血擠出，藥丸捏碎敷在傷口上，再服用一顆基本就無性命之憂了。

榮寶珠把這些東西的用法一一告訴了蜀王。「殿下把這些東西好生收著，出去若是遇見什麼危險也能保住一命。」

趙宸把玩手中的小藥瓶，心中忍不住有些感慨，他的王妃終於對他上心些了，可真是難得。

榮寶珠並不知趙宸心中所想，還在想著瓊漿的事情，她知道自己這一輩子都不可能把瓊漿的秘密告訴他。他以後要登基為皇，生性多疑，自己若是把瓊漿的秘密告訴他，他現在是喜歡自己，可以後呢？榮寶珠自己都不能保證他能夠一輩子喜歡自己，以後他會有更多的女人，會遇見比她漂亮、比她聰明的，他若是知道了自己最大的秘密——瓊漿這麼神奇的東西，人都是有貪念的，她不敢保證眼前這個男人是不是會對她好一輩子。

況且，對於最信任的爹娘她都沒透露過瓊漿的事情，這種神奇的事，她打算一輩子埋藏在心底，不管到了何時，她都不會對誰透露半分的。

用了晚膳後，榮寶珠在墨安院裡看書，趙宸則去了玉華院，把子騫叫來問了常嫣的事。

子騫道：「殿下，這姑娘心術不正，留在王府是想爬殿下的床，她身上備了合歡香，就等著對殿下出手。」

趙宸厭惡。「去把人處理了！」

子騫點頭轉身出去，趙宸驀地就想起高氏這人，送了這麼個玩意兒上門來噁心他和王妃，把這常嫣殺了也太便宜她了，趙宸又把子騫叫住，吩咐幾句，子騫這才下去。

翌日一早，榮寶珠就打算把常嫣送回邊關去，她沒打算讓府中的侍衛送人，常嫣還不配讓府中的侍衛送行，直接喊了幾個粗使婆子便把常嫣抬上了馬車。

常嫣的確是病了，是自己把自己弄病的，她聽高氏說王妃心軟，只要她病了王妃肯定不會趕她走，本打算趁著這空檔用合歡香跟蜀王行了歡好，這樣她就是殿下的女人了，就算王妃想趕她走也不可能了。可哪想到乾娘才走，王妃就要把她送走，常嫣還以為是王妃手底下的丫鬟或者是王府的妾室們使壞，硬是不肯走，嚷著要見王妃。

送行的婆子罵了一通，把常嫣氣得不行，掙扎著要下馬車。就在這個時候，刺史府後門口突然出來兩個侍衛，分別是王朝、王虎。

兩人表明了自己要護送常嫣回邊關的任務後，常嫣驚喜地叫了起來，還以為是蜀王對自己有意，忍不住就得意了起來。

榮寶珠院裡少了兩個侍衛她自然有注意到，晚上就問了趙宸。

趙宸笑道：「我派他們去做事，估摸著要幾天才能回來，妳這邊我會再調幾個侍衛過來的。」

榮寶珠點頭，也沒多問。

送常嫣離開約莫四、五天後，京城榮家來信了。榮寶珠給榮家的信送出去不過十來天，這自然不會是回寶珠的信。

榮寶珠拆開看了起來，是爹的筆跡，說了家裡的情況，又說祖父怕是不行了。榮寶珠知道她可能要回去京城一趟了，就算身為王妃，可孝道還是最大，祖父若是過世，她就必須回去守孝。

榮寶珠心驚，算了算日子，這輩子蜀王謀反之日怕是只會提前不會推後，這時候讓伯伯跟爹爹他們丁憂三年也是可以的。

榮寶珠就把祖父病重的事情跟趙宸說了，趙宸想了想道：「王朝跟王虎應該是這兩天就回來了，回來後就讓他們護送妳返回京城。」他派給王妃的四個侍衛是他身邊功夫比較厲害的人。

榮寶珠點頭，曉得榮家只怕也給二房寫了信。二伯父身為祖父的兒子，自然也要回去弔喪守孝的。

榮寶珠並不知道此刻在邊關的榮家二房已經亂成一團了。

常嫣的兄嫂對她不好，所以她之前一直是住在二房的宅子裡。剛到邊關，常嫣還來不及說什麼，就被人敲了脖子一下子昏迷過去。

榮二老爺自從到邊關後日子過得辛苦，銀錢全被高氏扣在手中，他每日苦巴巴的，自從兒女過世後，心情更是一直鬱鬱寡歡，心裡恨得不行，恨京城的榮家，恨自己的親爹，也恨高氏。

這日回了房，榮二老爺聞到一股特殊的香味，再往床上一瞧，整個人都呆住了，床上竟躺了個衣衫不整的女子，裸露的香肩，清秀的容貌，榮二老爺只覺得腦子轟的一聲炸開了。他平日裡被高氏管得嚴，自從來到邊關後就很少沾染外面的女子了，床上的人他自然認識，是高氏收養的義女，對此他不以為然，也根本沒把常嫣當成自己的義女。這時他腦子根本來不及想什麼，身體已經先一步做出了反應，朝著床上走去。

高氏這幾日心情不錯，晚上歡喜地回房，還未走進房間裡就聽見裡面傳出的呻吟聲，高氏臉色一變，猛地把門推開衝了進去，等瞧見床上的情況，腦子都充血了，尖叫一聲就衝了上去。

一時之間，宅子裡的尖叫聲、打罵聲吸引了不少下人過去。於是不過片刻，府中所有人都知道自家老爺跟太太收養的義女搞在一起了。

高氏簡直快吐血了，當初菀娘娘家姪女的事情她沒長記性，哪曉得如今義女的事情又是如此，心裡真是把榮寶珠恨透了，覺得這肯定是寶珠的主意，跟她那個娘一模一樣。

常嫣這會兒呆愣愣地捂著臉癱在地上，經過了這等羞辱，被高氏打傷了臉，鬧得全府的人都知道了，只怕不出幾天，整個邊關都能知道這事了。她心中真是恨死高氏了，就算知道這事可能是蜀王跟王妃做下的，但她鬥不過王妃跟蜀王，且要不是高氏帶她去廬陵，她哪會遭受這種境遇。

榮二老爺似乎受夠這種日子，再被高氏這麼一打，心中恨得不行，轉身就朝著高氏揮了一巴掌，然後對著高氏拳打腳踢了起來。

高氏如何敵得過榮二老爺，很快被他打昏了過去。

榮二老爺這才扶起地上的常嫣。「讓妳受苦了。」說著，從昏迷的高氏身上取了箱櫃的鎖匙，打開平日裡被高氏藏得嚴實的小箱子，從裡面取出一張百兩的銀票遞給常嫣。「妳拿著吧，去外面買間小點的宅子住下，日後我會好好對妳的。」

常嫣默默收下銀票，穿上衣裳就出了府。她想好了，反正她已經被榮二老爺得了身子，倒不如從了他，日後榮二老爺若是發達了，她的富貴日子自然是少不了。

榮二老爺把剩下的銀票全部收走後，外面的小廝就過來通報了。「老爺，京城來信了。」

榮二老爺看過信後就默默燒掉了，然後讓人備了馬車準備回京。

翌日王朝跟王虎就回來了，榮寶珠也收拾妥當，帶了木棉、春蘭跟王嬤嬤就啟程回京。除了王朝、王虎、馬奎、馬龍四人，趙宸還派了不少侍衛跟隨。

自發配到封地之後，趙宸未獲皇上准許，自然不能隨意回京，就連王妃到了京城也不能直接回府，必須在城外上書給皇上，皇上同意後她才能進京。

因趙宸要去別的地方一趟，臨走前交代王朝他們一定要好好護送王妃。

這會兒都快五月了，氣候適宜，榮寶珠讓車夫加長每日趕路的時間，只用了一個半月就回了京城。

在城門外，她讓守衛城門的士兵一層層通報上去，等到第二日才得了皇上的消息，同意讓她進京，因跟隨的侍衛不能夠進京，榮寶珠把他們安排在京城附近的莊子上。

榮寶珠回京城第一件事當然不能直接去榮府，而是先回王府，梳洗打扮一番，並在臉上喬裝出一道傷疤，再戴上面紗後，進宮拜見太后。沒辦法，誰叫她嫁人了，這太后還是她夫君名義上的母親，不能不先去拜見。

太后接見了榮寶珠，噓寒問暖了一番，就告訴榮寶珠一件事，榮老國公爺昨兒已經薨了。

太后又道：「好了，妳趕緊回去給妳祖父守孝吧，這些日子也忙，就別進宮了。」

榮寶珠知道人死會有些陰氣，太后肯定不願意接觸這些，所以不讓她再進宮拜見，也正合她心意，立刻起身退下了。

榮寶珠沒有耽誤，立刻回了國公府，見到榮家人連噓寒問暖都沒有，直接要去給榮老爺子跪著守孝。

她由岑氏帶著朝靈堂而去，一路上岑氏把事情簡單說了一遍，說這些日子榮老爺子的身子一日不如一日，昨兒終於沒堅持住，去了。

榮老爺子過世才一天，子女小輩們要跪靈三日才能下葬，榮寶珠去靈堂看了榮老爺子一眼，瘦得不成樣子，顯然他最後的日子並不好過。她沒生出多少同情心，想起這偏心的祖父，寶珠覺得他死了，大家就都解脫了，連他自己也解脫了。

這時府中個個都要跪靈堂，榮寶珠自然不能跟他們敘舊，等到三日後要下葬時，榮二老爺都還沒回府。

榮大老爺冷著臉道：「罷了，就不等他了，這天兒熱起來，父親的屍身放不得，今日就給下葬。」

等到忙完了葬禮，榮二老爺才跟高氏回了府，便先去榮老爺子墳前跪了幾天。

榮寶珠又把高氏做的事情跟榮家人說了一遍。當初給榮家的那封信，早在她回來的前幾日就送到了榮府，榮家人已知道這件事。

葉姚冷笑一聲。「他們打什麼主意我還不清楚？想得倒美，子沐要是被帶去了邊關，還不知會被養成什麼樣。我是不可能讓子沐跟他們去邊關的。」

榮寶珠道：「二嫂別急，祖母肯定是不會同意的，如今國公府當家的是大伯父他們，二伯父不敢做出什麼過分的事，不過二嫂還是要防著一些才是，就怕他們狗急跳牆了。」

葉姚點了點頭，笑道：「對了，之前忙著守孝，妳也沒好好見過子沐，這小子如今可是調皮得很，沒了小時候乖巧的模樣了。」說著讓人把榮子沐叫進來，榮子沐一進來就賴在榮寶珠身上，叫了聲姑姑。

這兩年時間，榮府又添了幾個小孩，孩子們慢慢多了起來，榮家越發顯得子孫滿堂。

榮二老爺跟高氏跪了幾天就回來了，榮家人都穿得素淨，三年內也不得辦喜宴壽宴什麼的，這會兒只是在家擺了幾桌素菜，讓大家聚在一起吃了頓飯。

高氏看著榮寶珠心裡就恨得不行，忍了又忍，等到用了膳後實在沒忍住，當著所有人面把榮二老爺跟常嫣的事情抖了出來，罵寶珠不要臉，這樣害他們。

榮寶珠當下就冷了臉。「這事不是我做的，二伯母也別只顧著罵我，看看您做的都是什麼事，有您這樣當長輩的嗎？跑來給殿下送女人，要臉不要臉！」

高氏氣糊塗了。「我還不是為了妳好，妳嫁給殿下都兩年了，肚子還不起來。」

榮寶珠冷笑。「那二伯母也該為二伯父考慮考慮了，畢竟六姊跟二哥都去世了，二伯父膝下連個一子半女都沒有，二伯母是不是該給二伯父找個能生養的了？」

高氏被氣得直抖，還想說什麼，狄氏已經喝斥道：「好了，都別說了，妳一回來就指責寶珠，也不想想自個兒做了什麼事，哪有做伯母的給姪女婿送女人的，丟臉不丟臉！就跟寶珠說的一樣，妳要操心還是先想想你們房裡的那些事，妳要是生不出來了，就給老二納個妾！」

榮二老爺心動了，孫子又如何比得上親生的兒子。

高氏終於不吭聲了，狄氏道：「好了，這些日子你們也累著了，都趕緊回去休息吧。」

等各自回了房，榮寶珠親暱地靠在岑氏懷中跟她說了這一年的見聞。

岑氏見女兒臉上的傷疤好轉不似以往猙獰，心裡歡喜同時卻也心疼女兒，忍不住看了她肚子一眼，到底是沒說出口，怕傷了女兒的心。女兒都嫁過去兩年了，這肚子怎還不見動靜啊。

翌日一早，幾個太太去跟狄氏請安，等人都下去後，高氏把想帶榮子沐去邊關的事情又跟狄氏提了一遍。

狄氏直接冷冰冰地道：「這事休要再提，我是不會同意的，子沐在京城能得到更好的照顧和教導，妳就歇了這心思吧。」

高氏忍不住想爭論兩句。「娘，說到底子沐是我跟二老爺的孫兒，憑什麼不讓我們帶他去邊關？到底是娘不同意還是珂兒媳婦不同意？就沒見過這麼不孝的兒媳！」

狄氏冷笑。「怎麼？妳敢拿孝道去壓姚兒？妳要是不怕老二做的那些事情被公開，就儘管去找姚兒的麻煩，反正老大他們要丁憂，鬧開了我們不怕。」

榮二老爺暗害兄弟的事情鬧開了對大老爺他們並沒有什麼影響，二老爺以後卻是不能繼續為官了，這年頭也就指望著當官有出息，榮二老爺的官位要是沒了，那這輩子就只能這樣渾渾噩噩地過下去。

高氏終於不敢吭聲了，不過接下來幾天她又去煩葉姚，葉姚不願意搭理她，直接把這事告訴狄氏，狄氏又把高氏罵了一頓，最後把榮二老爺拉去說了一頓，讓他管管高氏。

榮二老爺如今簡直恨死高氏了，回去對著她好一頓打，倒也知道不能在高氏臉上留傷，打的都是身上肉多的部位。

高氏停歇了，她雖然不去煩狄氏跟葉姚，卻整日去看榮子沐，他畢竟是高氏的孫子，葉姚也不能不讓她見，不過每次讓高氏見榮子沐時，他們身邊都守著不少丫鬟婆子。

高氏把榮子沐抱在懷中，乖啊、寶啊地叫了起來。

榮子沐對這個面容有些刻薄的婦人並不認識，不過他知道這婦人是他的祖母，母親一直教導他要愛護親人，所以這時就算不喜這祖母也沒抗拒，任由她抱著。

高氏心裡恨極了葉姚，忍不住跟榮子沐嘮叨。「寶寶，我是你的祖母，是這世上最愛你的人，都是你娘不好，讓我們祖孫倆分離了這麼久，你到時願不願意跟著祖母走？」

榮子沐已經懂事了，聽懂了高氏的話，立刻搖頭。「不要，不要跟祖母，我要娘。」

高氏恨聲道：「你娘有什麼好的，她是個壞人，不讓祖母跟子沐在一起，她該死。」

榮子沐驚恐地看著眼前面容扭曲的婦人，葉姚從不在孩子面前說長輩的不是，榮子沐自然不知他這個祖母有多可惡了。

高氏還在絮絮叨叨說著葉姚的不好，榮子沐卻再也聽不下去了，猛地推開高氏，氣憤地道：「妳才是壞人，娘是天底下最好的人了，妳才是壞人，妳不許說娘的壞話，我不喜歡妳，妳才不是我的祖母，走開，快走開！」

「好好，都是祖母不好，祖母不說你娘的壞話了，子沐乖乖過來讓祖母抱抱好不好？」

高氏心裡暗恨，卻也不敢在榮子沐面前說葉姚的不好了。

榮子沐卻還是氣呼呼的，心裡怎麼樣都無法喜歡這婦人。

高氏卻不自知，整日都過來陪榮子沐，榮子沐特煩她，只好偷偷跟娘說了悄悄話，又說自己不好，討厭祖母，自己是個壞孩子。

葉姚心裡也是厭惡高氏，卻不肯在孩子面前說她的不好，只道：「祖母只是太久沒有見到子沐了，所以對子沐太喜歡了些，不過祖母很快就要走了，子沐再忍忍好不好？」

榮子沐噢了一聲，不再說高氏的壞話了。

高氏並沒有跟榮子沐培養出什麼感情，因為榮二老爺想啟程回邊關了。

如今都七月了，榮家四位老爺都要丁憂三年，榮二老爺沒打算在京城丁憂，去了邊關也是暫停了官職。榮大老爺、三老爺、四老爺自然不必說，除了大老爺還頂著一個國公爺的位置，其他人都暫時待在家中不能去官衙了。

這會兒太熱，榮寶珠打算等八月中旬再啟程回盧陵。

高氏得知後卻不願意離開，榮二老爺冷著一張臉道：「既然妳不願意離開，我就一個人回去了！」

高氏如何放心他一個人回去，她知道這男人把那小賤貨給藏了起來，在外置辦了一間小宅子養著那小賤人，她當然不能放心了，就怕放任他一人回去就又跟那賤人廝混在一起，於是急沖沖地跟著回去邊關。

第三十四章

二房人走後，榮寶珠給楚玉下了帖子。因她在京城沒什麼朋友，也就楚玉一人而已。

翌日一早，楚玉就過來榮府，榮寶珠這才發現她的性子越發沈穩端莊了，這會兒雖穿了一身嫩黃的衣裙，臉上的笑容卻只算是得體，再沒有以往那樣的生動鮮活。

榮寶珠心裡有些苦澀，挺難受的，拉著她的手坐下。「快些坐下，我們好好聊聊，這都一年沒見面了。妳在京城可好？」

楚玉挨著榮寶珠坐下，心裡既高興又傷懷。「都挺好的，名川的身子已經康復了，如今在禮部做員外郎了。」

榮寶珠呆了一下，按理說阿玉是公主，盛名川身為駙馬很難在官場上任職實位的。

楚玉瞧出她的疑惑，笑道：「我如今只是個郡主而已，是我跟皇上求的，這樣名川在官場上也能容易些。」

榮寶珠心中了然，阿玉對盛大哥是真的喜歡，為了他都能做到這一步了。

榮寶珠不再提這事，關於她跟盛大哥之間的事情也沒有多問，只聊起別的事情，楚玉的笑容漸漸多了起來，不一會兒就被榮寶珠逗得格格笑。

榮寶珠似乎又見到了以往那個生動活潑的高陽公主，一時看呆了。「阿玉，妳笑起來真好看。」

這話逗得楚玉越發開心了，她忍不住捏了捏寶珠的臉頰。「一段時間不見，寶珠的嘴更甜了。」這手感可真好，楚玉忍不住又摸了兩把。榮寶珠笑咪咪地任由她捏著。

楚玉在榮家待了大半天，直到天色快暗下去的時候才回了盛家。

忠義伯夫人雖不喜榮寶珠，對楚玉卻極其滿意，又見她為了自家兒子情願降低身分，心裡更是感激她，也覺得委屈她了。忠義伯夫人知道自己兒子心裡還有寶珠，可能兒子成親這兩、三年都沒碰過這兒媳，她心裡真是替兒媳覺得委屈，也有些著急，兒子都快二十了，她何時才能抱上孫子？

這麼好的人兒比榮寶珠強上百倍，她希望兒子莫要醒悟得太晚。

知道楚玉去看了榮寶珠，忠義伯夫人也不惱，笑道：「晚膳可用了？要不用了膳再回房去？」

楚玉柔聲道：「還未，夫君可用了晚膳？若是沒有，我回房跟夫君一塊兒吃。」

忠義伯夫人點點頭，吩咐丫鬟把吃食全部端過去兒子的房間。

楚玉先一步回房梳洗了，跟榮寶珠攀談的喜悅還未消散，這會兒她臉上還洋溢著極生動的笑意。

盛名川聽見房門響動的聲音，一抬頭望過去剛好瞧見了她臉上的笑容，一時有些怔住了，卻不想楚玉在瞧見他的那一刻，笑容立刻收起來，轉成了得體端莊的柔笑。

「夫君，待會兒丫鬟就會送晚膳過來，我今兒去榮府見了寶珠，現在身上有些不適，先去梳洗一番，待出來後再跟夫君說。」

盛名川點頭，不知為何心裡有些發悶，卻清楚知道並不是因為聽見了寶珠的名字，而是一些別的什麼。

楚玉梳洗過後跟盛名川說了榮寶珠的近況，說她看起來挺好的，過了會兒，丫鬟把晚膳送進來，兩人沈默地用過膳，盛名川去了書房，楚玉則睡下。

瞪著鵝黃色九重紗帳，楚玉的眼睛有些發酸，過會兒才閉上雙眼漸漸睡去。

眼下也不過七月初，榮寶珠打算等到八月中旬才啟程，這京城的天兒比西北熱多了，她整日躲在房中也不出去，趁著這空檔做了許多果酒留在榮府，也給盛家送去不少，還有幾個姊姊的夫家也都送了。

眼看著快到八月中旬，天兒終於沒那麼熱了，榮寶珠才啟程回盧陵，走的時候自然是眼淚汪汪的，捨不得爹娘，捨不得榮家人。

再不捨，她都要走了，搖搖晃晃走了一個多月，十月的時候才終於回到盧陵，趙宸並不在府中。

這幾個月管家的人是拂冬，不過榮寶珠一回來，她就立刻把玉牌交給了榮寶珠，也把府中這幾個月的庶務都交代了一番，並沒有什麼特別的地方，榮寶珠點頭表示清楚了，又給拂冬不少打賞。

拂冬遲疑了下，還是啞著聲音道：「王妃，您不在的這些日子，白靜娘來過正院幾次，似要裝作跟殿下偶遇，不過都被府中的丫鬟攔了下來。」

榮寶珠哦了一聲，囑託拂冬去打探一下盧陵城中適合婚配的人家。沒兩天，拂冬就把這事給辦妥了。

榮寶珠覺得拂冬找的人選配白靜娘也差不多了，就讓拂冬把白靜娘叫過來。哪知白靜娘一口咬定只願留在王府中，不願意嫁人。當然她也是奢望著能入了蜀王的眼，才不願嫁給他人。

榮寶珠怎麼不知白靜娘的心思呢，見她如此說，心下有些不耐煩，直接在府中挑了一個樣貌一般又尚未婚配、在廚房打雜的奴才出來，直接把白靜娘配給了他。

這次她沒通知白靜娘，只讓拂冬辦這事，不出十天，白靜娘就出嫁了，自此，她還繼續留在王府做個外院打雜的丫鬟，賣身契被捏在榮寶珠的手中。

白靜娘剛出嫁，趙宸就回來了，榮寶珠這才知道自從她去了京城後，他就沒在府中待過。

趙宸回來時已是大半夜，風塵僕僕的，一回來瞧見守夜的丫鬟是木棉、春蘭，就知道他的王妃回來了，直接去淨房沐浴，然後上了床把人壓在身下，她這一去也將近數月，趙宸才發覺自己很想念她。

榮寶珠哼哼了兩聲，聞出熟悉的氣味，知道是趙宸回來，也不想睜眼，伸手攀住他的肩膀，迷迷糊糊地道：「殿下，我睏了。」

趙宸親親她的嘴角，又漸漸朝下吻去，啞著聲音問：「知曉是我回來了？」

榮寶珠道：「聞出來了。」

趙宸被她惹得想笑。「聞出來的？那妳說說我是什麼味。」

什麼味？榮寶珠一時也說不上來，只知每人身上都有些味道，趙宸身上的味道很好聞，有點淡淡的沉木香味，還有些其他的味道，混合在一起讓她很難忘記。

趙宸見她不說話，也不問了，專心地親吻起來，不一會兒榮寶珠就被弄得睡不著了，被迫承受著他的情慾。

趙宸也是累極了，這一次並沒有折騰她許久，很快就摟著她沈沈入睡。

翌日一早，兩人相處的時候，榮寶珠嘰嘰喳喳地把她回京碰見的事一股腦兒地說給他聽。趙宸靜靜聽著，時不時問上兩句，享受這難得的溫馨時刻。

趙宸大約要在廬陵待一個月左右，這段日子清閒不少，偶爾去玉華院處理下公務，這日閒得無事，喊了榮寶珠出去轉轉。

十月多已經有些起風了，兩人並沒有騎馬，直接坐馬車出去，身邊只帶了幾個侍衛。

廬陵是西北的都城，在西北也算繁華，逛了一個上午，兩人直接在城中出名的酒樓用了午膳，味道還是不錯的，榮寶珠吃了不少。

趙宸讓人給酒樓廚子不少的打賞。

出了酒樓，趙宸笑道：「瞧妳撐得很，要不我們走走，省得坐馬車顛得妳難受。」

正合榮寶珠心意，點了點頭，兩人朝著刺史府而去。

走至繁華街道的時候，榮寶珠又挑選了不少玩意兒，還挑了一顆奇形怪狀的黑色寶石給趙宸，道：「你看，這顆寶石如何？我瞧著讓人打磨一下，做成腰扣最好不過了。」

趙宸點了點頭。「還不錯。」

卻不想異變突生，附近突然竄出幾個蒙面人，朝著趙宸跟榮寶珠衝來。

其中一人武藝了得，不過眨眼間已經衝過重重人群，揮著劍朝蜀王刺來。

這人速度實在是快，榮寶珠反應過來的時候那劍已經到了趙宸面前，她腦子一片空白，身體下意識就衝過去替趙宸攔下這一劍。

趙宸一時有些恍惚，等瞧見榮寶珠的動作時，臉色一沈，一把推開了她，身子也微微動了下，卻躲閃不及，那人的劍就刺在他的肩膀上。

趙宸握住劍身，抬腳就踢了出去，兩人陷入纏鬥，跟著的幾個侍衛也和其他蒙面人打了起來。

榮寶珠被趙宸一推，身子雖然沒攔下劍，卻踉蹌地往後退好幾步，其中一蒙面人瞧見立刻衝了上來，一劍朝著榮寶珠刺去。

榮寶珠本身並沒有任何武藝，如何抵擋得了，眼睜睜地看著那劍刺進她的胸口。她忍著痛伸手抓住旁邊的東西砸了過去，卻不小心帶落了她的面紗，那刺殺的人瞧見她如玉的容顏，人呆愣了下，原本還要深刺的劍也生生停住了。

其中一侍衛已經趕到，一劍刺穿了這蒙面人。

趙宸回頭就瞧見榮寶珠被刺中了胸口，嚇得他差點魂飛魄散，很快就解決了眼前的蒙面人。

不過片刻，其他幾個蒙面人也紛紛就縛，都留了活口。

趙宸大步朝昏迷的榮寶珠走去，瞧見她胸口的血跡時，手抖得厲害，蹲下身子抱了好幾次，差點因手軟把她給摔落了。

「馬車呢？怎麼還不過來！」趙宸冷聲道。「這幾人全部帶回去，給我審，仔細查清楚是何方人馬！」

等到馬車過來，趙宸抱著榮寶珠上了馬車，把人緊緊摟在懷中，身子忍不住顫抖了起來，嘴巴張了又張，才喃喃細語道：「瞧見刺客的時候，我一時有些恍惚了，我竟有一刻是想拿妳擋劍，我想著我大仇未報，太后還沒死，皇上也活得好好的，我曾說過要他們生不如死的，所以我不能比他們先死。我真的想過拿妳擋劍的，可瞧見妳衝過來的那一刻，我還是下意識地把妳推開了。」

趙宸的聲音也有些抖，緊緊摟著昏迷不醒的榮寶珠。「當瞧見妳中劍的那一刻，我真是怕極了，寶珠，那一刻我真怕妳就這樣離開我了……」

原本想著這世界的任何人他都不在乎，就算喜歡一個女人又如何，哪比得上自己的大仇，比得上將來的皇位？可是這一刻他才驚覺，眼前的女人要是出了意外，他會如何？光是想一想就足以讓人崩潰。

馬車很快回了刺史府，趙宸抱著人回到墨安院，叫了平日伺候榮寶珠的丫鬟們進來，燒熱水，喊大夫。

幾個丫鬟瞧見榮寶珠身上的血跡嚇得臉色發白，妙玉忍著心中的擔憂一件件地把事情吩咐下去，又想起平日王妃的藥箱裡有不少傷藥膏，便取了藥膏和熱水來，也顧不上其他，直接進了房間。

趙宸冷眼望去，妙玉心中打顫，還是上前把熱水跟手中的藥膏交給了他。

「殿下，這是熱水跟止血的藥膏，這藥膏是王妃自己做的，說是很有效。」

「我曉得了，妳過來幫忙吧。」趙宸啞著聲音道。他的聲音疲憊極了。

妙玉上前解開王妃身上的衣裳，瞧見那猙獰的傷口一時有些受不住，差點就落淚了。她家主子命運為何如此多舛，三番幾次的受傷。

趙宸見她手都在抖，扯過她手中的帕子。「我來吧。」

他的手也在抖，肩膀上的傷也不輕，卻根本沒心思處理，先替她清洗了傷口附近的血污，卻發現傷口的血跡已經止住了。一時有些驚奇，這種要害位置，沒有好的止血膏藥根本不能這麼快止血。

心中雖然疑惑，趙宸還是很快替她把藥膏塗抹在傷口處。、

妙玉遲疑地看了眼蜀王肩膀上的傷口。「殿下，您的傷？」

趙宸道：「不礙事，我自己處理，妳出去吧。」

等妙玉退下，趙宸脫了衣裳，清洗過傷口，便叫了子騫進來幫他縫合傷口，塗抹上膏藥。

榮寶珠的傷口是大夫來之後才處理的，丫鬟找來個女大夫，替榮寶珠查看傷口，把了脈。

縫合傷口之後，大夫又開了藥方和藥膏。「傷口並沒有刺得太深，所以暫無性命之憂。」又把藥膏跟藥方說給丫鬟聽，告訴她們該怎麼熬煮湯藥後，這才退下了。

趙宸不許人走，讓女大夫暫住在府中。

之後趙宸一直守在床前，天色暗了下來，榮寶珠還未清醒，他心中的惶恐越發大了。

趙宸又叫來了大夫，大夫把脈之後道：「王妃的脈象並無不妥的地方，呼吸也已經順暢了，暫無性命之憂。」至於為何不醒，她也有些不懂了。

趙宸心中煩躁，讓人全部退了下去，握住榮寶珠的手一直守在床頭。

他就這樣守了兩天兩夜，每天替榮寶珠清洗身子、搽藥，她的傷口恢復得很好，這兩天都沒有出血。

平日裡很注重整潔的趙宸如今已經幾天未梳洗，青色的鬍渣長了出來，這幾日他沒有出

過房門一步。

翌日一早，拂冬送了吃食進來，瞧見趙宸還守在床前，到底有些不忍，勸道：「殿下，您吃點東西吧，您已經三天未曾進食了。」

趙宸頭都未抬。「出去！」

「殿下……」拂冬還想再勸。

趙宸已經冷冰冰地道：「滾出去！」

拂冬這才退了下去，眼中滿是擔憂。

到了下午的時候，趙宸猛地察覺手中握住的手動了一下，他猛地抬頭，就瞧見床上的榮寶珠正睜著水潤的雙眼看著他。

「妳醒了？」趙宸心中懸著的大石終於落地。

「殿下？」榮寶珠一時恍惚，才突然想起遇見了什麼事情。「殿下無事吧？那些刺客可捉住了？」

趙宸緊緊握住她的手。「這事我會處理的，妳不用操心，只管好好休息才是。妳已經在床上躺了三天，可餓了？」說著喊了門外守著的妙玉，讓她去小廚房熬煮一些軟稠的粥來。

榮寶珠的確又餓又渴，趙宸端了一杯溫熱的水過來餵她服下。

榮寶珠還有些不敢動，一動胸口處傷就有些痛，待她吃了些粥後又沈沈睡去。

趙宸低頭親了親她的嘴角，出去小聲地吩咐妙玉把王妃看好，王妃醒了就立刻去玉華院告訴他。

趙宸去了書房，叫來子騫，問了這幾日的情況。

子騫道：「殿下，已經審問出來了，這幾人都是前盧陵刺史派來的人……」

趙宸擺了擺手。「不必再說了，我只要見到他的屍首就是了。」

子騫退下後，趙宸端坐在書案後，眉宇間是掩不住的疲勞，這些日子他在外做了許多事情，得罪不少仇家。以往他沒有在乎的人，如今才知道他最怕的是什麼，正因為如此，他如何還能放心讓王妃留在盧陵？

趙宸並沒有在書房待很久，很快就過去墨安院裡，榮寶珠還在休息。

外面傳來幾個女子輕輕的聲音。「王妃如何了？我們很擔心王妃，聽說王妃已經醒來了？」

趙宸皺眉，大步走了出去，就瞧見幾個妾室都在。

幾個女人瞧見蜀王，急忙跪下行禮。

趙宸道：「王妃已經休息了，妳們都回去吧。」

幾個女人點頭，董側妃微微有些不甘心，抬頭道：「妾們也是關心王妃……」

「滾！」趙宸低喝。

幾人心驚，這才慌忙離開。

出了正院，董側妃不由抱怨道：「殿下也真是可怕，我們也是關心王妃，就這麼吼了我們。」

陳湘瑩、花春天、袁側妃跟虞貴妾都沒接話，只有穆冉冉忍不住點了點頭。「可不是，殿下以前可不是這樣的。」

袁側妃抬頭看了眼晴朗的天空，心中忍不住嘆了口氣。

榮寶珠的傷口一直都是由趙宸在清理，她沒用瓊漿，只用了平日做的藥膏，饒是如此，傷口恢復得也比以往快上許多，不過幾日，傷口已經結痂，也不是很痛。

這幾日都是趙宸寬衣解帶地伺候她，那日初醒榮寶珠似乎瞧見蜀王挺邋遢的模樣，也不知是不是錯覺，反正一覺醒來後，他又是那個高貴清雅、風度翩翩的蜀王了。

這兩天她的傷口才好一點，之前晚上休息時，趙宸根本不敢碰她，這兩天才又敢摟著她睡。

這日榮寶珠睡得迷迷糊糊的，似乎聽見有人在她耳畔說了句。「幸好妳沒事。」

榮寶珠咕噥了句，又睡了過去。

又過去了半個月，她的傷口恢復得差不多了，趙宸原本打算找個藉口讓榮寶珠去別的地方待上一段日子，不想翌日一早，子騫突然來報，說是島上出了些事情，風華大人要他立刻過去。

趙宸這時也只能先把寶珠的事情放了放，走的時候叮囑她，這些日子少出府，他到底是有些怕了。

榮寶珠點頭，出了這種事情，她也曉得那日的刺客是針對蜀王的，她以後自當會注意。

趙宸瞧她似乎有些悶悶不樂的樣子，心中不忍，把人摟在懷中，溫聲道：「要是嫌悶的話，我讓人多給妳找些書回來看，這段日子先忍著，等我回來，回來後妳想去哪裡，我陪著妳去可好？」

榮寶珠嗯了一聲。

軟玉在懷，趙宸心中不捨，低頭去親她的嘴角。榮寶珠沒有回應，只用手圈住他的肩膀，有些心不在焉的。

趙宸含住她的嘴角，靈活的舌也鑽進了她的口中，對於她的無動於衷漸漸有些不滿，含糊不清地道：「親我。」

榮寶珠伸出小舌，立刻被他含住。

趙宸漸漸不滿這種親吻，喘著粗氣想脫了榮寶珠的衣裳，這大半個多月，因為她的傷口，他一直捨不得碰她，這次一走只怕最少也要一、兩個月，他有些忍不住了。

還想再繼續時，外面已經傳來子騫的聲音。「殿下，該啟程了。」

趙宸低咒了一聲，強忍著才推開了榮寶珠，就瞧見她臉上促狹的笑意，他不以為然，又低頭親了親她。「好了，我走了，妳在府中好好養傷，我會很快回來的。」

榮寶珠點頭。「殿下，我都知曉，您只管放心去就是了。」

趙宸這次似乎特別囉嗦，又叮囑了好幾句才終於推開房門走了。

走了便是走了，他沒回頭看一眼，榮寶珠站在房間裡怔怔地看著他高大的背影。

趙宸直到跟子騫出了府這才回頭，這一路他都不敢回首，就怕自己捨不得寶珠，從那日她受傷，他才知道自己有多捨不得她。

看了一眼刺史府，趙宸踏上駿馬將軍，頭也不回地離開了。

此時榮寶珠還怔怔地坐在房間裡，好半晌才忍不住嘆了口氣。那日受傷後，她雖昏迷過去，可殿下在她耳邊說的話，她卻聽見了，頭幾天還有些不敢確定，這些日子隨著傷口長好，那日的話也越來越清楚地印在腦中，讓她知道自己並不是作夢，那話也真是殿下說的。

他說，那一刻他竟然想拿自己去擋劍？榮寶珠覺得心裡有口氣提不上來。那種突發情況，她的第一想法竟是不能讓他受傷，可他呢？

說到底，榮寶珠心有點涼，也堅持自己以前的想法，瓊漿的事情是萬萬不可讓蜀王知曉。

她並沒有糾結此事太久，因為這些日子她看得出來趙宸那次嚇得不輕，不管如何，他最後還是推開她，寧願自己受傷。

趙宸走沒幾天，榮寶珠去後院看了看那十幾株藥草，她之前去京城的時候把瓊漿滴在好幾缸水中，告訴碧玉每天澆一些。

這些藥草活得挺好，有時候榮寶珠幾天沒澆灌瓊漿水，它們也活得好好的，她想著是不是瓊漿已經滲透它們，讓它們習慣如今生長的環境，所以就算好幾天不用瓊漿，它們也能活下來？

榮寶珠還特意試了下，接連好幾天不用瓊漿澆灌，它們也都綠意盎然。

在府中空閒時，她會騎著小九在府內蹓躂一圈，刺史府的西園是座荒廢的院子，裡面雜草叢生，榮寶珠讓人整理了下，每天都會帶著小八和小九去遛一圈。

過沒兩天，榮寶珠剛從佛堂出來，妙玉就歡喜地道：「王妃，五少爺來了。」

榮寶珠還呆了下，這才反應過來妙玉口中的五少爺是她的五哥，歡喜地道：「人呢？我五哥怎麼來了？」

妙玉笑道：「已經把人請去偏廳，五少爺跟五少奶奶都來了。」

榮寶珠過去偏廳，果然瞧見高大魁梧的五哥跟嬌小的五嫂——她來自京城的世家大族，是尤家二姑娘尤曦悅，性子端莊賢慧，長得嬌媚可人。

榮寶珠進去的時候，瞧見五哥正跟五嫂說著什麼，惹得五嫂面色發紅，輕呸了他一口。她忍不住笑了起來，看樣子五哥跟五嫂的感情是很好了。

聽見聲音，榮琤抬頭看過去，瞧見榮寶珠，立刻起身迎了過去。

榮寶珠歡喜地道：「五哥，五嫂，你們怎麼來了？」

榮琤大步走了過來，伸手捏了捏妹子的臉頰。「我正要去邊關軍營，打算先來看看妳，過兩日再去邊關，便帶著妳嫂子一塊來了。」

榮寶珠歡喜得很，拍掉榮琤的手，拉著尤曦悅坐下。「殿下不在府中，你們多待些日子也是沒關係的。」

榮琤笑道：「既然七妹這麼說，我們就多叨擾幾天好了。」

正說著，旁邊的尤曦悅忽然乾嘔了下，榮寶珠看著她。「五嫂這是怎麼了？」心裡有一絲明瞭。「五嫂這是懷了身子吧？」

尤曦悅紅著臉頰點了點頭。

榮寶珠瞪著榮琤。「五哥你也真是的，五嫂的肚子還是平的，還不滿三個月，你怎麼能讓五嫂舟車勞頓地奔波！」

榮琤第一次當爹，臉色有些脹紅。「這可怪不得我，還是我們路上才發現的。」

榮寶珠伸手替尤曦悅把了脈，脈象果然不是很明顯，也就一個多月左右，難怪出發前沒發現呢。

尤曦悅實在有些受不住了，捂著嘴巴跑出去。

「她的反應有些嚴重。」榮琤心疼極了，跟妹妹解釋了下就慌忙跟著出去。

榮寶珠讓丫鬟把她醃漬的酸果子拿來一些，裡面還添加了幾滴瓊漿，味道酸酸甜甜的，平日裡她也喜歡吃一、兩顆。

芙蓉很快就端了熱水過來服侍尤曦悅，迎春也端來一小碟的酸果子。

尤曦悅進來後，嚐了一口，竟全部吃下去了，微微有些不好意思。「平日裡什麼都吃不下，妹妹這裡的酸果子竟很對胃口。」
榮寶珠道：「老吃酸的可不行，妳晚上想吃什麼，我讓小廚房去準備。」
尤曦悅搖頭，榮琤道：「沒用的，這路上吃什麼吐什麼。」
榮寶珠也不多言，先讓兩人下去休息了，晚上特意用加了瓊漿的水做了晚膳，尤曦悅竟吃了不少，連榮琤都瞪大了眼睛。
榮琤見自家媳婦在刺史府吃好睡好，也不急著去邊關，打算先將媳婦的身子養好了再說。

刺史府一派祥和，邊關的榮家二房卻差點出事了。
自榮老爺子下葬後，榮二老爺就跟高氏先回了邊關，榮二老爺因有孝在身，一下空閒了下來，整日就往常嫣那跑，高氏氣得牙癢，被榮二老爺打了好幾次，她也不敢再做出什麼過分的事。
只偷偷地在常嫣身邊安插了一個老婆子，平日裡榮二老爺跟常嫣的動靜都會報給高氏，高氏得知他把她偷偷存下的銀子全部拿走，在常嫣那花得大手大腳，心裡氣惱不已。
她跟榮二老爺鬧了好幾次，也被打了好幾回，頂多拿回一半的銀子，之後也就睜一隻眼閉一隻眼了。
到了十月的時候，那安插在常嫣身邊的婆子突然找上門來說，懷疑常嫣有了身子，驚得高氏整個人都跳了起來。

高氏面容扭曲，站在原地想了許久，終於下定決心。

翌日一早，趁著榮二老爺出去喝酒的時候，高氏帶了幾個力氣頗大的粗使婆子去了常嫣的住處。

高氏從其中一個婆子手中接過食盒，端出裡面一碗黑乎乎的藥汁，讓婆子壓制住常嫣，把碗中的藥汁朝常嫣口中灌了下去。

榮二老爺恰好來看常嫣，聽聞高氏來了，面色一變，急匆匆朝著屋子走去，一進去就聞見滿室的藥味和濃重的血腥味，瞧見常嫣捂著肚子倒在地上呻吟，身下一灘的血跡。

榮二老爺覺得腦子充血，想也不想就衝上去一腳踹翻了高氏，赤紅著眼道：「妳這賤人，妳敢謀害我的孩子！」

高氏被踹得吐出一口鮮血，卻也不懼榮二老爺，癱在地上冷笑道：「你來了？不過也來不及了，她肚子裡的孩子已經沒了，湯藥裡加了大量的紅花，只怕她以後都懷不上了。」

榮二老爺喘著粗氣，上前就對高氏拳打腳踢了起來。

高氏原本還捂著頭承受著，不一會兒突然發瘋大叫了起來，猛地推開榮二老爺衝了出去，沒多久拿了把菜刀進來，沒頭沒腦地朝榮二老爺砍去。

榮二老爺第一次瞧見高氏這般瘋狂的模樣，急忙伸出手臂擋了一下，一個不慎就被她砍傷，手臂上一疼，鮮血直流。

旁邊的婆子們都嚇傻了，這時才反應過來，急忙衝上去拉住高氏。

高氏卻像是瘋了一般，嗷嗷地要去砍死榮二老爺。

榮二老爺到底有些怕了，罵了句瘋婆子就匆匆跑出去，竟連地上的常嫣也不管了。

高氏氣喘吁吁，扔了手中的菜刀，看了眼地上的常嫣，也帶著婆子們離開了。還是那小丫鬟進來瞧見一地的血跡跟半死不活的常嫣，連滾帶爬地出去喊人。

大夫很快來了，替常嫣把脈診治，之後搖了搖頭。「孩子已經沒了，傷了身子，之後也不能懷上了。」說完，開了藥方讓小丫鬟去熬藥。

常嫣呆呆地坐在床頭，過會兒才慢慢朝著窗外看去，眼中是一片恨意。

榮二老爺回府，讓大夫幫他包紮了手臂，這會兒看見高氏還有些後怕，卻還是硬撐著喝斥高氏。「瞧妳那潑婦的樣子！竟敢謀害我的孩子，大不了孩子生下來妳養著就是了。」

「說得倒好聽，誰知那賤人生下孩子後，你是不是會休了我？榮元壽，我跟你說清楚了，以後你若是再敢動手打我，老娘就跟你同歸於盡，反正灩珠跟珂兒都沒了，我活著也沒什麼意思。」高氏冷笑，又不是她生的，自然沒感情。況且常嫣那人心計也深，生下的孩子又如何會讓她養。

榮二老爺一時被震住了，板著臉不說話。

高氏坐下。「老爺，您這又是何苦，我們又不是沒有孫子，子沐那孩子多好看、多乖巧啊，還是珂兒唯一的孩子，子沐如今也五、六歲了，再養個幾年就大了，能盡孝了，如何不好？」

榮二老爺還是板著臉，過會兒才道：「榮家人不會同意的，妳又不是不知。」

高氏笑咪咪地在他耳邊低語了幾句，榮二老爺有些遲疑。「這要是……」

「老爺莫怕，這事讓我來辦就是了。」

榮二老爺也就不再說話了。

尤曦悅在刺史府待了約莫半個月，之前掉的肉又被養了起來，面色也紅潤不少，每天雖還會乾嘔，但能吃下不少東西。

榮琤這才打算離開，榮寶珠雖有些捨不得，卻也沒攔著。

「後日再離開吧，讓我明天再跟五嫂多說說話。」

榮琤也就應了。

眼下都十一月中旬，天氣轉冷，榮寶珠都穿上薄襖、披上披風了。

翌日一早，榮寶珠正跟五哥五嫂用著早膳，門房的小廝過來通報。「王妃，有京城的加急信。」

京城的？榮寶珠忙接過信，上面是爹爹的筆跡，她一時不清楚是怎麼回事，不過心裡隱隱有些不安，忙拆開書信，看完臉色都白了。

榮琤瞧她不對勁，忙扯過榮寶珠手中的信看了一眼，看完臉都黑了，要不是看在自己媳婦懷著身孕不能受驚嚇，他早就發飆了。

尤曦悅擔心地道：「夫君，妹妹，出了什麼事？」

榮寶珠看了榮琤一眼，榮琤直接道：「子沐不見了。」

尤曦悅臉也白了。「這……怎麼好好的子沐會不見了？什麼時候的事？」

榮琤道：「約莫有十來日了，這是榮家人快馬加鞭送來的信，說是榮家女眷帶著子沐去上香時，人被迷昏了，醒來後子沐就不見了。」

「這……」尤曦悅遲疑了下。「京城可還有其他的孩子不見？是不是被拐子拐了？還是……」後面的話她作為榮家孫媳到底有些不好意思說出口，她是想問是不是二房做的，畢竟當初二房回京城的時候可是想把子沐帶走的。

榮琤道：「還不清楚，爹的意思是很有可能是二房做的，寫信來就是讓我們去查查二房。」

榮寶珠恨聲道：「這事肯定是二房做的！」當初為了子沐，高氏可都想把常嫣送到殿下床上去。說罷，她讓妙玉把王朝叫進來。

王朝一來，榮寶珠就道：「你帶王虎、馬奎、馬龍去邊關查查榮家二房最近可有什麼異常。」

榮寶珠沒瞞著，把子沐失蹤的事對王朝說了一遍。「你再查查榮二老爺跟常嫣的事。」

當初榮二老爺走得那麼急，顯然是沒打算帶子沐走，這會兒子沐又突然失蹤，事情肯定是跟他們有關係。

榮琤也站起來。「我也立刻動身去邊關看看。」說著看了尤曦悅一眼。「要不妳在七妹這待著，等查清楚子沐的事情後我再過來接妳？」

尤曦悅點點頭。「你趕緊去吧，我待在寶珠這就成了。」

榮琤跟著王朝他們一塊過去邊關。

邊關和盧陵都是西北之地，快馬加鞭只要一天的時間能到。

榮寶珠跟尤曦悅在刺史府焦急地等待消息，兩天後王朝先回來一趟，跟榮寶珠說了二房現今的情況，常嫣的事情自然瞞不過這些侍衛，也被調查得一清二楚。

如今子沐失蹤也有十來天，榮寶珠根本不敢想這麼小的孩子會受到多少苦。

榮寶珠吩咐王朝。「你繼續盯著二房的人，要是人手不夠，府中還有其他的侍衛，你調遣一些過去。」

王朝搖頭。「這就不必了，榮五爺在邊關的路子比我們還廣一些，有榮五爺的人足夠了。」

王朝又啟程回了邊關，榮寶珠跟尤曦悅繼續待在府中等消息。

榮寶珠怕五嫂焦慮過甚，對肚子裡的胎兒不好，每日都會幫她把脈，所幸五嫂身子不錯，孩子也很健康。

如此又等了幾日，還是沒有任何消息，榮寶珠心中越發急躁了，整日在府中擔憂得睡不著覺。

幾日後，王朝又回來一次，跟榮寶珠報了這幾日的情況，說榮家二房還是老樣子，並沒有其他異狀。

榮寶珠知曉高氏不笨，孩子若真是他們找人弄去的，這一時半會兒他們肯定不會跟孩子接觸。如今她怕的就是孩子在外地，也不曉得跟誰在一起，孩子還這麼小，肯定受了很大的驚嚇。

榮子沐的事情的確是高氏所為，高氏這次是打定主意要把孩子弄到他們身邊來，找人將孩子擄走。這半年內，高氏都沒打算見孩子，很早就做好安排，將孩子帶到西北，不過西北很大，城池又多，榮家人想找也根本找不著，她派人將孩子看著，打算等過個一年半載再去見孩子。

這事也就她和榮二老爺知道，高氏知道自己斷了榮二老爺的後路，他的指望只剩子沐了。

榮二老爺丁憂後，心裡很是煩悶，自從常嫣小產後，已經半個月都沒去找她，一時有些念著了，便找了些銀子去常嫣那。

常嫣自小產後一直養著身子，之前榮二老爺給她的銀子還有些，因此小產後這一個多月她並不見憔悴，反而更加嫵媚了。

榮二老爺看得眼都直了，上前就想把人摟住，常嫣笑咪咪地躲開，讓小丫鬟出去打了些酒才嬌嗔道：「老爺許久未來，妾還以為老爺不喜妾了。」

榮二老爺道：「妳就是老爺的心肝，老爺如何會不喜妳？」說著就把人摟進懷中好一頓親。

他只顧著親熱，並沒有看見常嫣眼中的恨意，兩人一番雲雨後，小丫鬟也把酒水買了回來。

常嫣讓小丫鬟炒了幾道菜，又給榮二老爺溫了酒，一杯杯將人給灌醉了。

她跟小丫鬟一起把人抬上床榻，常嫣就讓小丫鬟退下去，她從箱底摸出一把剪子，死死地看著床榻上的人。

榮二老爺迷迷糊糊地喊道：「子沐……」

常嫣經常從榮二老爺口中聽到這個名字，知道這是他的孫子，下意識就問道：「你喊子沐做甚？」

榮二老爺道：「子沐是我的孫子，再過不久就能跟我團聚了。」

以前榮二老爺經常跟她提起榮家的事情，她曉得榮家人並不允許榮二老爺帶子沐來邊關，為何他現在會說這種話？

常嫣心中一動，默默收起了剪子，低聲問道：「老爺，您不是常說榮家人不許子沐那孩子來邊關的嗎？」

榮二老爺醉得一塌糊塗，就把高氏做的事全部說了出來。

常嫣又道：「老爺可知太太把子沐藏在何處？」

榮二老爺說了個位置出來。

魯城？常嫣知道那是廬陵附近的城池。

常嫣坐在床頭默默盯著榮二老爺看了許久，最後心中終於做下決定。

京城距離邊關太遠，她唯一認識的榮家人就是王妃了，她打算把這事告訴王妃，這樣能要一筆銀子遠走高飛。且榮二老爺跟高氏做出這樣的事情來，想必榮家人不會容下他們，自有榮家人幫她報仇了。

等榮二老爺醒來，常嫣溫言溫語地把他勸走後，就立刻動身去了廬陵。

第三十五章

榮寶珠聽見門房通報說常嫣來的時候還有些愣住，想了想就讓人進來了。

妙玉領著常嫣進來，常嫣跪在地上給榮寶珠行了禮。

榮寶珠道：「妳過來王府是為何事？」

常嫣跪在地上不起。「民女知道子沐少爺的下落。」

榮寶珠霍然起身，焦急道：「妳知道子沐在何處？」

常嫣遲疑了下，還是點了點頭，就把那日榮二老爺說的事情重述一遍，不過卻沒說出榮子沐的具體位置。

榮寶珠心裡恨得不行，攥著拳坐回太師椅上。「妳想要什麼？」

她既然知道子沐在何處，卻沒把地點說起來，顯然是有求於自己。

常嫣說：「民女所求不過是銀子，還有一個新的身分。」她想求一些銀子傍身到其他的地方生活，可要想在別的地方生活下去，她需要一個新的身分證明，要不只能算是黑戶，到哪裡都不方便。

榮寶珠鬆了口氣，既然要銀子就好辦多了，身分證明也容易得很。「妳要多少？」

常嫣道：「民女要二千兩銀子。」

她算了算，二千兩銀子就算她一輩子找不到生計，節省些也夠用了。況且她打算找個清閒的地方，買上百畝的地，這樣至少能一輩子衣食無憂。

二千兩？榮寶珠還以為她會獅子大開口，沒想到只要了二千兩，看來的確是為以後做打算。

「那好，我給妳二千兩銀子跟一個新的身分。」榮寶珠立刻讓妙玉去庫房取了二千兩的銀票過來給了常嫣。「身分可能需要一、兩日的時間，我這就讓人去官府幫妳辦理。」

常嫣歡喜地道：「多謝王妃，民女想要一個守寡新婦的身分。」

榮寶珠點頭。「如今可願意說子沐在何處了？」

常嫣道：「榮二老爺說二太太把子沐少爺放在魯城。」說罷給了一個具體的位置來，那裡是一處貧民區，人口流動挺大，要不是有確切消息，的確很難找到人。

榮寶珠心裡越發焦急，擔心榮子沐吃了苦頭，立刻喊了妙玉進來，讓她派一名侍衛去邊關把王朝跟五哥他們叫回來，這才跟常嫣道：「如今妳的身分證明還需要幾日，妳是想待在府中還是哪裡？」

常嫣已經拿到銀子，自然不願意住在府中。「我去外面的客棧就好，三日後再來取身分證明，王妃瞧著可好？」

榮寶珠點頭，常嫣這才離開。

侍衛快馬加鞭趕去邊關，把四個侍衛跟榮琤叫回盧陵，榮琤帶了不少人手來。

榮寶珠立刻將子沐的下落告訴他，然後讓王虎去官府辦常嫣的身分證明，其餘三人則跟著榮琤一塊兒去了魯城。

要不是五嫂需要人陪著，榮寶珠都想親自去魯城了。

到魯城快馬加鞭也是一日的時間，榮寶珠她們卻足足等了好幾日。

第三天時，常嫣上府拿了身分證明，榮寶珠自然不可能讓她立刻離開，只說等榮子沐回來就放人。常嫣點頭，她還是相信榮二老爺沒有騙人，醉成那個樣子，他連自己做的不少壞事都說了出來。

常嫣回了客棧，榮寶珠讓王虎守著，說是子沐回來就可以讓她離開了。

又過了兩、三日，榮琤他們終於回來了，這次是坐著馬車回來的。

榮寶珠聽了門房的通報後，立刻迎出去，就瞧見榮琤抱著榮子沐朝著這邊走來，榮子沐在他懷中睡著了。

榮寶珠輕聲細語地讓五哥把姪兒抱進她的房間裡，放在床榻上蓋好衾被，她才輕手輕腳去隔壁的偏廳，讓妙玉在門外守著，一有什麼動靜就立刻告訴她。

過去偏廳時，尤曦悅已經在那，榮寶珠忙問了榮子沐的事，榮琤就把事情說一遍。

他們趕去魯城後直接去那個地方，果然是貧民區，都是些破破爛爛的民宅，踹門進去時一個只有兩個老婆子正在院子裡嘮嗑，瞧見有人闖進來，還大聲喝斥了起來。

榮琤二話不說，直接讓人把兩個婆子看押住，自己推開房門就進去找人，很快在裡面的床上找到了榮子沐，這孩子瘦了不少，睡得正香。

哪曉得叫了好幾聲都沒把人叫起來，榮琤嚇壞了，出去就把兩個老婆子好一頓踹，問是怎麼回事。

兩個老婆子嚇得不輕，趕緊把事情都招了，說是榮二太太讓她們在這裡看管孩子，要她們好好伺候著，誰知這孩子鬧騰得很，只要醒著就大吵大鬧，兩個婆子也知這孩子來路不正，不能讓他吵鬧，所以每次瞧見他吵鬧都給直接灌了藥，能夠昏睡一整天。

是藥三分毒，更何況整天給榮子沐灌這種能夠昏睡一整天的藥，肯定有什麼不妥。榮琤氣急，當場就把兩個婆子給打死了。

高氏弄走榮子沐的事情，榮琤沒打算鬧到官府去，若鬧進官府，這事就是二嫂不在理了，畢竟她身為二房的兒媳，卻不讓子孫在二房身邊盡孝道，說出去對二嫂的名聲不好，所以榮琤直接把兩個婆子給弄死了。

至於二房的人，有的是辦法治。

榮寶珠心裡恨得不行，那婆子口中的藥對身體有很大的影響，幸好榮子沐服食的時間還不長，不然會影響孩子生長的。

榮寶珠想著京官不能離京，便讓榮琤派人通知葉姚，讓葉姚把孩子接回去。榮琤立刻寫了封信，讓人送去京城。

榮寶珠正想去看榮子沐，卻不想妙玉恰好來通知說子沐醒了正在哭鬧，榮寶珠趕緊過去哄他。

看見親人，榮子沐的哭聲終於小了些，躲在榮寶珠懷中抽抽噎噎的，小手緊緊抓住她的衣袖。「小姑姑，我好怕，那些人好可怕，我嚇壞了，我還想娘、想老祖宗他們了。」

榮寶珠柔聲道：「子沐不怕，子沐跟小姑姑在這裡多住些日子，你娘很快就會過來的。」

榮子沐抬頭，淚眼汪汪的。「真的嗎？我特別特別想娘，我以為以後都見不著娘了。」

看著孩子稚嫩的面孔，榮寶珠心都快化了，心疼得很。「小姑姑不騙你，娘親很快就會來接子沐了，不過這段日子子沐要乖乖聽話，等著娘來接你好不好？」

榮寶珠柔聲哄著，終於又把孩子給哄睡了，她才替榮子沐把了脈，他的身子有些虛，有點中毒的跡象，看來那給孩子的藥的確有問題，不過並無大礙，調養幾日就沒事了。

榮寶珠也沒用藥物調養，都是在吃食中摻了瓊漿，沒幾天榮子沐就活蹦亂跳了。

孩子雖容易受到驚嚇，不過這驚嚇來得快去得也快，這會兒有家人陪著，府中還有小八跟小九陪他玩，他這幾天都興奮得不得了。

榮琤見榮子沐恢復得差不多，能調皮搗蛋了，心裡也放寬了，打算先帶妻子回邊關，等榮家人來後再過來，反正邊關距離盧陵也就一日的路程。

榮子沐雖然好多了，不過晚上還是會怕，非要跟著榮寶珠睡才行。

說起來這還算是榮寶珠第一次帶孩子，兩世為人，第一次跟孩子這般親近的相處，她有點茫然，也有點手忙腳亂。

晚上孩子是跟她一塊兒睡，兩人梳洗後，榮子沐精神還旺盛得很，不肯睡覺，滿屋子亂轉，一會兒回頭叫聲姑姑，喊著。「姑姑妳快來看，這兒有個小蟲子。」一會兒又道：「姑姑，我想噓噓了。」

等把孩子哄睡，榮寶珠也倒頭睡下了。

饒是每天的時間只能陪著榮子沐，榮寶珠卻覺得開心得很，忍不住想著什麼時候自己也能有個孩子就好了。

西北下雪的早，這才十二月初已經開始飄雪，第一天還是小雪，翌日起來就成了鵝毛大雪，外頭早就鋪了厚厚一層的雪花，到處都是白雪皚皚。榮子沐興奮極了，一起來就要出去玩雪。

榮寶珠急忙把人給拉住。「先吃了早膳，待會兒姑姑陪你一塊兒玩。」

兩人用了早膳，榮寶珠陪著榮子沐玩了小半個時辰的雪。

日子過得很快，轉眼就是半個月後，這日一大早，榮寶珠剛跟榮子沐起床，門房就通報，說是京城榮家來人了。

榮子沐歡喜地道：「小姑姑，是娘來了嗎？」

榮寶珠笑道：「肯定是你娘來了，快些把衣裳穿好，咱們去接你娘好不好？」

自送信回去京城也約莫有二十天的時間，想來二嫂是騎馬過來的，坐馬車的話至少也要一個半月才能到盧陵。

兩人剛出去，妙玉已經把人都請進來。除了二嫂葉姚，榮四老爺跟四哥榮琅也來了。

榮寶珠才得知爹和四哥跟皇上說明了情況，才能出京。

葉姚瘦了不少，憔悴得厲害，風塵僕僕的，一看見榮子沐眼睛就紅了，嘴巴哆嗦著不知該說些什麼。

還是榮子沐哭著撲了過去。「娘，娘，子沐好想妳。」

葉姚把孩子抱得緊緊的，眼淚默默流了下來。「娘也想你了。」

榮寶珠把人請了進來，然後將情況簡述了一遍。

榮四老爺罵道：「這不要臉的二房，膽子可是越發大了。」

榮琅道：「既二房如此，咱們也不會心慈手軟。」

榮寶珠曉得這是要對付二房了，只怕這次二房再也沒有翻身之地。這事榮寶珠沒過問，想來爹跟四哥應該是有法子了。

榮家人一來，榮寶珠就讓人去邊關通知了榮琤。

兩天後榮琤也過來了，一家人擺了宴，之後幾個爺兒們過去墨安院的廂房商量二房的事情，榮寶珠、葉姚還有榮子沐則先回房。

榮寶珠道：「二嫂，這會兒正冷著，妳跟子沐先在王府住下，等開春再回去也不遲。」

下雪的路最是難走，葉姚也心疼孩子，自然是應下了，打算先在刺史府住到三月開春再啟程回京城。

還有半個月就到年關了，榮四老爺、榮琅、榮琤去邊關查了榮二老爺的事，很快就查出了他貪污受賄和販賣私鹽。

高氏根本還沒得知榮子沐已經被榮家人找到了，她怕人跟蹤，從不去看子沐。這日見榮二老爺臉色發白地回來，一問才知道是常嫣不見了，而且榮二老爺也不知道自己究竟有沒有在酒醉後說了些什麼。

高氏擔心常嫣借榮子沐的事情跟榮家人邀功，所以扮作倒夜香的老太婆，去了看守榮子沐的地方，不料早已人去樓空。

高氏心裡恨得不行，回去邊關就把榮二老爺好一頓罵，弄得榮二老爺灰頭土臉的。

接近年關時，忽然有官差上門抓了榮二老爺。

榮二老爺一被抓去才知曉是怎麼回事，這些年他在邊關貪污了不少，之前花天酒地，銀子用得也快，都沒剩下的了。加上為了綁架榮子沐，高氏找的人要價太高，他這才又販賣私鹽，哪曉得就被人抓住了把柄。

顯然有人特意針對他，連證據都找齊了，根本不容他反駁，直接被關押進大牢裡。

高氏得知事情始末，整個人都懵了，一時沒了主意。販賣私鹽是大事，輕則打個上百板子，重則直接砍頭抄家。

榮二老爺被關進大牢後人就有些垮了，出了這事他以後的官位肯定是不用想了，孫子也沒了，日子還有什麼盼頭？跟他關在一間大牢裡的是個重犯，整日對他拳打腳踢，時不時羞辱他。

這種日子他何時嘗過，等高氏打點大牢裡的獄卒們，進了大牢看望榮二老爺，進來瞧見人的時候都不敢相信自己的眼睛。

瞧著榮二老爺心如死灰的樣子，高氏終於忍不住嚎啕大哭了起來。

很快就有獄卒過來把大哭的高氏趕出去，高氏原本想翌日一早去廬陵跟榮寶珠求情，讓她幫幫老爺的，哪曉得一早官府就送消息來，說榮二老爺已經在大牢中畏罪自殺了。

高氏眼前一黑，徹底昏死過去。

官差卻不管這個，他們得到大人的命令，是來抄家的。榮二老爺貪污受賄，販賣私鹽的那些銀子可是要全部上繳的，繳不出來就只能抄家了。

高氏醒來時就看見宅子裡一片混亂，東西都被搬得差不多了，她跳起來跟官差廝打著。「你們這是幹什麼，剛剛逼死了我家老爺，還要來抄家，這是想活活逼死我啊。」

兩名官差上前制住高氏，把蓋有官印的抄家條子給高氏看了一眼。「我們是奉命行事，妳若是再搗亂就直接關進大牢裡去！」

高氏氣得抖如篩糠，眼睜睜看著整個宅子被官府的人搬空，最後把所有的奴才和賣身契都收走，再將整座宅子都貼上封條。

高氏看著被封了封條的宅子，終於知道這一切都是真實的，從此之後，她一無所有了。

榮寶珠並不知道榮二老爺的事，榮四老爺他們卻是清楚得很，這事畢竟是他們做的。不過他們都沒告訴榮寶珠，年關到了，總要安心過個年。

榮四老爺跟榮琅打算年關過後就回京，兩人都是京官，給的休沐時間也是有限，容不得他們在廬陵多停留。

年關前幾天雪就停了，這幾天雪融化得差不多，榮子沐每天也不怕冷，非要跟小八和小九玩。

刺史府開始佈置起來，一派的張燈結綵。

趙宸已經離開了兩個多月，這期間榮寶珠一直在忙榮子沐的事，等現在到年關心裡才覺得空蕩蕩的，這幾天都心不在焉。趙宸一點消息也沒有，榮寶珠也不知他何時回來。

就這麼期盼著，到了大年三十那日，他還是沒有回來，榮寶珠有些悶悶不樂，不過有榮家人在，她還是過了個歡快的年節。

到了大年初一，榮四老爺跟榮琅啟程回京，葉姚跟榮子沐則打算等天氣暖和起來再啟程。

兩人走的時候把二房的事跟榮寶珠說了，她這才得知二伯父已經過世，心底卻沒半分的同情，二房成了如今這樣，都是他們自作自受。

大年初二，榮琤跟尤曦悅返回邊關。

好在還有葉姚在，榮寶珠每天也有個說話的人，再加上調皮的子沐，榮寶珠整日是樂得開懷。

轉眼一個月過去，天氣漸漸轉暖，葉姚也要帶著子沐啟程回京，榮寶珠把府中的侍衛撥了一半過去護送二嫂和小姪兒。

等人走後，整個刺史府就顯得空蕩蕩的，趙宸竟四個月未曾回來，榮寶珠心裡有點擔憂。不過也知道他定無大礙，畢竟上輩子他可是當皇帝的。

又過了幾天，榮寶珠終於等回了蜀王。

趙宸回來時，榮寶珠正陪著小八跟小九在西園，一聽丫鬟說蜀王回來了，就丟下小八和小九回了房。

推門而入，並未見到人影，不過榮寶珠聽見和房裡相通的淨房有水聲，顯然是殿下在裡面梳洗。

榮寶珠也沒啥不好意思的，兩人成親差不多三年了，該看的都看得差不多。她推開淨房門走了進去，裡面熱氣氤氳，只能隱約看見一個高大的人影背對著自己。

榮寶珠輕聲走過來，原本還想著嚇一嚇他，不想水池中忽然伸出一隻結實的手臂來，摟住她的腰身就把她扯下水了。

榮寶珠忍不住笑了起來，也沒半點不好意思，整個人全撲到趙宸身上，雙手摟住他的頸子，一雙腿也盤住他的腰身，濕漉漉的衣裳緊貼著他的胸膛。

熱氣氤氳，榮寶珠看不清趙宸的人，只蹭了蹭他的下巴，呢喃道：「殿下，您終於回來了。」

回應榮寶珠的是趙宸的親吻，他幾乎是喘著粗氣把人壓在有些冰涼的玉池上親吻起來，有些粗魯、有些迫不及待。

榮寶珠也很想念他，摟著他回應著，鼻翼間聞見的是他熟悉的氣味。

他的吻密密麻麻地落在榮寶珠的身上，榮寶珠身子有些發軟，整個人攀在他的身上，呢喃道：「殿下，我好想您，您呢？可有念著臣妾？」

「唔，專心些，別說話。」趙宸都快被她弄瘋了。

榮寶珠卻是不依，繼續問：「殿下，您可想念著臣妾？」

趙宸啞著聲音道：「自然是想念著，我很想妳，寶珠。」

這幾個月在外，他想最多的就是她，不知她在府中如何了，掛念著她的一切。

榮寶珠歡喜地笑了起來，仰起頭親住他的嘴角，主動攀住了他。

趙宸卻不滿意僅有如此，將她整個人放下，讓她背對著自己趴在白玉池上，冰涼的玉池讓榮寶珠打了個寒顫，等到身後傳來異常，這人已經從她身後闖進，許久未曾經歷，她忍不住悶哼了一聲，微微有些疼。

過一會兒漸漸適應了，榮寶珠身子有些發軟，酥酥麻麻。如今她終於曉得上輩子的觀念有多麼錯誤，她一直以為這事是對人的折磨，甚至不解為何幾個姊姊成親後反而更加嬌媚，如今才知男人溫柔的對待，這種事情根本不會疼，反而有股說不清的舒服。

她終於不再抗拒他碰自己了，甚至有時候還會主動一些。

趙宸把對榮寶珠的思念全部埋在她的身體裡，等池子裡的水漸漸變涼，他才把雙腿發軟、根本站不住的榮寶珠打橫抱起，又幫她擦拭了身子，穿上綢軟的裡衣，抱著人回到房間裡。

榮寶珠軟綿綿地躺在床上，身上一絲力氣都沒有。

趙宸又回去淨房梳洗一番，時間有些長，等榮寶珠快睡著的時候，他才穿了件黑色的綢衣出來，上床摟住她，親了親她的額頭。「榮家的事情我都聽說了，不過那常嫣妳不該留著，直接讓侍衛殺了她就是，何必還給她銀子放她離開？」

大多時候，他做事喜歡斬草除根，當初就因為一絲仁慈，饒過了前刺史，哪曉得他就敢派人來殺自己，還害寶珠受了傷。還有榮家人做事也是仁慈，既然出手對付二房了，偏偏弄死了榮二老爺，還留下個高氏，萬一這高氏以後狗急跳牆了，可該如何？

他回來聽說了這事就立刻派人去找高氏的下落，想把人解決了，不過這都過去兩個多月了，那高氏只怕早跑得不見蹤影。

榮寶珠這時連話都不想說了，過了好一會兒才軟弱無力地道：「是常嫣告訴了我子沐的下落，不然子沐還不知道要吃多少苦頭。殿下您不知道，那看守子沐的兩個婆子有多可惡，怕子沐吵鬧，每天都給他餵了藥，讓他能夠昏睡一整天。這藥對身體有很大的影響，要不是常嫣幫了我，子沐就沒那麼容易被找到，這藥若吃上一段日子，子沐的身子肯定會受不住的，所以我才放了她。」

況且她看得出來，那常嫣如今要的也不過是穩定的日子，沒其他想法，不然自己也不會放她離開。她知道自己心軟，大多時候，她不願意趕盡殺絕。

趙宸道：「放了就放了，不過是個女人，沒什麼要緊的。」

榮寶珠在趙宸懷裡蹭了蹭，摟著他的腰身有點想睡覺，一不小心手肘碰到了他的腰身，惹得他悶哼一聲。

榮寶珠抬頭。「殿下怎麼了？」

趙宸道：「無礙，妳先休息會兒吧。」

榮寶珠抽了下鼻子，聞見淡淡的血腥味，她從趙宸懷中掙脫開，一股腦兒地爬起來，跪坐在床上。

鼻間的血腥味越來越濃，榮寶珠摸了摸他的腰身，有些濕潤的黏稠感，一抬手，手上就全是血跡了。

榮寶珠瞪大了眼。「殿下，您受傷了？」

趙宸唔了聲沒說話，他在回來的路上遭到埋伏，受了點輕傷，簡易處理了一下就趕回來。一回來他的王妃就這麼熱情，自己也沒忍住，傷口就有些裂開了，他這才又去淨房清洗身子，處理過傷口，他知曉自家王妃嗅覺好，不願意讓她擔心。

榮寶珠說著已經跳下床，從旁邊的大箱子裡取出她的藥箱來到床邊。「殿下把衣裳脫了吧，臣妾替您看看傷口。」

趙宸乖乖地把衣裳脫了，精瘦的腰身裸露出來，榮寶珠就瞧見右腰側有一道巴掌長的傷口。

趙宸道：「不嚴重，就是刀身稍微碰了下。」

榮寶珠氣得臉都有點紅了。「殿下既然受傷了，方才就該……」後面的話她實在沒好意思說出口，畢竟還是她先主動招惹他的。

趙宸笑道：「我家王妃這般主動，我豈能辜負王妃的心意？」

榮寶珠哼了聲沒說話，輕手輕腳地替他處理傷口，傷口的確不深，之前應該也只是簡單地包紮了下，沒用她先前給他的傷藥膏。

榮寶珠納悶道：「之前給殿下的傷藥膏，殿下怎麼不用？」若是用了，也不會這般輕易裂開，這種傷口，用了藥膏只需兩天就能癒合。

趙宸道：「路上分給其他人用掉了。」

他這趟外出是因為島上出了事情，也不知是誰洩漏島上的秘密，令官府的人起疑，差點就要尋到島嶼的位置，幸虧那些官府的人不知道去島上的路線，況且他挑選的這座島嶼到處都是暗礁，沒有人引路，很容易就會出事。

不過在碼頭上碰到官府的人，兩方人打起來，他身邊不少人都受了傷，這才把身上的藥都分給大家。

之後處理島上的事，他又跟著風華出去一趟，再回來時已經是開春了，一回到家就聽王朝把府中的事情說了一遍。

榮寶珠不說話，低頭小心地替他處理傷口，她的力道很輕柔，趙宸幾乎感覺不到什麼痛感。

她的一頭黑髮此刻只用一條綢子束在腦後，柔順發亮，入手的感覺如同上好的絲綢。

趙宸忍不住伸手把玩了起來，等到榮寶珠吁出一口氣，顯然是處理好他的傷口了，趙宸直接把綢子摘掉，榮寶珠的一頭黑髮立刻披在肩上，長度已經到達臀部。

榮寶珠彎腰從趙宸手中取過綢子，笑道：「快別鬧了。」說著伸手到腦後把頭髮束好，這個動作襯得她的胸脯越發高聳，趙宸的神色又有些晦暗了起來。

翌日一早，兩人用過早膳，榮寶珠前去餵小八和小九。

趙宸慢悠悠地跟在她的身後，瞧見她歡快的模樣，心裡很是不捨。可是再不捨也沒法子，如今與他敵對的人太多，只有處理好這些事，他才能開始謀劃將來的路。這兩年只怕他都沒空閒的時間了，他並不想把寶珠留在府中，這地方大家都知曉是他蜀王的王府，就怕他不在的時候仇人會尋過來。

趙宸想了想，開口道：「寶珠，妳可願意去江南？」

江南？

榮寶珠呆住，江南是個好地方，魚米之鄉，風景秀麗，不過……

「殿下這話是何意？殿下想去江南？」

趙宸牽著她的手往前走。「不是，只妳一個人去，這兩年我會有些忙，不能常待在府中，我怕妳又遇上什麼危險，把妳放在府中我不放心，所以妳去江南待一段日子可好？」

榮寶珠是覺得沒什麼，她能理解，現在殿下都忙得不成樣了，接下來幾年肯定是越發沒時間，他怕自己被仇人尋上，所以希望她去江南吧。

聽聞江南是個好地方，一年四季如春，榮寶珠也挺想出去走走的。上輩子她除了待在榮家，隨後嫁到王府，再到廬陵封地，就很少出門走動，這輩子有機會多出去看看也是好的。

榮寶珠點了點頭。「一切都聽殿下的。」忽然想起什麼，又道：「能不能等五月再出發？我想在府中多待一個月。」主要是她想再多做一些傷藥膏、解毒丸之類的留給他。

趙宸自然是點頭同意。

這一個月他也沒出門，所有事情都交給了子騫跟風華他們，在府中足足陪了榮寶珠一個月。

榮寶珠這一個月沒得空閒，整日都在藥房裡製藥，吩咐了誰也不許進去，就連趙宸也被關在門外。

轉眼就是一個月後，榮寶珠之前製了一些傷藥膏、解毒丸和養生丸，這一個月更是白天黑夜地趕製，這傷藥膏可以止血去腫化瘀，解毒丸更是實用，因這兩種經常能夠用上，所以多做了一些。

所有藥丸，她只留下幾顆解毒丸跟幾瓶傷藥膏，其餘全部留給了趙宸，還囑咐他，讓他隔幾日吃一顆養生丸，這東西對身子有好處。

至於後院的十幾株藥草，榮寶珠在後院開闢了一潭小池塘，滴了不少瓊漿在裡面，讓碧玉隔幾天給藥草灑些池塘的水就成了。

去江南的那日，趙宸並沒有勞師動眾，只派兩輛馬車就把人送出府。

這次帶的人不多，因碧玉跟妙玉都是拖家帶口的人，所以榮寶珠這次只帶了木棉、春蘭、迎春跟芙蓉四個丫鬟，連王嬤嬤都沒帶。還有一人是榮寶珠萬萬沒想到的，趙宸竟讓她帶上花春天。

花春天是幾年前趙宸從江南帶回去的人，到這會兒，榮寶珠才知道這位木訥的花春天並不是趙宸的妾室，只能算是食客一類的。

花春天雖木訥，一身的武藝卻不錯，這也是趙宸讓榮寶珠帶上花春天的原因。而且花春天本就是江南土生土長的人，對那邊的情況更瞭解一些。

榮寶珠這次要長時間待在江南，趙宸只對府中宣稱王妃身子不適，被送去其他地方將養身子了。

榮寶珠也沒多帶什麼東西，就是兩身換洗的衣裳、一些吃食，還有錢莊的信物，再來就是小八跟小九。她身上的銀票雖多，不過都存在錢莊裡，這錢莊大江南北都開了分號，只要帶上信物隨時都能取出銀票。

趙宸並沒有親自送榮寶珠去江南，而是讓王朝、王虎、馬奎、馬龍四人護送。廬陵到江南坐馬車約莫就是一個半月的路程，等榮寶珠到江南時已經是六月中旬，她去江南的事情暫時還沒有告訴榮家人，因為怕榮家人會擔心。

出發前，尤曦悅生孩子這件事她也打理好了，她讓府中的人給榮琤送去不少養生丸，這養生丸吃了能夠強身健體，就是孕婦也能夠服用，況且這都是瓊漿跟養生食物和少量人蔘製成的，並沒有摻雜其他藥物，她相信五嫂生孩子的時候應該會很順利。

馬車緩緩駛進江南城中，王朝他們直接護送榮寶珠到城中的繁華街道上，馬車轉彎駛進一條巷子裡，在一座宅子前停下來。

這宅子不是很大，也就兩進而已，夠榮寶珠跟身邊的丫鬟們居住，王朝他們沒打算回廬陵，殿下要他們留在江南保護榮寶珠。

周圍都是民宅，經過的人頂多看榮寶珠他們一行人兩眼，都以為是普通人家遷居。

馬車駛進宅子裡，榮寶珠下馬車四下看了一眼，宅子雖不大，卻很精緻，裡面的花草、假山、池塘修建得很是別緻，顯然是用過心思的。宅子也很乾淨，應該是趙宸之前就找人打理過了，榮寶珠直接讓人都先下去休息，明日一早再做打算。

這奔波了一個半月，大家都累了，也知道王妃不是苛刻的人，王朝他們把小八跟小九安排妥當後，都回房休息去了。

第三十六章

好好睡了一整夜，翌日一早，榮寶珠醒來後精神抖擻。

這會兒府中還沒什麼下人，榮寶珠也沒打算請下人，她一個人不需要太多人伺候，況且她一個做婦人打扮的女子，買些奴僕也怕他們不忠心，到時在外亂嚼舌根，做什麼事都不方便。再說這宅子裡確實也沒多少事，有木棉、春蘭、迎春、芙蓉她們四個丫鬟伺候就夠了。

初來江南，榮寶珠要先把府中的事宜都安排一下，她貼身伺候的自然還是那四個丫鬟，至於府中廚房也只能煩勞她身邊的四個丫鬟了，況且他們總共也就十張嘴，她吃東西又不挑剔，有四個丫鬟就足夠了。

至於四個侍衛，這時也都是普通打扮，猶如一般人家的奴僕，則負責外頭的採辦跟府中的打掃，大家的活兒都不多。

府中雖打掃過，不過還是缺了許多東西，榮寶珠讓芙蓉拿了信物去錢莊取出一萬兩銀票先拿回來應急，把府中需要的東西都採辦了。

等眾人漸漸適應江南的日子，已經到了七月，天氣開始熱了起來，榮寶珠這半個月都沒出過府，只老實待在府內製藥，之前帶的一些藥，路上都用得差不多了，況且榮寶珠也習慣備上一些這類藥物。

這日，榮寶珠一大早起來想去挑選一本書看，廬陵那些書她都沒帶來，這半個月就忙著製藥，等空閒下來這才想了起來。

榮寶珠到底是個已婚婦人，不好直接出門讓人看見。她身邊沒夫君，怕會被周圍鄰人嚼舌根，所以她做了男裝打扮。

初來江南的時候她已經讓幾個丫鬟按照她的尺寸去外頭做了不少衣裳，男裝女裝都有，畢竟穿男裝出門更方便些。

榮寶珠用藥膏染了膚色，至於喉結就沒用藥物，那藥物雖能讓喉結突出，可隨後一整天喉嚨都會有些不舒服，她便穿了一身高領的衣裳，將一頭黑髮用玉冠束起來，榮寶珠本來打算只帶著木棉出門，還是王朝非要跟上。

王朝道：「殿下說過，若是王妃想出門，我們其中一個定要跟著才是。」

榮寶珠也不再抗拒，只道：「既然要跟我一塊兒出門，就別喊我王妃，叫我……林公子就是。林玉，我出門在外，這便是化名。」

木棉跟王朝點頭。

三人出了府，沒一會兒就走到繁華的街道上，人來人往，熱鬧非凡，榮寶珠隨意進了家書鋪，挑選了不少書，有遊記、雜記、詩集、戲本，還找了兩本醫書。

又在外面逛了一圈，江南的確是魚米之鄉，光是街道上擺的小吃都不下數百種，這兒的夏天沒那麼悶熱，有風吹來的時候還能感覺到一陣陣涼爽，榮寶珠忍不住吁了口氣，這兒的環境實在太好了。

到晌午的時候，榮寶珠沒回府，帶著兩人到酒樓吃了些東西。

出了酒樓後，幾人這才打算回轉，不想剛朝前走沒幾步，不遠處忽然就鬧騰起來。榮寶珠轉頭看去，只瞧見有不少人圍在那裡，她遲疑了下，還是讓王朝去打探了情況。

王朝很快就回來了。「林公子，那邊倒著一個大肚子的女人，正躺在地上呻吟，不過瞧著有些不對勁。」

孕婦？榮寶珠想也沒想就過去了，木棉和王朝跟了上去。

有王朝在，很快就在人群裡擠出一條路來，榮寶珠跟著進去就瞧見裡面的情況，的確是個孕婦倒在地上，臉色白得嚇人，嘴唇都有些發青了，呻吟聲也不大，似乎有些沒力氣了。旁邊跪著一個丫鬟，嚇得都快昏過去了，一個勁兒地在旁邊哭。

榮寶珠皺眉，立刻道：「都散開，別圍著孕婦了。」

旁邊的人也都知曉這孕婦怕是不對勁，立刻都散開了，榮寶珠四下看了一圈，開口道：「能不能來幾位婦人幫幫忙，幫著把孕婦抬放在板子上，抬去旁邊的醫館裡。」

立刻有幾個熱心腸的大嬸找了塊門板來，幫著將孕婦抬了上去。

榮寶珠指揮著她們將孕婦抬進附近的醫館裡，這醫館破破爛爛的，裡面沒幾個人，坐堂的大夫立刻走了出來。

榮寶珠道：「麻煩大夫能不能找個空置的房間來？」

大夫年紀約莫四十來歲的模樣，立刻點了點頭，帶著幾人來到醫館後的廂房。

榮寶珠吩咐人去幫忙找來接生婆，她醫術雖然不錯，卻不會接生，況且如今她還是個公子的身分，如何能替產婦接生，旁邊熱心腸的大嬸們立刻去幫著叫了接生婆。

榮寶珠替這孕婦把了脈，依脈象來看，顯然是動了胎氣，看肚子約莫七、八月的模樣，這怕是要早產了。

而且這孕婦應該受了挺大的氣，這才致使呼吸不順暢，現下都快有些沒意識了。

榮寶珠不敢耽誤，立刻去前面的藥堂裡抓了藥，讓木棉看著孕婦，親自去煎了藥。端著藥碗過來時，那孕婦身邊的小丫鬟已經不在了，木棉說小丫鬟回去找人。

榮寶珠把一碗藥全部給孕婦灌下去，半晌後，那孕婦終於動了下，發出點聲音。

榮寶珠湊在她耳邊道：「妳堅持下，想想肚子裡的孩子，不管有什麼事，總要為肚子裡的孩子多想想，這懷胎好幾個月了，妳跟孩子的感情肯定不一般，若是連妳都堅持不下來，孩子怎麼辦？妳雖然早產了，不過我把過脈，孩子很健康，現在要妳自己用力才能把孩子生下來。」

那孕婦終於睜開眼睛看了榮寶珠一眼，眼裡全是淚水，使勁點了點頭。「多謝……公子。」

接生的事榮寶珠幫不上什麼忙，只能等接生婆過來。她站在一旁抽空打量了下孕婦，孕婦生得不錯，皮膚白皙，只是模樣瘦了些，穿著不凡，顯然出自大富大貴之家，這樣富裕人家的孕婦卻只帶了一個丫鬟出門，連輛馬車都沒坐，顯然是跟家裡人嘔氣，且能氣到早產，矛盾肯定是大得很。

接生婆很快就來了，榮寶珠出了廂房，裡面的接生婆開始忙碌起來。她這會兒也不急著走，就怕產婦有什麼危險，她的瓊漿至少還能救一救。

這產婦年紀看起來約莫二十左右，依這年紀應該不是第一胎吧。不過榮寶珠也有些不敢確定，方才把脈的時候，這孕婦以前應該落過胎，身子並不十分好。

生了兩個時辰都還沒生出來，這產婦的家人也來了，來的是名年約三十多歲的婦人跟十七、八歲的少年，身後還跟著那產婦身邊的小丫鬟。

這婦人跟產婦長得有幾分相似，保養得很好，皮膚白皙，面上連一個斑點都沒有，眼裡蓄滿了淚水，衝進來時整個人都在抖。

那少年長得高大俊朗，正勸著婦人。「娘，您別怕，阿姊肯定不會有事的。」說著又瞪大了眼睛。「阿姊若是有事，我就去揍死那人！」

婦人心裡越發難受，被少年這麼一說，淚水就湧出來了。

少年挺無奈的，心裡又擔心裡面的阿姊，一時不知該怎麼勸說婦人。

婦人跟少年這才注意到一旁的榮寶珠幾人，疑惑地看了小丫鬟一眼，小丫鬟急忙道：「夫人，二少爺，這是救下姑奶奶的人。」小丫鬟又急忙把之前在街上發生的事情說了一遍。

婦人紅著眼道：「多謝這位公子出手相助，我……我實在是感激不盡。」

旁邊的大夫插嘴道：「幸虧這位公子相救，不然這孕婦只怕就危險了，送來的時候人都沒意識了，還是公子把人救醒，不然怕是連孩子都生不下來。」

一旁的婦人能想像當初的危險，面色都嚇得發白了。

那少年上前一步來到榮寶珠的面前，朝她拱了拱手。「多謝公子，在下王錫，公子日後有什麼需要的地方儘管跟王某說就是了。」說著，便介紹起自己，這婦人是他的母親，床上的孕婦名王微，是他的姊姊。

王錫說罷又問：「敢問公子尊姓大名，改日定登門拜訪。」

榮寶珠道：「在下姓林，單名一個玉字。」

王錫如今十八、九歲了，正好比榮寶珠年長幾個月，就喚了榮寶珠一聲林賢弟。

兩人說了幾句，王錫就在廂房門外走來走去，不時地往房裡張望，顯然是擔心在裡面生產的阿姊。

榮寶珠也不多勸說，約莫又過了一個時辰，裡面終於響起了嬰兒的啼哭聲，王夫人跟王錫鬆了口氣，兩人衝到房門口，裡面的接生婆抱著清洗乾淨、包裹好的嬰兒出來了，笑咪咪地道：「恭喜，恭喜，是個千金。」

王夫人落了淚，小心翼翼地接過嬰兒，進了產房看望女兒去了。產房裡還未清理乾淨，王錫不便進去，就在門外候著。

榮寶珠瞧見沒事就告辭了，王錫問了她住所，說是改日想登門道謝。

榮寶珠回去後沒把這當成一回事，她本就是個學醫的，學了醫術自然是為了救助別人，對她來說能幫人是件好事。她從花春天口中得知，王家是江南的名門望族，家世上百年了，是真正的清貴人家。

花春天自幼就待在江南，她無父無母，有記憶以來就是一個小乞兒，對江南的事情熟知得很，當年還是做乞兒的時候被趙宸看中，領回王府，一直被安放在妾室當中。

花春天離開江南已經有五年，對王家的事情還是瞭解的。當年她離開的時候正是王家姑娘的事情鬧得滿天飛之時，當年那王家姑娘才十五歲，喜歡上一位少年郎，少年郎長得不錯，可惜家世不好，是個落魄戶。落魄戶也沒什麼，關鍵是這少年的家人挺鬧心的。

王公不同意這門親事，哪曉得王姑娘鐵了心要嫁給那少年。那少年姓魏，名方祁。

花春天道：「王妃不知，當年奴婢有幸見過那魏公子一面，當真是風度翩翩，難怪能把王家姑娘迷得要死要活的。」

榮寶珠閒來無事，就繼續聽花春天說道。

王姑娘非要嫁給魏方祁，王府不允，這王姑娘也是膽大，竟跟魏方祁私定終身了，王夫人心疼女兒，倔不過，就答應了這門親事。不過王公可不同意，說女兒非要嫁到魏家的話，他們就斷絕父女關係。

王姑娘當初也是鬼迷心竅，都這樣了還要嫁。王夫人很是為難，女兒都去過魏家了，她實在沒法子，就給女兒備了豐厚的嫁妝，讓她嫁過去。

花春天道：「之後的事奴婢就不大清楚了，不過當初成親時，魏家擺了流水席，奴婢去吃過一次，見過那魏太太一面，真是個潑婦，只怕王姑娘嫁過去後日子不好過。」

自然不好過，這都五年過去了，還能把兒媳氣得回娘家，可見是受了多大的氣。

這事榮寶珠沒放在心上，翌日就忘了。

過了兩天，王朝說那王錫登門拜訪，這會兒正在門外。

榮寶珠無法，只能回頭喬裝成男子，把人請了進來。

王錫帶了不少謝禮過來，一進門就道：「前兩日的事情多謝林賢弟了，要不是林賢弟，只怕我阿姊這次就慘了。」

榮寶珠笑道：「舉手之勞，王二哥不必如此。」王錫在家排二，上頭還有個大哥。

王錫嘆了口氣，也不再跟榮寶珠說他阿姊的事情，跟她聊起別的事，他們說話還挺投緣的，王錫顯然是想結交榮寶珠。

榮寶珠如今做男裝打扮，也不必顧忌太多，不跟對方有太親近的接觸即可。

兩人聊了許久，這王錫見多識廣，說了許多連榮寶珠都覺得稀奇的事，她之後還留人在府中用了午膳。

等快要告辭的時候，王錫的神色有些不自然，嘆了口氣才道：「我今日來還是有件事想麻煩林賢弟一下，我阿姊自從回府後，被我父親好一頓罵，這兩日身子都有些不利索，我想請林賢弟去王府替我阿姊把把脈。」

榮寶珠沒有拒絕，拿了藥箱就跟著王錫一起過去王府。

王府的宅邸位於江南最繁華的巷子裡，王錫把榮寶珠領過去王微的房間時，正好碰見了從王微院子裡出來的王父。

王父約莫四十歲左右，是個面容有些嚴肅的人，瞧見王錫時冷著一張臉。

王錫站定，無奈地道：「父親，阿姊這才回府，你就少來罵她了，她身子不好，你也不想阿姊出事吧。」

王父冷著臉不說話，哼了聲就走人了。

王錫無奈地看了榮寶珠一眼，領著人進去王微的房間裡。

房間裡有股很濃重的藥味，王夫人正陪著王微，瞧見榮寶珠來了，對她微微點了點頭就讓開了。

榮寶珠上前，瞧見王微閉目，眼皮微微顫動著，顯然是沒睡著。她伸手替王微把了脈，她的身子的確虛弱得不行，肝鬱氣滯。榮寶珠留下幾顆養生丸，把王微的情況跟王夫人和王錫說了一遍，王夫人又快落淚了。

榮寶珠見王微還是不肯睜眼，勸了句。「姑奶奶還是多為孩子考慮考慮吧，妳若是去了，孩子怎麼辦，莫不是要送回夫家去？」

王微終於肯睜開眼睛，看了榮寶珠一眼。

榮寶珠道：「妳多為孩子想想，沒什麼事過不去的。況且妳家人如此愛妳，方才來時我還瞧見王公在外張望，顯然是在擔心妳。」

王微怔住，眼眶有些紅，半晌後忍不住點了點頭。「多謝林公子了。」

「我的兒啊，妳可算想清楚了。」王夫人哭著把王微抱在懷中。

榮寶珠不再多言，跟著王錫一塊兒出去了，然後告訴他，方才給的養生丸隔一日給王微吃一顆就好了，她沒有其他大礙。

王錫歡喜謝過，送了榮寶珠回去。

王錫看來是有意結交榮寶珠，三天兩頭上門跟榮寶珠瞎聊。

沒幾天，榮寶珠已經知道王微的事情大致情況了，是花春天這兩天溜出去打探的。花春天也就外表看來木訥，其實人很機靈。

這王微自從嫁給魏方祁之後，頭一年，兩人感情如膠似漆，魏夫人也顧忌著王公，雖然王微跟王公斷絕了父女關係，可魏夫人想著，之前大家都知曉王公有多疼愛王微，以為王公只是一時之氣，隔段日子氣消了，就會認下他們這親事的。

所以頭一年裡，魏夫人對王微還算不錯，哪怕這一年王微一直沒懷上，她也沒說什麼。

第二年，王公還是不搭理王微，自然也不會搭理魏家，魏夫人有次在路上遇見王公，想打聲招呼，結果王公看也不看她一眼。之後她對王微就有些意見了，她原本同意這門親事就是看在王家是世家大族的分上，不然誰願意娶這麼一個高門嫡女回來供著。

第三年還是如此，魏夫人心裡就開始暗暗惱怒王微了，覺得她對自己的夫君一點忙都幫不上。

魏夫人只有兩個孩子，除了魏方祁這個兒子，還有個小幾歲的閨女，因此特別寵著兩個孩子，之前顧忌著王公，所以魏家對王微都不錯，這會兒卻開始責怪王微了，小姑子整日諷刺，夫君也比以前冷淡，魏夫人更是找各種藉口拿走王微不少嫁妝。

第四年，魏夫人嫌王微不能生孩子，給魏方祁納了個貴妾，是魏夫人的娘家姪女，魏方祁去貴妾房裡的時候多了，跟王微的感情越發淡下。這年王微有懷上一個孩子，但她整日被婆婆和小姑子針對，鬱鬱寡歡，滿三個月的時候就落了胎，她在魏家也越發痛苦。

第五年，終於又懷上一個，不過那貴妾卻比她先生出一個女兒來。

婆婆對她越發沒臉，整日指桑罵槐。魏方祁卻只站在魏夫人那邊，讓她體諒自己的婆婆，有時惱了，還直接甩出一句。「連妳父親都跟妳斷絕了父女關係，可見妳是個沒心的人，我娘說妳兩句又如何，那是妳婆婆，就算打妳，妳也該受著！」

王微終於後悔了，後悔當初沒有聽父親的話，原來父親早就看穿魏家這一家子都是些什麼人，偏偏她鬼迷心竅，非要嫁入魏家，到頭來卻讓自己落入這麼一個境地裡。

那日，魏夫人又找王微要嫁妝，王微不願意，把庫房鎖得緊緊的，不許魏夫人進去，魏夫人就抽了王微一巴掌。王微這才終於受不住，帶著小丫鬟想回王家，這是她成親五年來，第一次回王家。

一路上，王微越想越氣，這才動了胎氣。

榮寶珠聽完沒多大的感想，這樣的事不少見，只怪王微自己看錯人，錯把渣滓當良人。

其實那次去王府，她看得出來，王公還是很在意這個女兒的，魏家這次怕是要栽了，不過他們也是活該，人家好好的閨女嫁到你們家，發現沒利用價值就虐待。

之後這事，榮寶珠也沒想過去打聽什麼，卻沒想到竟直接被她撞上了。

又過了好幾天，榮寶珠打算去拜訪一下王府，主要是還有些不放心王微，她自個兒是女人，對王微也就多了一分同情，打算去看看她的身子恢復得如何。

剛好王錫過來了，榮寶珠就跟他一塊兒去王府，這次沒碰見王公，榮寶珠直接過去王微的房間，見她臉上的笑容多了些，這會兒正半靠在軟枕上看著身邊那個小嬰兒。

小嬰兒因早產的關係，身子骨兒可能不大好，榮寶珠這幾日在家中調製出另一種養生丸，就是以一些嬰兒可以食用的羊奶跟瓊漿製成的，對早產的嬰兒很有好處。

榮寶珠把幾顆養生丸給了王微。「這幾顆是給孩子的，她身子骨兒不大好，需要調養，這丸子每天掰一點跟水和成糊糊，餵孩子服下就可以了，這幾顆夠一個月的用量，用過後孩子的身子骨兒自能強健很多。」

王微接過。「多謝林公子，我都不知該如何謝過林公子了。」

榮寶珠笑道：「我與王二哥投緣，跟姑奶奶也算是有緣分，就不必說這種話了。」

王微點頭，笑容還是有些苦澀。

說了幾句話，外面忽然進來個小丫鬟，就是之前跟在王微身邊叫荷花的小丫鬟。荷花衝進來歡喜地道：「姑奶奶，魏大少爺過來接您了。」

王微臉色就變了，笑容僵住。

王錫立刻瞪大了眼。「好個魏方祁，我還沒找他麻煩，他竟敢上門來了。當初他老娘打了我阿姊一巴掌，害得我阿姊早產，這帳遲早要算一算！」說罷，就跑了出去。

王微大驚，跟榮寶珠道：「林公子，你快出去勸勸我阿弟，他性子魯莽，這出去還不知會做出什麼事來。我瞧得出來，他還是很聽林公子的話。」

榮寶珠無奈，只能跟著出去，她跟王錫的確算是投緣，因為王錫和她五哥的性子實在太像了。

王錫走得很快，榮寶珠追過去的時候，王錫已經跟魏家人碰頭了。

魏家這次登門的有兩人，是魏方祁跟魏夫人。

魏方祁的確長得一表人才，不然王微當年也不會看上他。

瞧見怒氣沖沖的王錫，魏方祁不等他衝上來就開始道歉了。「阿錫，這事都是我不對，你打我罵我都是我活該，只是阿微身子如何了？我很擔心她。」

瞧這男人如此作態，榮寶珠忍不住冷笑一聲，這時來道歉怕還是看在王公的面子上吧，大概以為王微能住進王家，是因為王公已經原諒了她。

魏夫人長得有些刻薄，也是一副悔不當初的模樣。「阿錫，這事都是我的錯，我不該打了阿微，就算她頂撞我，我也不該惱怒她，都是我不好。」

王錫冷笑。「現在曉得來道歉了？可惜晚了，以為我父親跟阿姊斷絕關係，阿姊就能任你們隨意欺負？」又指著魏夫人道：「還有妳這做人婆婆的，竟敢打懷孕的兒媳，說出去都讓人笑話，還說什麼我阿姊頂撞了妳？我阿姊可是半句話都沒反駁妳，就是不願意把她的嫁妝拿出來給妳，妳才打了她，可真夠不要臉的！真以為我不曉得發生了什麼事情，不知這幾年你們是怎麼對我阿姊的？告訴你們，如今我阿姊終於醒悟，你們休想再折磨我阿姊了。」

魏夫人的臉色有點變了，想到此趟的來意，她還是把怒氣壓了下去，這王公跟王微的關係似乎緩和了，她不能失去這個兒媳。

魏夫人陪著笑，又是道歉。

魏方祁卻有些不以為然，他可是知道王微對他的感情，只要稍微哄哄她，她肯定就願意跟他回去，這時他不願意跟這小舅子胡扯了，道：「阿錫，你讓我進去看看阿微吧。」

王錫冷笑一聲，想起阿姊這幾年受的苦，這男人對阿姊卻是不管不問，心裡的怒氣再也忍不住了，衝上去就朝著魏方祁好一頓的打。

榮寶珠只站在一旁，不勸說半分，心裡卻直嚷著打得好。

「打得好。」身後有人把榮寶珠心中的想法說了出來。

榮寶珠回頭看了一眼，發現竟是王公跟另外一個老頭，那話就是王公身邊的老頭喊出來的。

這老頭約莫五、六十的年紀，比旁邊的王公年長了好幾十歲，穿著一身青色長袍，頭髮鬍子都白了，不過面色卻很紅潤。

魏夫人原本想上去幫兒子，卻被不知道從哪竄出來的幾個婆子給架住了。這會兒王公在，魏夫人急得臉都白了，也不敢亂罵什麼。

最後眼睜睜瞧著王錫把魏方祁打得不成樣子，鼻青臉腫，身上還出血了，魏夫人這才大聲叫嚷起來。「王家欺負人啊，這小舅子敢打姊夫了啊，你這小畜生還不快些住手！」

魏夫人一急，就忍不住罵了難聽的話。

王公臉色都黑了，那老頭只在旁邊捋著白鬍子。

王錫打過癮才把人放了，魏方祁早就昏死過去，王錫冷笑一聲。「來人，把這兩個不要臉的潑皮給我扔出去！」

立刻有奴僕上前拖著地上的魏方祁，架著魏夫人扔出了王府。

王錫一回頭就瞧見老爹正瞪著他，忙嘿嘿一笑，過去王微的院子。

王公想了想，也打算過去一趟，就跟那老頭兒道：「老師，我先過去處理一下，待會兒再過來陪您老。」

那老頭兒道：「反正我也沒什麼事，就跟著你一塊兒過去瞧瞧吧。」

王公跟這老頭來到王微房間的時候，王錫跟榮寶珠已經在了，兩人隔著屏風和王微說著方才的事情，裡面的王微沈默不語，也不知是如何想的。

王錫一瞧見王公過來，立刻住了口。

王公這時也不怕有外人在，直接沈著臉問屏風後的女兒。「這事妳打算怎麼處理？妳若還想回魏家去，以後就真的莫要再回王府了，以後不管妳發生什麼事情，我都不會再管妳。」

王微還是沈默不語，王公氣得不輕，臉色脹得通紅，怒氣沖沖地道：「妳是如何想的，妳倒是說話！」

裡面的王夫人終於忍不住哭道：「老爺，您就別逼阿微了，讓她好好想想，她自然會想清楚的。」

王公氣道：「要不是妳自幼就慣著她、寵著她，怎會把她寵成這副模樣！還敢忤逆……」話還沒說完，王公突然直愣愣朝後栽倒。

幸虧旁邊站著的王錫眼疾手快，一下子扶住了王公，王錫嚇得臉色都變了。「爹，爹，您怎麼了？」

王夫人跟王微聽見外面的動靜，終於忍不住跑出來，瞧見王公昏迷不醒的樣子，兩人嚇得臉色大變。

王微更是不住發抖，猛的跪在地上，慘白著臉道：「爹，爹，您快醒醒，我以後再也不忤逆您了，我知道錯了，其實我早就想好了，我根本不想回魏家，我知道他們是什麼樣的人了。爹，我錯了，您快醒醒啊！」

那老頭也嚇了一跳，正打算蹲下身看看，榮寶珠已經焦急地道：「你們都讓讓，我看看王公如何了。」

王夫人和王微慌忙讓開，榮寶珠讓王錫不要亂移動王公，蹲下身替王公把了脈，這才道：「並無大礙，只是一時氣急，鬱氣得不到紓解引發的昏厥。王二哥，你把王公輕輕抬到床榻上去，我扎幾針就能醒了。」

王錫把人抱到旁邊的貴妃榻上，榮寶珠開藥方讓人下去煎藥，自己取了銀針替王公扎針。

剛把針都拔起，王公就醒來，一時還有些迷惑，看著眼前圍著的人才知曉發生了何事，板著臉不肯再說話了。

王微撲通一聲跪在王公面前，流著淚道：「爹，以前都是我的錯，我知道錯了，我不想再回魏家了，求爹幫幫我。」

王公的神色終於有了一絲鬆動，半晌後才撫了撫王微的頭。「好了，有爹在，妳只管安心坐月子就是了。」

王公又轉頭看向榮寶珠。「多謝小公子出手相救，老夫感激不盡。」

榮寶珠慌忙道：「王公不必如此多禮。」

那老頭捋了捋鬍子，笑咪咪地看著寶珠。「小公子醫術不錯。」

榮寶珠恭敬地道：「老人家過獎了。」

隨後的事情，榮寶珠因離開王府就不知道了，不過沒兩天她還是從花春天口中得知這事情是如何解決的。

王公也實在是爽快人，直接讓人拿了嫁妝單子去魏家，踹開魏家的大門，引起無數人的圍觀。

王家人就當著所有人的面把魏夫人索討兒媳嫁妝，兒媳不給就打的事情說出來，還把魏夫人曾貪了不少兒媳嫁妝的事也抖出來。最後又道，魏家這樣的人家，還允許妾室比正房主母先生出孩子來，寵妾滅妻，所以王微要跟魏方祁和離！

圍觀的街坊鄰居指指點點，議論紛紛。

魏夫人傻了，沒有想到王家人會把一切都捅出來。這個時候她只好求情了，但是王錫理都沒有理她，直接讓人去把庫房的門打開，對著裡面還剩下的嫁妝一樣樣地清查。

眼看著王家人要把東西都帶走了，王微的小姑子魏方嵐跳出來一陣叫罵，卻是更加丟魏家的臉。

王錫是鐵了心不給魏家面子，依照嫁妝清單一一尋回，找不到的就拿魏家的東西抵債，等到最後，魏家都全被搬空了，竟還沒把這空缺給補上。

魏家人早就傻眼了，等家裡空空如也才反應過來，魏夫人瘋了一樣對著門外罵起來。

看熱鬧的人這才嘻嘻哈哈地離開，都說這魏家是活該。

之後王家去官府求和離，官府立刻就准許了，自此王微跟魏家再也沒有任何關係。

榮寶珠聽完後，竟也覺解氣極了，這事之後，每天的日子也十分悠閒。

這會兒都快八月，天氣最熱的時候，榮寶珠平日裡不願意出門，只躲在家中，奈何王錫三不五時地來找她，害她只能捂得嚴嚴實實地出去見他。

王錫是真挺喜歡這林玉，覺得他很對自己的脾性，因此經常帶著自己的幾個好友過來找林玉。

這些人也都挺喜歡林玉的，覺得他醫術好，脾氣溫和，平日裡出去喝個小酒、聽個曲、聽個書都喜歡帶上林玉。不過唯一掃興的就是這林玉不喝酒，說自己酒量不好，喝酒身上就會起酒疹，大家都不強迫他。

榮寶珠的確不能喝酒，果酒還好點，能喝下幾杯，其他的清酒一杯就醉倒。

又過了幾天，王錫讓榮寶珠去王府，希望她替王公把把脈，上次王公昏厥過去，把王家人嚇得不輕。

榮寶珠自然是願意的，跟著王錫去了王府替王公把了脈，王公身子還算健康，之前也不過是因為突然受氣昏厥過去，並無其他大礙，但她還是留了幾顆養生丸給王公，告訴王公這養生丸幾天服用一顆就可以了。

說起來，王公對她也算不錯，有時候來王府還會跟她聊幾句。

王錫拉著榮寶珠出去，笑道：「我阿姊前兩日出了月子，今兒說非要謝謝你。」

過去王微的院子裡，王微正式跟榮寶珠道了謝，榮寶珠瞧她臉色紅潤，眉眼都帶著笑意，顯然是真的沒把魏家人的事放在心上了。
王微道了謝，將錦盒遞給榮寶珠。「還請林公子收下謝禮。」
榮寶珠擺手。「這就不必了。」
王微笑道：「不是什麼金銀之物，只是無意得的一本醫書，想來林公子學醫，應該會喜歡醫書的。」
榮寶珠這才沒有拒絕，打開看了眼，真是本醫書，還是孤本，她歡喜地跟王微道了謝。
三人聊了幾句，外面的門房過來通報。「姑奶奶，魏家人又來了。」
王微皺眉，王錫瞪大眼。「他們魏家還敢上門，活得不耐煩了是不是！」說著就想衝出去揍人。
王微一把拉住他，無奈道：「阿錫，你別這般魯莽，我跟魏家人什麼關係都沒了，你別擔心，我再也不是以前的阿姊，我現在親自出去跟他們說清楚，想來他們還不死心，只是沒有親耳聽我說出口。」說罷，王微就帶丫鬟出去了。
王錫怒氣沖沖地跟上，榮寶珠正打算回去，也跟著一起出了院子，王朝在她身後隨著。
到了王府大門口，外面鬧騰騰的，還站了不少圍觀的人。
魏家人被攔在門外不許進去，王微出來後，魏家人就安靜下來。
榮寶珠跟著一塊兒走出去，王錫正站在王微身邊對魏方祁冷笑。她這會兒也不好上前打招呼說要離開，只靜靜站在一旁。

魏方祁瞧見王微出來，眼睛一亮就想上前拉人，被王錫一腳踹開。「有話就說，別動手動腳的！」

魏方祁忍下這口惡氣，溫柔地看著王微。「阿微，跟我回去吧，以前都是我不好，我知道妳受了許多的委屈，以後再也不會了，妳若是不喜歡魏家人，我與妳一塊搬出去住就是了。」

王錫冷笑道：「你還有銀子搬出去住？莫不是想仰仗我阿姊的嫁妝另置辦一間宅子？」周圍的人轟然大笑，魏方祁脹紅了臉。

王微開口道：「我既與你和離，以後我跟魏家就再也沒有任何關係了，你們莫要再上門來找。當初我嫁進你們魏家後，自認對得起你們魏家人，而你們是如何對我的，你們心裡也清楚，我以前鬼迷心竅，現在不會了，你們休想再騙我回去魏家。」

魏方祁急道：「阿微，我知道錯了，以後再也不會了，妳就隨我回去吧，妳不想孩子剛出生就沒了父親吧？」

王微冷聲道：「沒了你這個父親反而是好事。罷了，我不想多說，你們回去吧，以後若是再敢來王府鬧事，就別怪我不留情面，直接攆人了。」

魏家的兩人都急了，如今他們魏家除了一座空宅子什麼都沒有，這幾日連吃喝都成問題，要是沒辦法把王微哄回魏家，他們真不敢想以後的日子會如何。

王微說罷轉身就想離開。

魏夫人急了，目光往旁邊一看，瞧見了榮寶珠，眼珠子一轉，猛地就嚎了起來。「我說妳怎麼不肯回魏家了，原來是有了姘頭，好個王家姑娘，可真是不要臉，不就是想跟姘頭在一起，這才要跟我的兒子和離嗎？」

王微轉頭，恨聲道：「妳休要胡說！」

魏夫人指著榮寶珠道：「我怎麼胡說了？這人剛才可是跟妳一塊兒出來的，還敢說不是妳姘頭？瞧這俊俏的模樣，當年我們家方祁也是一表人才，妳如今不就是喜新厭舊，所以才要和離？」

榮寶珠瞪大眼，這魏夫人可真會瞎掰，這話都說得出口，還把這事扯到她頭上來了。

王微氣道：「妳胡說什麼！羞得侮辱人！」

王錫也被氣笑了。「你們魏家可真是屬狗的，一急就亂咬人！」

魏方祁卻是惡狠狠地瞪著榮寶珠，心裡覺得娘親的話有道理，阿微要不是有了姘頭，如今會這麼狠心？她明明不是狠心的人。

魏方祁怒氣沖沖地走向榮寶珠，挽起衣袖就想揍人。哪曉得剛到榮寶珠跟前，手臂剛掄起來，就被寶珠身後的王朝給一腳踹飛出去。

大夥被這一幕給驚呆了，魏夫人傻愣愣地站在原地，好一會兒才嚎叫一聲，衝到被摔出去好幾丈遠的兒子身邊，嚎哭了起來。「我可憐的兒啊……」

王錫佩服地看了王朝一眼，這才對魏家的兩人道：「蠢貨！活該！這位是林公子，是我們王家的恩人，過來王府替我父親把脈的，如今被你們反咬一口，打死你們都是活該！」

榮寶珠也冷聲道：「我林玉容不得你們誣衊，你們若是肯認錯，這事就此揭過，若是不肯，咱們就去官府！」

魏夫人只顧著嚎叫，王錫打算直接讓人拎著他們去官府，她這才尖叫道：「我錯了，不要抓我，我不該隨意攀咬別人的。」

周圍人鄙夷道：「虧得王姑娘離開了魏家，這魏家也真是可惡！」

王錫跟榮寶珠道了歉。「林賢弟，真是對不住，沒想到會把你也攪和進來。」

榮寶珠道：「無礙，王二哥，王公身子並無大礙，我給的養生丸記得服下就是。時辰不早了，我就先回去了。」

榮寶珠這才跟著王朝一起回返。

過沒兩天，榮寶珠就得知魏家人在江南混不下去了，因為魏方祁喝得大醉，跑去賭坊賭，輸了個一乾二淨，就連家裡唯一的宅子也給輸了，不光如此，還欠了賭坊幾萬兩的銀子。

花春天說，魏家人偷偷地離開江南，只怕這輩子都不敢再回江南了。

榮寶珠覺得這事挺巧，顯然是王家人下套給他鑽的，不過這樣處理也算乾淨俐落，至少魏家人這輩子都不可能回江南了。

第三十七章

轉眼就八月中旬，榮寶珠來江南已經兩個月了，人清閒下來的時候總會不經意想起蜀王，也不知他現今如何了。

江南再熱都熱不到哪去，榮寶珠自王府回來後有好幾日沒出門，這天打算出去看看，收拾一番就帶著王虎跟迎春出門了。

在集市上轉了好一陣子，榮寶珠買下不少東西，正好路過之前替阿微接生的那間藥堂，裡面哭哭鬧鬧的，不一會兒就傳出一個婦人的大哭聲。

榮寶珠遲疑了下，還是走過去。

一進藥堂就瞧見是怎麼回事，藥堂正中間的地上躺著個人，那人身上漆黑，頭髮眉毛都沒了，能聞見一股燒焦味兒，旁邊跪著一名三十來歲的婦人和幾個孩子，最小的孩子不過一、兩歲的模樣，茫然地咬著手指站在婦人身邊。

那婦人哭道：「當家的啊，你怎麼就這麼去了啊，你去了，我跟孩子們可怎麼辦啊！」

那藥堂大夫顯然還記得榮寶珠，一瞧見榮寶珠眼睛就亮了，想到什麼後，還是嘆了口氣。「若是公子早來一會兒，憑公子的醫術興許還能把他救活，可惜了……」

榮寶珠蹲下身直接替那人把了脈，旁邊的大夫喋喋不休地把事情說了一遍，原來這人家中失火，為了救出家裡的幾個孩子被煙燻得昏迷過去，好久才被人抬出來，抬來藥堂的時候已經沒氣了。

榮寶珠把了許久的脈，終於把出一絲微弱的脈搏來，她急忙道：「麻煩大夫去弄一碗蘿蔔汁來，速度快些，人或許還有救。」

大夫一聽，也不嘮叨了，立刻去搗蘿蔔汁。

那婦人呆呆地看著榮寶珠，手腳都不知該往哪放了，一臉的眼淚，卻還是激動地問道：「公子，孩子他爹真的還有救？求公子救救孩子他爹，求求公子了。」

那幾個已經懂事的孩子們跟著跪了下來，怯怯地看著榮寶珠。

榮寶珠忙把幾個孩子扶了起來。「快起來吧，我是大夫，自然會盡力救他的。」

大夫很快就端來一碗蘿蔔汁，寶珠讓大夫幫忙把汁水全部灌進那人的口中。

剛灌完，那人就咳出一聲，然後吐了一身。

大夫驚呆了。「這……」看著榮寶珠的神色越發恭敬。「公子真是好本事。」

榮寶珠道：「這是偏方，而且這人還有一口氣在，若是再晚些只怕就沒用了。」

婦人跪下給榮寶珠砰砰磕了幾個頭，這才撲倒在那人身上，哭道：「孩子他爹，你可算是沒事了，差點嚇死我了。」

榮寶珠急忙制止那婦人。「不得往他身上撲，這時他呼吸還不順暢，小心又昏厥過去了。」

婦人嚇了一跳，慌忙起身，擦了擦淚後，又要磕頭。

榮寶珠哭笑不得。「好了，好了，大嬸快起來吧，等人醒來就沒大礙了，若是還擔心的話，抓幾帖藥回去吃就是了。」

婦人有些不好意思道：「就……就不抓藥了。」實在是家裡沒銀子，之前都是孩子他爹一個人養家餬口，她在家帶孩子，偶爾幫別人縫縫補補，家裡根本沒幾文錢，況且家裡還被燒了個一乾二淨，以後連住的地方都沒了。

那大夫顯然是知道這戶人家家裡的情況，說道：「何大家的，妳放心就是了，這藥不收你們銀子的。」說著就去抓了幾包藥給這婦人。

婦人接也不是、不接也不是，最後接過才道：「方大夫，真是謝謝你了。」

等那人醒後，這婦人跟幾個孩子也沒離開，而是茫然地站在醫館裡。

方大夫見他們還在，原本又認識他們，知曉這何大一家子都是老實心善的，不由得道：「如今你們房子沒了，不如先在醫館裡住下，何嫂子幫著我打掃做飯，何大繼續出去幫工就是了。」

那受傷的男人就叫何大，人看起來木訥老實。何嫂子急忙拉過孩子道了謝。

方大夫讓藥堂的學徒帶他們過去後院的廂房安頓下來。

等何家人去了後院後，榮寶珠就打算告辭了，方大夫忽然道：「這位公子，你醫術如此了得，可開有醫館？」

榮寶珠搖頭，方大夫唏噓道：「這般好的醫術卻不能坐堂，實在是可惜了些。」看他的樣子似乎想勸說榮寶珠來坐堂，可一想到他這醫館來的大多都是窮人，每個月入不敷出，別說賺銀子了，有時候他還要賠點，實在是請不起這樣的人。

榮寶珠卻看出了他的意圖，心中微微一動。她來江南不過是為了躲避蜀王的仇家，況且都已喬裝打扮，別人根本認不出她是女兒身，在江南她完全可以隨心所欲地生活，再說，她整日在家中的確無事可做，倒不如來這兒坐堂，見識多，還能幫助人。

榮寶珠看著方大夫，方大夫捋了捋山羊鬍子，神使鬼差就說了句。「公子若是不嫌棄，不如來我這裡坐堂，賺下的銀子我一分不要，都給公子就是了。」

榮寶珠失笑，她不是為了銀子，況且按照方才那種情況，這藥館裡能不能盈利都不一定，不過她還是笑道：「好。」

方大夫一下怔住了，真是沒想到寶珠會答應，忙道：「公子可不許反悔。」

榮寶珠笑道：「自然不會。」

之後就約定了每日來坐堂的時間，早上辰時初來，晚上申時末回去，期間可在廂房中休息。

王虎並沒有阻止，因為當初他們要來的時候殿下就已經說過，王妃在不暴露自己的情況下，想做什麼都可以。

這藥館名為方家藥堂，按照方大夫的姓來命名，榮寶珠跟方大夫聊了一會兒，得知這藥堂生意並不好，方大夫醫術一般，一般的病症還好，遇上些疑難雜症就沒法子，所以平日裡來看診的病人不多，都是附近的一些鄰里。

榮寶珠又跟方大夫聊了好一會兒才回去。

翌日一早，榮寶珠換了男裝直接過去藥堂坐堂，這家藥堂的名聲實在不怎麼樣，她坐了一個上午只過來一個病人，把脈後就開了藥方讓他去抓藥了。

這病人應該也跟方大夫相熟，方大夫只收了他幾文錢。

等病人離開後，方大夫才訕訕地跟榮寶珠道：「這也是附近的鄰居，陳勇，家裡的日子不好過，他老爹、老娘的身子骨兒都不好，整日臥病在床，家裡還有孩子要照顧，媳婦整日在家照顧他爹娘、孩子，擔子都壓在他身上，平日裡就經常頭疼，每次都是疼得受不住了才過來抓些藥回去吃。以往的藥方跟公子開的不同，只能一時止住疼痛而已。」

榮寶珠道：「我開的藥方也不過是一時止疼，想要痊癒，還需扎針配合。」

方大夫猶豫。「可他給不起診治費。」

榮寶珠笑道：「無須診費就是了。」只要能把他的頭疼治好，有了名聲，來的病人也就會多了。況且她也不缺銀子花。

方大夫歡喜地道：「公子真是菩薩心腸。」

方大夫立刻叫了陳勇回來，告訴他林公子願意幫他治好頭疼。

榮寶珠對陳勇道：「這治療過程需要一個月，期間每天都要過來扎銀針，另外還要配合喝藥，這一個月期間你最好少操勞，多休息，這樣會恢復得更好些。」

陳勇想了想，家裡的吃喝勉強維持一個月還是可以的，等一個月後，他的頭疼若是真的能夠好，他就能多做一些活兒，家裡的日子也能好過些。

陳勇懷疑地看了榮寶珠一眼。這公子如此年紀，怕是連二十都沒有，真的能治好他的頭疼嗎？他去過別的大藥堂，都說只能喝藥止疼，很難徹底根治。

榮寶珠笑道：「你若是想清楚了，明天就過來，若是不願意，也不強求。」

方大夫有些急了。「陳勇，你可想清楚了，這位公子年紀雖然不大，可是醫術了得。」

何嫂子正好在一旁，說道：「陳大哥，是真的，我家那口子，昨日不是被困在火中嗎？抬到藥堂的時候都沒氣了，就是被這林公子救下來的。」

這事周圍的鄰里們都聽說了，可都有點不信，覺得怎麼可能把沒氣的人治活。

陳勇想了想還是覺得能夠一試，道：「那就多謝林公子了，明兒一早我就過來。」

榮寶珠點頭。「正好我今日要準備你用的東西。」

陳勇離開後，榮寶珠就把明日需要的東西都準備妥當，需要的不過是一些藥草，把銀針丟進去跟著一起煮一下午，明早在頭上的一些穴位上扎針就可以了。

不過也不能隨便來，頭上的穴位很多，有九大要害，這九大穴位跟其他穴位連得很近，一不小心就會扎錯，這會直接要了人命。

榮寶珠當初在庵裡學醫的時候，拿不少假人做練習，熟練後，還拿自己的身體實驗過，若不是能夠熟練地扎針，她也不敢保證下來。

翌日一早，陳勇就來了，榮寶珠將東西都準備齊全，直接就能給他施針了，方大夫圍在一旁小心翼翼地看著，弄得榮寶珠都有些緊張了。

尋了個亮堂的位置坐下，她讓方大夫幫她拿銀針過來，並將想圍觀的何嫂子趕了出去。

方大夫對他那小學徒挺好的，希望榮寶珠讓小學徒留下一塊兒看看。

榮寶珠點頭同意，這才取了銀針開始。

等陳勇頭上扎了十幾根細細的銀針時，方大夫跟小學徒都看呆了，陳勇還是清醒的。

榮寶珠道：「這樣等上半個時辰就能取針了，這期間千萬不能亂動頭上的銀針，若是有什麼不舒服的地方，立刻告訴我，我幫你把銀針取下。」

陳勇不敢吭聲，任誰腦袋上頂著十幾根的針怕都不敢亂動、亂說話了。

半個時辰後，榮寶珠替陳勇取下頭上的銀針，又包了一包藥給他，讓他回去後煎了服下。

之後陳勇每天都會過來，等到一個月後，他的頭疼就徹底好了。榮寶珠又告訴他一些注意事項，一年內頭不可碰冷水，不可淋雨，吃的方面倒沒什麼顧忌。

陳勇剛開始治療的時候，偶爾還會覺得有些頭疼，之後半個月就再也沒有頭疼過了。他就曉得這林公子是真有本事，離開時更是千恩萬謝，榮寶珠沒收他的診費，可陳家人感激到不行，送了好些自家雞下的蛋過來，她收下一半，剩下一半讓陳勇拿回去補身子。

這一個月榮寶珠不僅治好陳勇的頭疼，還治好了一些其他的病人。其間王錫過來找榮寶珠，瞧見榮寶珠在這麼一間小破藥堂裡坐堂，說要幫忙開一間大藥堂，卻被寶珠拒絕了，她覺得如今這樣挺好的。

王錫見她是心甘情願留在這裡，也不多言，不過自從知道寶珠在這裡後，他三不五時就會過來串串門。

這一個月，周圍不少人都知道方家藥堂來了個厲害的小大夫，雖然年輕，醫術卻很了得。榮寶珠也碰見過一個差點要死掉的病人，用醫術根本救不活，她就用了瓊漿，那人的命自然是保住了。

這會兒都快十月了，江南的氣候還是溫暖如春，並不會覺得冷，若是在西北，只怕這時都穿上薄襖了。

在藥堂待了一個多月，每天上門看診的病人漸漸多了起來，好多人慕名前來。方大夫還是好心，窮人家的捨不得收銀子，富人家的他開口就不心軟了，這一個多月的盈利比他之前幾年的盈利都要多。

這日到晌午後就沒什麼病人，王錫領著他幾個友人過來榮寶珠這。「阿玉，你有一個多月沒跟咱們一塊出去喝酒、聽小曲兒了吧，今兒反正沒什麼病人，我看你不如早點回去，跟咱們一塊出去喝酒？」

榮寶珠笑道：「每次我去你們都說掃興，我又不能喝酒，去了也是白坐著。」

王錫笑道：「你就是白坐著，咱們瞧著都開心，你今兒到底去不去？」他們不僅是喝酒，還會跟寶珠說話，能有話說，正對他們胃口。

其他幾人附和。「可不是，今兒帶你去個好地方！」

盛情難卻，榮寶珠只能跟著他們一塊兒去了。這次隨行的人是王朝，丫鬟們就沒跟來了。

他們去的地方並不是酒樓，而是一條深巷裡，走到一間宅子前面時，王錫上前拍了幾下門，那大門就被打開了，一個約莫三十來歲、穿得素雅的婦人迎了出來，笑道：「原來又是幾位公子，快請進。」瞧見榮寶珠的時候愣了下，笑道：「不知這位公子是？倒是從來沒見過。」

王錫道：「是我朋友，只管帶我們進去，不用多問。」

那婦人笑咪咪地點頭，領著幾人進入宅子裡。榮寶珠還是第一次來這裡，看起來不像是酒樓，也不像是煙花之地，像是普通待客的清靜處所。

那婦人領著他們來到一片竹林前，竹林前有座精美的竹屋，那婦人也不跟著進去，只笑道：「幾位爺，裡面請。」

竹屋裡面的擺設很是優雅別緻，處處透著精巧，幾人進去後，榮寶珠隨著他們盤腿坐下，王朝坐在她身後的角落裡。立刻有丫鬟進來擺了酒水、茶水和糕點，又陸續退了出去。

隨後進來一位穿著淡綠色衣裙的姑娘，半遮著面紗，只露出眼睛，一雙眼睛生得極美，進來朝幾人福了福身子，坐在一座紫檀木鑲珠屏風前面，也不言語，指尖撥動琴弦，動聽的琴聲傳出。

聽了一曲後，那戴著面紗的姑娘舉了手中的杯子柔聲道：「香娘敬各位公子一杯。」說著微微解開面紗，一飲而盡。

幾人都喝了酒，榮寶珠無法，只能端了一側的果酒喝了一杯。

王錫幾人笑道：「香姑娘的琴聲越發動聽了，好久沒來，甚是念著香姑娘。」

香娘笑道：「王公子過獎了。」

王錫轉頭問榮寶珠。「阿玉覺得香姑娘的琴聲如何？」

榮寶珠笑道：「天籟之音。」她對琴律並不怎麼精通，卻也被這姑娘的琴聲所迷住，可見這姑娘琴藝是真的了得。

香娘笑道：「難得看見幾位公子帶著新面孔來，不知這位公子怎麼稱呼？」眼睛微微轉向榮寶珠。

王錫笑道：「這位公子名林玉，是我的至交，醫術了得，如今在方家藥堂坐堂。」

香娘道：「第一次瞧見如此年輕的坐堂大夫，林公子的醫術定好生了得。」

王錫笑道：「那是自然，我這位賢弟的醫術放眼整個江南都找不出第二位。」

榮寶珠道：「王二哥就莫要說笑話哄騙香姑娘了。」

香娘柔聲笑了起來。

一行人說說笑笑，聽著香姑娘彈了幾首曲子，榮寶珠接連喝了好幾杯果酒，腦子都有些昏昏沈沈的，這才紅著臉擺手道：「我實在不行了，這怕是喝不下去了，就以茶代酒可好？」

幾人都玩得熟稔了，這會兒也不會強灌榮寶珠的酒。

哪曉得到最後榮寶珠以茶代酒都覺得腦子越來越昏沈，這果酒後勁竟還挺大的。

榮寶珠覺得腦子昏得越發厲害，因為她好像聽見砰的一聲踹門聲，迷迷糊糊地扭頭看去竟瞧見蜀王，她忍不住樂呵道：「喝多了，都見到不可能出現的人了。」

趙宸這次是路過江南，榮寶珠來江南已經有三個月，他掛念得緊，趁著這次路過江南特意來看她一眼，明日一早就要離開的。

結果去了宅子裡，聽王虎把最近的事情說了一遍，他臉色就有些不好，倒不是反對她去坐堂，只是她一個婦道人家，跟王家二爺接觸那麼多做甚？

這個時辰都還不回來，還跑出去喝酒！

趙宸冷聲道：「人在哪？去給我叫回來！」

王虎正打算出去，趙宸忽然又道：「罷了，我同你一塊兒去！」

護衛們都有暗自聯絡的管道，等兩人尋到地方，瞧見這深巷的宅子時，趙宸的臉色越發黑了，直接抬腳踹門。裡面的人聽見動靜，一開門就瞧見是兩個從來沒見過面的男子，其中一人異常俊美，不過就是臉色不大好看。

婦人道：「兩位這是？」她們這兒一般只做熟人的生意，還都是非富即貴的人，所以江南的權貴她也算都見過，就是沒見過眼前這兩位。

趙宸直接道：「我找林玉！」

林玉？那是誰？好像這裡面的貴客只有一位是她不知道身分的，就是王家二爺帶來的那位俊俏小公子，莫非就是那位小公子？

趙宸已經有些不耐煩了。「帶我進去！」

趙宸的氣勢極強，這位婦人即使不想讓他們進去，怕他們是來惹事的，還是不由自主地退開了，讓兩人走進來。

趙宸看了婦人一眼，婦人心裡發苦，只能帶他們過去竹園。

剛到竹園，趙宸就一腳把房門踹開了，裡面的幾人分別跪坐著，並沒有挨著肩膀什麼的，每人都有各自的位置和小食案，離得還挺遠的，而且也沒什麼香豔的事，就是一位姑娘彈著曲兒，其他幾人則喝著酒、說著話。

聽見聲音，裡面幾人都回頭看來，趙宸神色不變，目光只落在那俊俏的小公子哥兒身上。

趙宸瞧她轉頭看見自己的時候就露出一個傻笑來，心裡的氣不由得消了幾分，上前幾步把人撈了起來。

其他幾人陸續站起，王錫心中莫名，見這人氣勢極強硬，態度竟軟了兩分，被踹門的怒氣都少了許多，問道：「敢問兄台是？」

趙宸忍著怒氣，指了指懷中安安靜靜的人。「是他兄長。」

王錫哦了一聲，覺得兩人長得實在不像，又問道：「敢問尊姓大名。」

趙宸臉色沈了下，不過還是道：「林宸！」

王錫看了榮寶珠身後的王朝一眼，王朝默默地點了點頭，心裡為自己王妃掬了把淚。

王錫這才笑道：「原來是林大哥，真是失敬，我與令弟認識不過三月，卻已投緣得很。」

還以為阿玉是哪家落魄戶的，可瞧見林宸，王錫就曉得阿玉的家中肯定不凡，因為這大哥看起來實在是清貴俊雅，一身氣勢也極了得，絕對是身居高位之人才有的。

趙宸道：「幸會，不過今兒我就是為了過來看他一眼，明日就要離開了，以後若是得空，定會登門拜訪，恕我今日不能久留，先帶我阿弟回去了。」

王錫笑道：「自然，是我們叨擾了。」

趙宸朝著幾人點點頭，這才扶著榮寶珠離開了。

看著整個人都埋在林宸懷中的林玉，王錫總覺得有哪裡怪怪的，兩人是不是太親密了些？

出去竹園後，趙宸直接把人扛在肩頭上，榮寶珠哼哼道：「不舒服。」

趙宸沒說話，扛著人出了宅子，上了馬車。

榮寶珠揉了揉眼。「我莫非看錯了不成？我好似瞧見殿下了，肯定是日有所思，夜有所夢。」

趙宸因為這句話，神色完全緩和，暗嘆了口氣，把人拉進懷中。「妳初來江南就如此不老實，還學會跟人出去喝酒，妳說我該如何罰妳。」

榮寶珠嘻嘻一笑。「罰我什麼呢，反正是作夢呢，殿下眼下還不定在哪個地方待著呢。」

趙宸失笑。「我要是真的來了呢？妳說該如何罰妳。」

榮寶珠主動坐在他懷中，在他嘴角上親了一口，笑嘻嘻地道：「殿下若真是在這，想怎麼罰我都行。」

趙宸低笑。「這可是妳說的，莫要反悔了。」

「自然不會。」榮寶珠整個人埋在他懷中，找個舒服的姿勢睡下。「若真是殿下來了該有多好，我可掛念著殿下。」聲音越來越低，最後竟是睡著了。

趙宸低頭親了親她的髮，心裡真是一點怒氣也沒了。

馬車晃晃悠悠地回去宅子裡，趙宸直接抱人下了馬車進去宅子，兩人一天都沒梳洗，他卻一點都不嫌棄，直接把人壓在床榻上親了起來。

榮寶珠還睡得迷迷糊糊的，似乎作夢夢見了蜀王，哦，竟還夢見他親自己了。

榮寶珠不覺得有什麼好害羞的，橫豎是在夢中，她自然也就十分熱情了。只是到了後半夜的時候，她實在熱情不起來，因為太累了，偏偏這會兒不能如意，她哭著求饒都沒用，她想著這夢境也太逼真了，為何還不能醒來？

到後來酒勁似乎過了，總感覺這不是一場夢，又實在太睏太累，她就睡著了。

榮寶珠早上起來的時候還是累到不行，感覺有人在她臉頰上親來親去，實在有些不耐煩了，忍不住推了一把，惹得趙宸笑了起來。

一聽見他的聲音，榮寶珠立刻睜開了眼，瞧見她昨晚上夢中的主角正穿戴整齊，神清氣爽地站在她面前。

榮寶珠就有點傻眼了。「殿下？」莫非昨兒不是作夢？

「醒了？」趙宸在床頭坐下，替她拉了拉衾被，遮住她方才露出的春光。「我待會兒就要走了，妳昨兒累了大半夜，繼續睡吧，待會兒我讓王朝去方家藥堂說一聲就是了。」

榮寶珠還有些沒回過神。「殿……殿下怎麼昨兒過來了？」

那就是說昨兒跟王二哥他們一塊喝酒時，迷迷糊糊看見的殿下是真的？

趙宸似笑非笑。「路過江南，過來看看妳，妳似乎過得不錯。」

榮寶珠有點不好意思，主動起身摟住趙宸的腰身。「殿下這會兒就要走了嗎？」感覺身上涼颼颼的，低頭一看，急忙又拉過衾被蓋住。

趙宸低笑。「風華還在客棧裡等著，我這就得過去了。」

榮寶珠道：「殿下吃過早膳後再過去如何？我這就讓丫鬟們把早膳擺上來。」

瞧她期待的模樣，趙宸點點頭，榮寶珠急忙讓木棉、春蘭進來伺候她梳洗，又讓迎春跟芙蓉把早膳都擺過來。

很快梳洗好後，榮寶珠拉著趙宸出去坐下，添了一碗熱粥給他。「殿下快用。」

趙宸吃著早膳，榮寶珠這會兒也顧不上食不言、寢不語了，把來江南這幾個月發生的事跟他嘀咕了一遍，見他似乎沒有生氣才悄悄鬆了口氣。

兩人說了會兒話，榮寶珠又問了西北那邊的情況，刺史府可都安好，趙宸都一一告訴了她。

等用過膳，趙宸就離開了，離去前道：「以後休要出去跟他們一塊兒喝酒，妳畢竟是個婦道人家，可知？」

榮寶珠慌忙點頭。

趙宸又道：「我這就要離開了，妳不要送了，安心回去休息就是，下次有空我再過來看妳。」

榮寶珠有點不捨，非要送他到大門口才肯回房。

昨兒累了大半夜，榮寶珠沒精神去藥堂，但睡到晌午又怕來了病人，還是爬起來易了容、換上男裝過去藥堂。

方大夫瞧見榮寶珠笑道：「今兒一早王朝過來跟我說了，說你宿醉，今兒來看病的人不是很多，你若是還不舒服就去後面的廂房再休息一會兒。」

榮寶珠見沒人來，就點頭過去後院的廂房，等有病人上門的時候她再出來坐堂。

趙宸走後好幾天，榮寶珠都還覺得是夢，他夜裡來，翌日一早就走，就為了來看她一眼。

不管如何，榮寶珠心裡還是覺得挺甜蜜的。

之後王錫再拉她去喝酒，她就一概不去了，實在是酒量不好，且趙宸還囑咐過，她不敢再去，不過平日裡王錫還是會過來找她說說話什麼的。

轉眼就到十一月，江南這才稍微冷了些，榮寶珠慢慢穿上薄襖，每日過得也差不多，白日去藥堂坐堂，晚上回去看看書，偶爾跟王錫他們在家中吃點東西、聊聊天什麼的。

這日榮寶珠到了申時出了藥堂，這些日子她很少在外面走動，今兒瞧著夜市已經開始擺攤子，就過去瞧了瞧，都是些吃的喝的，還有一些賣各種小玩意兒的，這夜市逛起來也極悠閒。

榮寶珠走了會兒，肚子有些餓了，正打算尋家小攤位坐下吃點東西時就瞧見個熟人。

初見那人，榮寶珠還有些恍惚，大概沒想到在江南還能碰見她，說起來自從趕她出府以來也有一年半了，她記得殿下殺了她男人，所以才放她離開，可眼下——榮寶珠看了眼那個正下著湯麵的男人，一時有些不敢相信，殿下不是賜了他毒酒嗎？

榮寶珠沒想到采蓮跟水漠會在江南，那水漠此刻正幫一位客人下湯麵，臉上帶著淡淡的笑意，時不時回頭看一眼正帶著孩子的采蓮。

采蓮的變化有些大，再沒有在府中的那種光鮮亮麗了，此刻穿著打扮跟大多數的婦人一樣，頭上還圍了汗巾，榮寶珠也是看了好幾眼才把人認出來。

采蓮這會兒正揹著孩子蹲在一旁洗碗，那背上的孩子約莫一歲左右，正在采蓮的背上睡覺。

榮寶珠驚訝，殿下竟饒過了水漠？顯然一開始賜下的毒酒就有問題，殿下並沒有打算殺了他們，他竟也有心軟的時候。

榮寶珠跟身後的王朝道：「你們離遠些吧，我過去吃碗麵。」

她如今的模樣采蓮肯定是認不出的，卻還是認識王朝他們，榮寶珠知道采蓮他們若還想在江南安穩生活，就不能認出她來，不然殿下只怕會趕盡殺絕。

王朝立刻隱在人群中，榮寶珠走過去在攤位前坐下，朝水漠啞著聲音道：「老闆，要碗麵。」

水漠應了聲，立刻麻利地煮了一碗湯麵，他只看了榮寶珠一眼，神色平淡，顯然把她當成平常的客人了。采蓮聽見有客人，自然也看了過來，面上帶了一分來生意時的喜悅，並沒有見到熟人的那種驚訝。兩人都沒認出她來。

水漠很快端了湯麵過來放在榮寶珠面前。「客官請用。」

榮寶珠取了筷子吃麵，味道還挺不錯的。

水漠見沒客人再來，走到采蓮身邊道：「妳去歇會兒吧，我來洗。」

采蓮笑道：「不用了，你站了半晌，就幾個碗筷，我洗就是了。」

水漠不再爭辯，只抱起她背上的孩子坐在一旁，目光愛憐地看著懷中的孩子，那孩子被如此顛簸都沒醒來，在水漠懷中睡得香甜。

見兩人相處不錯，榮寶珠也就沒有打擾他們，吃完就離開了。

這日榮寶珠正在坐診，王錫跑來，人看起來有點急，拉過榮寶珠就急匆匆地往外走。

榮寶珠被他拉得一個踉蹌，問道：「王二哥，有什麼事找我？這麼急。」

王錫急道：「你快些隨我去王府一趟，我家出了點事，需要你幫忙。」

榮寶珠問道：「是有人病了嗎？」

王錫點頭。

榮寶珠拿了藥箱，跟方大夫說了一聲才匆匆忙忙地跟著王錫一塊兒過去王府。

到了王府，王錫帶著榮寶珠過去一間廂房，推門而入，王公也在裡頭，正坐在床頭的一把太師椅上。

榮寶珠瞧著床頭，上面躺著一個人，竟是上次魏家來王府鬧事時碰見的那個老頭。她記得王公似乎叫他師父。

王公慌忙起來。「林大夫，你來了，快些瞧瞧萬老吧。」

榮寶珠上前，這萬老正面色蒼白地躺在床上，寶珠上前把了脈，眉頭皺了一下。「中毒了？怎麼回事？」

王公道：「萬老是我的師父，對醫術有些研究，前幾日為了一種解藥親自試了草藥，卻沒想到竟中毒了。林大夫，你可要救救萬老。」

「王公不必擔憂，萬老並無大礙。」榮寶珠說道，萬老的毒並不是很嚴重，醫術高明點的大夫都能解。但這毒在身體裡待久了肯定不是什麼好事，寶珠立刻替王老祛毒，又餵了他一顆解毒丸。

榮寶珠道：「應該沒什麼事了，大約晚上就能醒來。」又轉頭跟王錫道：「藥堂離不開我，我這就要過去了。」

王公起身。「多謝林大夫。」

王錫送榮寶珠回藥堂，他也給嚇出一頭冷汗。「幸好你來了，那萬老是我父親的師父，算是一個怪才，很是了得，平日裡我父親對他極其尊敬。」

萬老？榮寶珠細想了一下，覺得這萬老的名諱還挺熟悉的，似乎聽誰說起過。

王錫瞧她疑惑的樣子，笑道：「是不是覺得萬老這稱呼挺熟悉的？他的確很了不得，看他年紀以為就五、六十的模樣吧？其實他都有八十多了。據說前朝時有在朝為官，他本有許多抱負，奈何前朝皇帝昏庸，並不看重他。之後先帝代替前朝皇帝，還曾經恭敬地請他做宰相，可他似乎對朝廷失望了，沒同意，一直在外雲遊，我父親也是意外成了他的學生，外人根本不得知。」

榮寶珠啊了一聲，她記起來了，她曾經聽父親提起過，還說這萬老是個怪才，非常有本事，若是能夠成為他的學生真真是有幸。她對萬老也是佩服極了，王公能夠成為萬老的學生，顯然是有過人之處。

之後榮寶珠有過去王府幾趟，碰見過萬老，萬老似乎挺喜歡她，專門找她說過幾次話，兩人還下了幾盤棋，榮寶珠的棋藝不好，沒贏過一盤，把萬老逗得直笑。

幾次後，榮寶珠跟萬老也算熟悉了，在她眼中，萬老就是個很和藹很有意思的老人家。

轉眼就到年關了，榮寶珠跟著府中的花春天、四名侍衛和四個丫鬟過年，這個年顯然是有些冷清。

讓榮寶珠沒想到的是大年初一剛醒來，一睜開眼，她就瞧見了趙宸，忍不住揉了揉眼，嘀咕道：「莫不是還沒睡醒？怎麼好像又瞧見殿下了？」

趙宸失笑，從凳子起身坐在床上，把人抱在懷中，一起進了衾被中。「仔細摸摸，看看我是不是真的。」

榮寶珠還真用手摸了摸。「咦？竟然是熱乎的。」

她猛地坐起了身子，不可置信地看著蜀王。「真是殿下來了？殿下怎麼這個時候過來了？」

趙宸笑道：「正好來江南有些事情。」

榮寶珠忍不住纏上了他，雙手緊緊摟住他的腰身，笑道：「殿下這次來準備什麼時候走？」

一見到他，榮寶珠心裡的空虛似乎都沒了，心裡也落實了，滿心的喜悅歡喜，她知道這些喜悅歡喜代表什麼，她實實在在地喜歡上眼前的這個男人。

趙宸親住她的唇，含糊道：「可能會留幾日，這次的事有些棘手。」

榮寶珠也沒問是什麼事，只窩在他懷中跟他說著話。

藥堂年前就關門休息了，初三才開張，其實她偶爾不去也沒什麼，在藥堂待了快半年，方大夫跟那小學徒學了她不少本事，足夠坐堂應付了。

趙宸為了早些見到她趕了一夜的路，這會兒真見了她，光是抱著她都覺得滿足極了。

兩人這時都不願意起來，待在床上膩歪著。

趙宸忽然想起什麼事來，道：「聽王朝說，妳碰見采蓮他們了？」

榮寶珠點頭。「他們沒認出我來，殿下不會殺了他們吧？」

趙宸笑道：「我在妳眼中除了會殺人還會做甚？他們既沒認出妳，我殺了他們幹什麼？」

「殿下在我眼中可是了得。」榮寶珠在他懷裡蹭了蹭，笑咪咪地道：「他們似乎過得挺好。」雖不能富貴，可他們眼中的幸福卻是實實在在的，她反而有些羨慕起采蓮來了，守著一個男人，一個自己的孩子，每天過得簡單幸福。

可她呢？若殿下真登上皇位，以後的事她都有些不敢想，按殿下如今對她的喜愛，若真是登基了，她大概會被封后吧，若真封后，她今後的日子只怕會更艱難。

趙宸沈默不語，這種日子他的確給不了寶珠，他也知道自己不可能為了寶珠放棄今後的路，他必須走下去。

這次就趙宸一人來江南，下午時他就出門了，晚上才歸來。

榮寶珠已經在家等他，瞧見他回來，立刻讓丫鬟送晚膳過來。

兩人用了膳，趙宸疲憊地揉了揉眉心。

榮寶珠道：「殿下累了？」

趙宸反而笑了聲，直接把人壓在身下。「自然是不累的。」

榮寶珠嬌嗔道：「殿下跑了一下午，還是早些歇會兒吧。」

「別說話了。」趙宸含住她的唇細細吸吮，舌頭滑溜地進入她的嘴裡。

榮寶珠巧笑嫣然地環住他的頸子，熱情地回應起來。

趙宸悶哼一聲，被她折磨得越發受不了。

翌日一早，趙宸並沒有出門，而是在家陪榮寶珠，只吩咐了四個侍衛跟他帶來的另一個侍衛舒漓去辦事。

上輩子舒漓救過榮寶珠一命，這輩子她年幼時曾在太子手中救下舒漓，若不是她，舒漓只怕會被太子打斷手臂。今兒一早瞧見舒漓的時候，榮寶珠瞧見他的手臂沒事，不似上輩子那樣是個斷臂的人。

早上的時候，榮寶珠沒易容，舒漓見到她，自然瞧清楚了她的模樣，忍不住有些怔住。

趙宸的臉色冷了兩分。「怎麼了？」

舒漓慌忙跪下。「臣認識王妃，當初王妃救過臣一命。」把好幾年前的事說了一遍。

趙宸沈著臉不說話，這事他的確記得，當初他也在場，這事說到底也算因他而起。「好了，你起來吧，趕緊出去把消息打探清楚了。」

舒漓點頭，卻還不起身，跟榮寶珠道了謝才轉身出去，再也沒有看她一眼。

榮寶珠還是笑咪咪地看著舒漓離開，趙宸臉色越發沈了。「人都走了，妳還看什麼？」

榮寶珠也不氣，笑道：「殿下莫生氣，我就是有些感慨，這都是好幾年前的事了，我也想起了那時候跟殿下之間的事情。」

趙宸臉色緩和，他不否認自己的確自幼就對寶珠有好感。寶珠小的時候他覺得她胖乎乎、白嫩嫩的，可愛極了，長到八、九歲她抽條了，模樣絕美，自己越發喜歡她，甚至後來盛名川出事，他竟有些期待，期待兩人的親事能夠沒了。

他不否認，他那時候挺卑鄙的，甚至想著就算太后將她指婚給別人，日後他也會把她弄回府中，可沒想到老天垂愛，她毀了容，太后把她賜婚給自己。

那時候她的傷疤十分猙獰，可自己沒嫌棄。想起以前，趙宸有些失笑，他當初竟會那般認為，她對自己是個可有可無的女人。

兩人用了膳，榮寶珠回房跟趙宸說著話，她似有許多說不完的話想說給他聽。

外面的木棉忽然過來通報。「王妃，王家二爺過來了。」

榮寶珠道：「就說我今兒不舒服，不見他了。」

木棉出去很快又進來了，無奈道：「王家二爺說非要進來見見王妃，說是擔心王妃。」

趙宸起身。「妳在房裡待著吧，我出去同他說。」

王錫見到趙宸時有些吃驚，他原本還以為林玉是一個人在江南過年，沒想到他大哥會過來。不過林家家境應該不錯，為何會把阿玉一個人放在江南？怪哉。

王錫上前道：「沒想到林大哥也在，叨擾了，聽木棉說阿玉身子有些不舒服？可有大礙？」

趙宸道：「並無大礙，不過這會兒他正睡著。」這也就是逐客令了。

王錫笑道：「既然如此，我改日再過來看阿玉。」

趙宸點頭，王錫離開了。

趙宸回了房，也沒多說什麼，兩人在房中待了一個上午。

晚上的時候，舒漓跟王朝他們就回來了，榮寶珠也在，趙宸沒避開她，直接問：「可打探到消息了？」

舒漓搖頭。「殿下，萬老的消息極難得，如今我們也只知他在江南，卻不知他住在何處，打探了一天，無人知道萬老。」

趙宸皺眉，榮寶珠忽然道：「殿下，您在找萬老？」
「妳曉得？」趙宸揮手讓幾人先下去，拉住榮寶珠坐在一旁。「妳聽過萬老？」
榮寶珠笑道：「不是聽說，是認識，因為某些原因我跟萬老說過幾次話，他人挺好的。」
趙宸失笑。「萬老人好？」他倒是第一次聽說性格古怪的萬老人好。
榮寶珠道：「可不是，王公是萬老的學生，萬老現在住在王家，因為我與王二哥認識，所以才會見到萬老。一個月前，萬老試藥中了毒，還是我解的。殿下來江南是為了找萬老？」
趙宸嗯了一聲，沒瞞著。「我的確是在找萬老，他很有本事，我需要他。」
那老頭極有本事，若是能得他相助，之後的路就會容易多了。
他也沒想到找了許久的人會在王家，畢竟他從沒聽說過萬老的學生中有王公。
榮寶珠心裡大概知道趙宸找萬老是為何，也不多問了。上輩子蜀王是在她二十一歲時造反，三年後登了皇位，她不大知道上輩子他到底有沒有說服萬老幫他。
趙宸翌日一早就出去了，晚上才回來，回來的時候眉頭皺著，顯然不順利。
榮寶珠不多問，讓丫鬟上了膳食，吃過後才道：「殿下早些休息吧。」
趙宸唔了一聲，拉過她坐在他懷中。「有些不順利，拜見了王公後，他替我引薦萬老，可萬老根本沒見我。」

榮寶珠遲疑道：「要不我替殿下去說說？」

「不必了。」趙宸笑道。「不需要妳去，我自己去就成。好了，早些休息，明兒一早我還要去王家。」

之後趙宸一連往王家跑了好幾趟，可萬老卻不肯見他一面。

榮寶珠見趙宸每日都是失望而回，心中忍不住著急，有心想幫他，可一時也不知該如何是好，萬老這人她也算熟悉，只怕他是真不願意見殿下。

今兒都初八了，她已經好幾日沒去藥鋪，榮寶珠跟趙宸說想去藥鋪看看。

趙宸允了，只說讓她早些回來。

剛去了藥鋪，王錫就找來了。

榮寶珠笑道：「王二哥，許久未見，你可還好？阿微姊的身子如何了？」

「都還不錯。」王錫的神色有些怪異。「你同我出來下，我有話想問你。」

榮寶珠點頭，兩人來到後院的廂房裡，她笑道：「王二哥有什麼話儘管說就是了。」

「阿玉。」王錫正色道。「你真是林宸的弟弟？不對，應該說是蜀王趙宸，前兩日我撞見他去王家，就問了我父親，才得知他是蜀王，是來找萬老的。阿玉，我記得如今太后只有皇上跟蜀王兩個孩子，你……」

榮寶珠知道趙宸去王家肯定會碰上王錫的，不過自己是王妃的事情還不能告訴他，只說道：「王二哥，我只是殿下的遠房表弟，因為有些淵源，所以殿下對我格外照顧，上次瞞著殿下的身分也是不得已。」

王錫恍然大悟，笑道：「原來如此。」

榮寶珠愁苦道：「王二哥，萬老不是挺和藹的一個人嗎？怎麼殿下去了好幾次，萬老卻是一次都不肯見。」

「和藹？」王錫面色古怪。「萬老只對你和藹，平日裡對我都沒什麼好臉色，對我父親更是如此，大概只有你一個會說他是和藹好相處的了。」

這一說，榮寶珠越發愁了。「那殿下該如何？」

王錫遲疑道：「我瞧著萬老對你挺好的，要不，你去幫著說說話？」

榮寶珠的確想幫蜀王，萬老這麼古怪的脾氣，只怕殿下使出渾身解數都沒法子，她不如去跟萬老說說，總要給兩人一個見面的機會。

於是，榮寶珠跟方大夫說了聲，就和王錫一塊兒去了王家。

——未完，待續，請看文創風299《么女的逆襲》4完結篇

2015年3月出版

當家主母

文創風 273～274

且看史上最衰穿越女，如何施展絕妙馭夫術——
左打小人、右抗小妾，夫君的心手到擒來～～
古代女子的端莊＋現代女子的勇敢＝自己幸福自己爭！

自成風流　妙筆生花／于隱

別以為穿越成了宰相夫人，就能從此過得前程似錦！
李妍尚未從穿越的震驚中回神，就遇上家賊盜賣財產的糟心事，
更別提丈夫在外遭叛軍包圍、性命堪憂，令她不免驚呼——
難道她連夫君的面都沒見過，就要直接當寡婦了 ?!
此番內憂外患苦不堪言，好不容易盼到相公歷劫歸來，
才明白先前的艱辛不過小菜一碟，這宰相夫君才是最不好惹的主！
他看似溫文爾雅，實則心思深藏不露，任眾妻妾勾心鬥角也不為所動，
那彷佛洞悉一切的雙眸更令她頭皮發麻，深怕「冒牌」身分被揭穿！
擔心歸擔心，日子總要過下去，誰教一家大小的吃穿用度全靠她張羅？
唉，就盼夫君大人高抬貴手，別再尋她開心，主母難為啊～～

么女的逆襲 3

國家圖書館出版品預行編目資料

么女的逆襲 / 昭華著. --
初版. -- 臺北市 : 狗屋, 2015.05
冊 ; 公分. --(文創風)
ISBN 978-986-328-455-0(第3冊:平裝). --

857.7　　104004817

著作者	昭華
編輯	黃鈺菁
校對	馮佳美　周貝桂
發行所	狗屋出版社有限公司
地址	台北市104中山區龍江路71巷15號1樓
電話	02-2776-5889～0
發行字號	局版台業字845號
法律顧問	蕭雄淋律師
總經銷	知遠文化事業有限公司
電話	02-2664-8800
初版	2015年5月
國際書碼	ISBN-13　978-986-328-455-0
原著書名	《古代幺女日常》，由北京晉江原創網絡科技有限公司授權出版

定價250元
狗屋劃撥帳號：19001626
網址：love.doghouse.com.tw　E-mail：love@doghouse.com.tw